シリーズ ケアをひらく

逝かない身体

ALS的日常を生きる

川口有美子

医学書院

逝かない身体——ＡＬＳ的日常を生きる　目次

第1章

静まりゆく人

第2章 湿った身体の記録

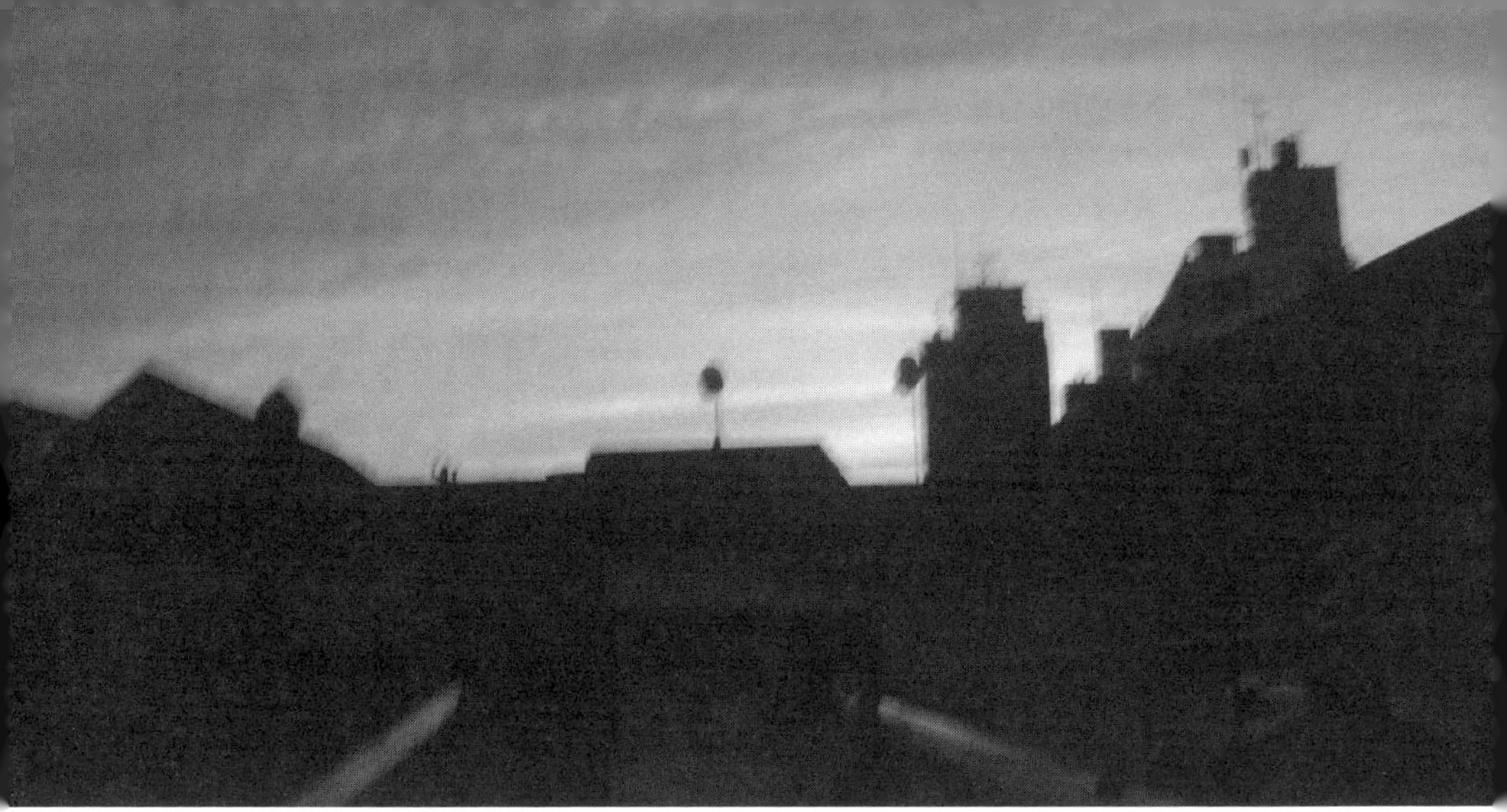

第1章

静まりゆく人

ひとは死が無理に断ち切るであろうもろもろの絆を、
あらかじめみずからの心のなかで断ち切ることを学ぶ。
それができれば、その瞬間に身も軽々とする。
そしてひとびととの残るわずかの共存期間は、
その覚悟ゆえにいっそうその内容のゆたかさを増す。

神谷美恵子『生きがいについて』

国際電話

実家の母の左の乳房にがんが発見されたとき、私はロンドンの郊外、テムズ川の西南に広がるリッチモンドパーク南端の街ニューモルデンに住んでいた。

日本の金融機関に勤めていた夫がロンドン支社勤務になり、一九九三年の春から私たちは家族そろって二度目の海外生活を送っていた。けれども、翌九四年の春に母は乳房ごとがんの摘出手術を受けることになり、私は一歳と五歳の二人の子どもを両腕に抱えて、一時帰国することになったのだ。

それは、不穏な予感に苛まれる日々のはじまりだった。


母によれば、初めて乳房の辺りにごりんとした感触を見つけたのは、友人と訪れた信州の温泉に入ったときだった。湯煙の向こうに三人の尼僧の剃髪した頭が霞んでみえた。ただそう聞けば夢のような優しい光景だが、母には不吉な予感がしたという。

「背中にもときどき痛みが走っていたから、たぶんこれはもう、初期ではないと思う……」

日本でもようやく患者主体の医療とかインフォームド・コンセントなどという言葉が聞かれるようになり、がんも告知される時代になっていた。母も大学病院の外科医から、それはていねいな説明を受けていて、闘病の心構えもできていた。

このときは、病気の本人が家中でもっともしっかり病気を受け止めていたし、万事において自分で采配を振るっていた。手術の段取りも母は医師と相談をして決めていたから、家族には事後報告で済んでいた。手術当日は持病の狭心症に慎重すぎるほどの対応がなされたため、術後もなかなか目覚めないほどに麻酔が効いてしまったのだが、そうとは知らない父と妹はただおろおろと廊下で気を揉んでいたという。

　母は術後二週間ほどで退院してきた。だから一時帰国のお見舞いといっても名目ばかりで、私にとってはのんびりできる里帰りに変わりなかった。母も久しぶりに会う孫の成長に目を細めて、リハビリと称しては台所に立ち、得意の煮物をつくってくれた。しかし実際には母の予想したとおり早期発見とはいえない進行がんだったから、温存療法どころではなく念には念を入れた処置がなされていた。

「どれどれ」と胸を開いて手術痕を見せてもらうと、脇の下のリンパ腺も大きくえぐりとられ、筋肉を剝がされたような左の胸は、肋骨が皮膚の下に透けて見えた。その胸の傷は、母の陽気な振る舞いとは裏腹に、手術の侵襲性と深刻な現実を物語っていたのである。私の動揺を見て、母はため息まじりに寂しそうに笑った。

「これじゃあ、もう温泉には入れないわよね」

　そしてぽつりとこう続けた。

「パパがわたしのことを、かたわになったなんて言うのよ」

　そういう言い方でしか自分のショックを誤魔化せない父なのだ。

　乳房を失った妻。女性としての自信も失った母を慰めることもできない。そんな反応も父らしいといえば父らしかった。しかし後になって振り返れば、このときは母はまだ、片方の乳房を失った「だけ」だったのだ。

一九九五年六月。

乳がんの摘出手術から一年が経過していた。そのあいだに私たちは、ニューモルデンの街中でも育児しやすい平屋建てを探して引っ越していた。晃が活発に動き出したので、二階屋では階段から転落しそうだったからだ。そして引っ越しとほぼ同時に、子どもたちをリッチモンドパークの北端にあるイブストック・プレイス学園に転校させることに成功していた。

子どもたちもそれぞれの持ち場で気まじめなイギリス様式に馴染みはじめていたが、規則正しい生活の底流には、以前過ごしたアメリカの自由気ままな風潮とはまったく違う文化があった。

八〇年代後半を過ごしたフィラデルフィアは、不況でホームレスが街路の排気口や地下街に寝転がっていた。当時は夫と私、それに長女の薫の三人家族。息子の晃は誕生していない。ペンシルバニア大学のビジネススクールへの留学が夫の任務だった。着任早々、ウエストフィラデルフィアの古ぼけたビクトリア建築の三階建てを、カリフォルニア出身の二十代のカップル、ブライアンとクリスとシェアして住んだ。

彼らが三階を、私たちは一階と二階を使っていた。毎晩のように外で銃声が轟《とどろ》いたので、そのたびブライアンは三階から駆け降りてきて、一階の道路側の私たちが居間に使っていた部屋の窓から外を偵察しては、吐き捨てるように言った。「ここはベイルートだ」と。

そんなフィラデルフィア市ボルティモア四九番地に比べれば、二度目の海外生活を過ごしたロンドン郊外は平和で静かだった。

アメリカ人は隣人に大いに干渉し、人種や言葉の壁を取り払う努力を惜しまないかのごとく振る舞うのが礼儀のようだった。でもイギリス人は干渉を好まない。個人主義ではあるが、レースのカーテンの窓越しに隣家の様子は日々観察している。

　ここでは週末を社交目的のパーティでつぶすこともなかったし、日本人や韓国人、インド人がそれぞれ小さなコミュニティを形成していて、そのなかでのつきあいをすればよかった。日本人が集落をつくって住んでいたとしてもイギリス人たちは批判するわけでもなかったし、日本人のあいだであっても、同族コミュニティを嫌って遠く離れて住む個人主義は受け入れられていた。

　帰国後に備えて最初から最後まで日本人学校に子どもを通わせる親も多かったが、テムズ川の南側に住む駐在家族は現地校志向だった。日本人の子どもは現地校でも優秀な成績を修め、親も熱心にＰＴＡに参加し、学校の評判を高めるのに貢献していた。私もＰＴＡ活動を通して、ここの生活に落ち着くに違いないと思っていた。

　そんなある晩、母からの国際電話の内容がまたしても身体の変調を訴える内容に変わりつつあった。

「がんの再発なのかもしれない。よくわからないけど、歩きにくくて、しゃべりにくい」

「デイクラブで知的障害の子どもたちといっしょに活動しようとしてきたんだけど、子どもが騒ぐとお年寄りがパニックになるし、親との関係もうまくいかなくて……。きっとこのしゃべりにくさも、人間関係のストレスが原因よ。とても変なのよ」

　母はきわめて定職に近いボランティア活動のことで悩んでいた。姑の介護体験から、母は区の保健所の応援も受けて、当時「ぼけ老人」と呼ばれていた認知症の高齢者と知的障害をもつ子どもたちが同じ場所で過ごす試みに着手していた。しかし、子どもたちの母親との連携がうまくいかない。この試みの責任者であることから、母は子どもの親やボランティアの人から批判され、ショックを受けていたのである。

私は母の声を聞きながら、そういえば確かにろれつが回っていないことに気がついた。舌が絡んで「ら」行の発音ができない。不安が霧のようにわいてきたが、なぜか脈絡もなく実家の二階のベランダにいる母の後ろ姿が浮かんできた。更年期のせいなのか、あちこち痛いだの冷えるだのの支障があったとしても、丈の短いエプロンをきゅっと腰に締めた体格のよい母の姿が、豊かで張りのある声とともに思い浮かんできた。どういうわけか二階の物干し場で、せっせと家族の洗濯物を干している後ろ姿である。

だからなおのこと、国際電話で伝えられる不穏な状況があの母の人生の一部とは思えなかったが、母の身体だけではなく、私の人生の歯車も狂いだしているとぼんやりと感じられもした。実際、その日を境に私の関心は、子どもたちから日本の母へと移らないわけにはいかなくなった。

母の不調を伝える電話は、それ以後は妹からも頻繁にかかってきた。

妹は短大を卒業した後も両親と同居して、そのまま都内の小さな出版社に勤めていた。早く嫁にいけという母をわずらわしがりながらも、家から出て行く素振りはほとんど見せなかった。

私も妹も同じように育てたという母だが、私は「おねえちゃんはできて当然」というふうに扱われてきた。男の子のいない一家にとって、長女の私は小さなころから跡取り息子のように期待され、きびしく育てられていたのである。

母は自分の人生と重ね合わせるようにして、私の将来も決めていた。母の計画によると、私は大学を出たら公立小学校の教員になり、結婚したら親と同居する。私は働きつづけ、子どもが生まれたら母が世話をする。そのため近いうちに実家を二世帯住宅に建て直して、一緒に住むという計画だった。

私は母の望みどおり公立小学校の教員になったが、夫の仕事の都合で退職していた。しかし将来の同居の計画はそのまま残されていた。母はなんでも目標を立てて、それを着実に実行に移してきた人だ。堅実な主婦であり、自分の夫をとても尊敬していた。

日常化した真夜中の国際電話で私は妹から、母の話だけではわからない、覆い隠されている部分を聞こうとしていた。でも妹からは改善しないばかりかどんどん悪くなっていく母の様子を聞かされて、海底に沈んでいくような気持ちになっていた。

やがて、母の病名が知らされる日がきた。

その話が切り出されたとき、私はリビングルームにいて、部屋の奥のグランドピアノの上の家族写真をぼんやり眺めていた。二人の母が満面のほほ笑みを浮かべて、お宮参りの晃を抱いている。長女の薫によれば「男のくせに、女の子みたいなドレスを着せられてかわいそう」ということでもあるのだが。一年後のことなど予期していなかった幸福なおばあちゃんたち。写真は過去の瞬間だけではなく、感情や気分も切り取ってしまう。フレームのなかに両家の幸福な残像があった。

ふと、窓辺の李朝家具に目をやると外の木立が映っていた。その部屋は北向きのせいか夏でも暗く、読書にも友人の集まりにも使えなかったが、レンガづくりの大きな暖炉や、グリーンの長いすもゆったりしていたから、物事を考えるには適した部屋だった。イギリス人にはこういう場所はぴったりくるのだろう。

イギリスの家が夏でもほの暗いのは、北向きの部屋が好まれるだけでなく、高緯度のせいもあるのかもしれない。昼下がりの陽光も、庭に面したベランダ窓や、廊下の天窓からしか差し込んでこなかった。そのときも、うす暗い居間から見た庭木の漏れ日が、いやに明るく揺れていた。その明るさが別世界のことのように心に沁みた。

ちょうど、午後三時を過ぎたころだったのだろう。イギリスの家の資産価値は庭で決まるといわれるが、たしかに初夏の花壇や樹木の美しさは借主の冬の手入れの成果でもあった。私はその日も夕方になったら、ほころびはじめた薔薇のつぼみの様子を見ながら、子どもたちをお迎えに行く時間までのんびり庭仕事をしようと考えていたところだった。

しかし母の声にただならぬものを認めてしまった。私はコードレスフォンを片耳にあてたまま、長い廊下をキッチンに向かって足早に歩いた。恐ろしい話なら明るい場所で聞くに限る。絨毯敷きの廊下が素足にいくぶん湿ってひんやりと感じられたが、五感がこんなにも鋭くなり記憶がいつまでも鮮明なのは、全身全霊で母の声に集中していたからだ。

スローモーションのように、今でもはっきりと思い出されるその瞬間に、私の人生の後半もほぼ決まってしまったのだ。

キッチンに戻ってきても受話器を握りしめたまま凍りついてしまっている私の向かいには、小さな丸テーブルを挟んで村上さんがいて、いつになく心配そうな顔をしている。私たちはその日ものんびりと午後のお茶をしていたところだったのだ。

日本は夜更けのはずなのに、母の声は眠そうではなかった。覚醒し動揺し、震えていた。

「言わないでおこうと思ったのだけれど……」

最初は平常心を保とうとしていたが、やがて「変な病気になってしまった」と言ったなり、涙声に変わってしまった。

母によれば、突然話ができなくなってしまった美智子皇后のように、精神的なストレスによる失語症だと自分勝手に信じ込んでいた。だけど、症状は一方向にどんどん悪くなる。乳がんの手術直後から夜中に足のこむらがえりが始まり、そして手足に動きにくさやだるさを感じて、不吉な予感におののいた。

最初は近所の鍼灸院をたずね歩き、その後たどり着いた整形外科では椎間板ヘルニアの手術をして、一か月間も入院して退院したばかりだ。しかしそれでも快方に向かわない。ボランティア活動で知り合った保健師に相談すると、逆に誘われて都立神経病院を受診することになったのだ。

その保健師に付き添われて初めて神経内科の専門医に会い、疑わしいといわれた病名は「筋萎縮性側索硬化症」。

聞いたこともない不気味な神経難病の名だった。母に求められるまま医師は気の毒そうに、その病名を小さな紙にメモして手渡した。自宅に戻ってから医学書を開いた母は、信じられないような恐ろしい病気を活字で知ることになる。「不治、予後平均一年七か月」に愕然とした。

これがその日の母の報告の一部始終で、それ以上のことは何もわからなかった。白い陶器のシンクの上。出窓から裏庭には三本ひょろひょろの若いアカシアがゆっくり風に揺れていた。

私はもっと詳しく知りたくて、矢継ぎ早に質問をしていた。でも受話器の向こうの母はすすり泣くばかりで「有美子にだけには知らせたくなかった」などと言う。

病身の母親というもの。これは型にはめられたように同じに見える。どの小説でもテレビドラマのなかでも、嫁いだ娘には迷惑をかけたくないものなのだ。だけど結局は知らせてしまうのだから、いちばんの頼りにしたいのが実の娘なのだろう。実際、母親たちにとって実の娘ほど頼れる人はいないのだ。なかには、母親の歪んだ自己顕示欲のせいで荒んだ人生を送るはめになった娘もいる。そんな娘たちのことをずっと後に私は知ることになるが、私は彼女たちとはまったく違うように育てられていた。つまり私も母に愛されていたが、のびのびと育てられた。

「ママ。あのねえ。たとえ私が海外にいたとしてもどこにいたとしても、親の病気を知らないなんてそんなバカな話はないからね。明日も必ず電話するのよ」

何度も念を押して受話器を置いた。村上さんはますます不安な顔つきだ。

「大変だわ、これは」

私は一人ごとを言いながらキッチンの隣の書斎に行き、日本から船便で運んできていた書籍のなかから一冊の分厚い青い本を選んで、村上さんと一緒にめくってみた。

日本語で書かれた『家庭の医学』は海外生活では特に役立つもので、どの家庭にも必ず一冊はあった。一九九〇年代はまだパソコンも一般家庭にはめずらしかったから、インターネットは主婦の道具ではなかった。それで駐在員の妻には、現地の医師を尋ねる前にこの本を参照する癖がついていた。神経難病の項目など開いたこともなかった。しかし真新しいページには、あちらこちらに恐ろしい症状が散見され、なかでも母につけられた病名がもっとも厄介そうにみえた。その分厚く青い本には、こう記してあった。

脊髄の病気「筋萎縮性側索硬化症（運動ニューロン疾患）：ALS」。神経性の病気のなかでも難病の代表的な疾患といってよいでしょう。【原因】まだよくわかっていません。【経過】進行性に悪化するために、多くは平均三〜五年で死亡します。進行性まひは進行が早く、平均約一年七ヵ月といわれています。

改訂版では若干の訂正がおこなわれているが、今でも図書館や自宅の古い蔵書の記述が初心の患者を傷つけている。死に誘う魔術のような、呪文のような言葉が羅列されている。つまりそれらによれば、こうにも読めた。

「ALS、発症したら途端に廃人。そして絶望死」

特に人工呼吸器に付随したスティグマは問題だった。古いものと違って新しい医学書のなかには呼吸器の記述があるし、この本にも「呼吸器をつけることがある」と書かれているのだが、具体的なケアの方法はまったく書かれていない。だから人工呼吸器を自宅で使用する生活がどのようなものなのかがまったく見えてこない。私に想像できたのは、呼吸器に繋がれた人は瀕死の状態で集中治療室にいる、ということくらいだった。つまり呼吸器は、母から人間性を奪い去る非業のものとして、私の前に突然現れた。

医学書には、母の症状と似たような疾患で、呼吸器など必要のなさそうなものは、ほかにいくつもあった。だから検査後に正式な診断がなされるまでは、もしかしたら、もっと軽い、別の、予後の悪くない病気かもしれないと私は祈りはじめていた。

村上さんは「大丈夫よ」と何度も私を励ましていたが、自分も大変なショックを受けて涙ぐんでいた。そして身動きできなくなってしまった私を休ませて、代わりに息子のお迎えに行ってくれた。

母からの国際電話があった翌月、私は子どもたちを連れて、またしても日本へ戻った。渡英して三年にも満たないのに、乳がんの手術に続いて二回目の一時帰国になった。しかし今回のほうが、がんのときよりも気が重い。

悲しみのはじまり

ニューモルデンの自宅を出てほぼ二〇時間。ふらふらになりながら、やっとの思いで中野の実家にたどり着くと、居間のソファーに痩せ衰えた母がいた。それでも精一杯の笑顔をつくっている。勤めから戻っていた妹を見つけると、子どもたちはすぐ飛びついてじゃれた。

一年前は、胸の術後の痛みをこらえながらも料理や洗濯もできていたのに、今の母は身体を動かすのさえやっとというありさま。それでもソファーの上に身体をゆっくり起こして、弱々しく「ごめんね、おかえり」と言った。

しかし、しばらくするとわかってきたのだが、家のなかは重病人がいるわりには、けっこう賑やかだった。以前と変わらず人の出入りがあるおかげである。というのも母の友人たちが日替わりでやってきては、母の食事やトイレの介助をし、ていねいに家のなかを片付けてくれていたからだ。父も妹も日中は、彼女たちに留守を頼んで仕事に出掛けることができた。そろそろ身体の自由がきかなくなっていた母は、そのころから家族の代わりに友人たちに介護を頼むことにしていたのである。見守りのローテーションも、大勢の友人リストのなかから、母が自分で毎日電話しては依頼していた。

母は自分のケアプランを自分で立てることで病気から気を紛らわすことができたのだが、そうやってあれこれ友人たちに依頼しているうちに、気がついたら本当の寝たきりになっていた。

私はそのころの介護の大変さも見ていないし、もちろん出番もなかった。だから電話で聞いた範囲のことしか知らなかったのだが、帰国した日、母のベッド脇の壁に「体操の方法」が図入りで貼ってあるのを見て、保健師や診療所の看護師らが率先して介護の仕方を母の友人たちや家族に指導してくれていたことを知ったのだ。

最終的な病名の確定は一九九五年八月だった。乳がんに続いて二度目の一時帰国を果たしてから、わずか一週間ほど後のことである。

ちょうど日本でお誕生日を迎えた晃はその月に三歳になり、一一月には薫が八歳になる。そして、ついこのあいだのことのような気がするが、実家のお勝手の流し台で、二人に産湯を使っていたおばあちゃんはまだ五九歳だった。

母は車いすに長時間座っていることさえ苦痛になっていたが、自宅から二時間かけてタクシーで都立神経病院を再受診した。

私は主治医になったばかりの高元喜代美先生に初めて挨拶をした。小柄でショートカットの先生はゆっくりとした優しい口調で、うちの家族構成を母から聞いていたのか、「ああ、この方がロンドンの長女さんですね」とおっしゃった。長女の私の一時帰国を待って、家族そろったところで母の病名を知らせようと考えられたのだろう。

母はしっかりしていた。逃げられない現実を冷静に受け止めていたようにみえた。

「疑わしい病気を一つひとつ排除していきました。そして最終的に残ったものがＡＬＳでした」

先生の丸い顔は歪み、険しくなった。話しつづけるのがつらそうにも見えた。

父と私と母は三人横並びに座り、予想はしていたもののやはり呆然としてしまった。私は涙が出そうになったが、それより父の反応が気になり、顔をみると真っ赤になっていた。血圧が上がったらしい。

そのあと高元先生が何を話したのかはまったく記憶にはない。廊下に出てからまた長いこと待たされた。そこここに、うちと同じような家族がいた。浮かぬ顔で何組も並んで座っていた。どこの診療科よりも死が身近に感じられた。ここに用事があるというだけで生気が失われていくように思われた。

会計が終わり、病院の正面玄関から乗りこんだタクシーのなかで、母だけがなぜか賑やかだった。父や私の沈黙にいたたまれなくなったからかもしれないし、恐ろしい病気を認めたくなかったからかもしれない。

その日を境に、病気の進行はなおさら加速したように感じられた。後日、私が再びロンドンに戻るまでの短いあいだに、母は驚くほどの速さで毎日何かができなくなり、どこかが動かなくなっていった。滞在中のたった三週間のあいだに、母は毎朝使っていた愛用のみそ汁用の小鍋や菜っ葉包丁が持てなくなった。料理は予想以上に早くできなくなった。これこそ家族も予期しなかったことだった。もう母の手料理を二度と食べられなくなったのである。それは同居の妹が母に代わって毎日、父のために料理しなければならないということでもあった。

それに母といえば、病気の進行があまりに早いので、できることとできないこととの境をすっかり見誤ってしまっていた。身体の再認識が追いつかない。寝ているあいだに病気のことを忘れてしまい、飛び起きようとして布団に倒れこんだ。家のなかにバリアが増殖していき、風呂場のタイルの目地につまずき、二階への階段さえも足が萎えて怪しくなった。玄関の上がり框《がまち》も高くなった。手すりを探す癖がついた。こんなふうに、私の一時帰国のあいだはずっと、ありふれた些細な物や場所が障害となって母に次々に挑んでくるような日々だった。

手足の萎えだけではない。舌唇の萎え方はもっとも深刻で、何を言っているのか身近な者でさえ聞き取れなくなっていた。食事のときには誤嚥におびえ、自分で自分の口に運べなくなった。ぼろぼろこぼす。口中あちこちに食べた物の残りが溜まってしまう。家族とのコミュニケーションにも支障が出はじめていた。

父は昔から、私や妹とはまとまった会話をしたことがなかった。仲介役の母のおかげで家族のコミュニケーションは成立していたのである。いつも母が父の気持ちを代弁して家族に語っていた。言ってみれば母が理想的な父親像をつくり、その物語を聞いて私たち姉妹は育った。

だから母がその役目を担えなくなった途端、扇のかなめが外れたような、家族がバラバラになっていくような絶望的な状況に陥った。まず父と妹との意思疎通が難航をきたしはじめた。母が父を看取りそのあとはのんびり長生きをして、いつか老衰した母の世話を私と妹とで分担して自宅で看取る。私たちはそういう段取りで親の老後を予想していたのだ。だから母の看病をする父の姿など、想像したこともなかったのである。

こちら側にひきとめるもの

母の病いを知ってから私はひどく落ち込んでしまったが、死を覚悟した人たちが異口同音に語るように、母は些細な光景に再発見を繰り返し、日常的な事物への執着は日々強くなっていった。

同様の体験を書物のなかに見つけたのは後日のことだが、そのころは私にまで母の感動癖が移ってきて、見るものすべてがオーラを放ってぼんやり輝いているように見えた。言葉などもたない庭木も、流れる雲も、みな母の命を惜しんでいるよう。母もきっと、これらの物たちと別れて、ひとりで死んでいきたくないだろうと直感した。

そんな娘のセンチメンタルな想いをよそに、当の母は病いの進行の早さにおののきながらも明るさを取り戻していた。父や友人たちに伴われて、車いすで懐かしい場所をたずねるようにもなっていた。近くは荻窪駅前の商店街から、ちょっと遠く足を延ばせば箱根や八ヶ岳高原まで。

車いすの旅行は楽しく、病気を忘れてしまう時間でもあった。すでにトイレも一人では行けない全介助だったが、ここで進行が止まってくれれば何の支障もなかった。でも、このような貴重な時は瞬《またた》く間に去っていった。

主治医も驚くほどの進行の早さ。

「今後、人工呼吸器をどうするか、家族でよく相談して早く決めておくように」

母の先行きを知っている医療関係者はこう繰り返すようになり、焦り出していた。「遊んでごまかしている場合ではない」とも。

でも家族は病身の要求に応えるだけで精一杯で、決別も継続も含めて覚悟を迫られることは苦手なのだ。ＡＬＳの患者家族に対するサポートは、当時も今も情けないほどの欠乏状態だ。だから患者は自分で決めろといわれても将来設計などできようもないし、日々の生活だけで忙しく、呼吸器を利用するための準備もまったく進まないのが普通である。

母の場合は、地域の保健師や、母の活動拠点でもあった桃園デイクラブの仲間たちが助けて励ましてくれていた。だからこそ母は、二四時間三六五日休みのない介護を家族だけに負わせることなどできないと仲間に愚痴をこぼすことができた。呼吸器は選ばずに潔く逝く、などとかっこよく誓うこともできた。

母は口ではそう言いながらも、実は「死なないで」と強く言ってほしい、この人たちに将来もずっと続けて助けてほしい、そして自分が死んだ後は地域の医療的ケアのパイオニアになってほしいという期待があったのではないかと思う。だから、気管切開をして喉元に差し込んだ気管カニューレから痰の吸引をすることが必要不可欠になったとき、保健所から「今後は、家族以外の人には介護はできません。他人による医療行為は禁止されています」と言い渡されたとき、母は不意を突かれた。

ある保健師からそれを聞いた母は驚嘆し、憤慨し落胆した。それまでずっと伴走して励ましてくれていた保健所から、そんなことを言われるなどとはまったく予期していなかったからだ。在宅療養の夢は一瞬にして崩れてしまった。一五分に一回は必要になる気管吸引が、家族以外の人には頼めないのだというう。それまでは日常的にあんなに出入りしていた人たちも、吸引の違法性を告げられては一人二人と来なくなり、いつしか見守りボランティアチームも解散することになってしまった。

母が中心になって立ち上げた桃園デイクラブは、当時はめずらしかった地域住民によるデイケアだった。母にとっては高齢者介護の理想を形にしたような、精魂込めた場所だった。「最後まで住み慣れた家で」をスローガンにしていた母は、その運営については自分が寝たきりになってからも常に心に留め案じ、なんらかの方法で参加しつづけたいと思っていたのだろう。

でも、ALS患者の在宅療養には高齢者にはない制約がたくさん生じた。家族以外の者による吸引の禁止がきっかけになり、高齢者と障害者とでは必要な介護の内容も量もまったく違うことに母はだんだん気づくことになった。こうして母は、自分は高齢者になる前に重度の身体障害者になったことを自覚して、やがてALSの当事者としてメディアを通して発言していくことに使命を見出していくのである。

発病前の母は、五十の手習いの油絵も、吉祥寺のデパートで開催された市民展覧会で特別賞をもらうほどになっていた。姑が亡くなってやっと自分の時間がもてるようになり、荻窪ルミネの最上階にあった荻窪文化センターで油絵を習い始めて八年目。画風も定まってきたころの発症だった。だから母はなによりも油絵に未練があった。自分で腕が持ち上げられなくなっても、萎えた腕を天井からゴム紐で吊って絵筆を手に縛り、時間を惜しんでおびただしい数、私がのちのち作品の置き場に困ってしまうほどのたくさんの絵を描き残していた。

いま思えばそれは母が精一杯生きた証。どの作品を誰にもらっていただこうか、絵を形見分けしようと決めてからの母は、それも生きがいになり楽しそうに描いていた。でも、筆が軽いからということで油絵から水彩画になり、やがてその筆を持つ力もなくなり、最後は何も描けなくなってしまった。

そうこうしているうち、運動神経は末梢からどんどん溶け、母の身体から筋肉の束ごと消えていった。ピクピクと皮下に虫が走るような徴候があると、翌週にはその部分が完全に動かなくなっている。あとで知ったのだが、これもまたALSの進行を示す線維束性収縮という症状であった。

一か月がたち、一九九五年夏の里帰りも後半になった。私たちはALSがもたらす死の恐怖を満身で払いのけようとしていた。子どもたちのおかげで家中に笑い声は絶えることがなかった。二二歳で親元を離れ、海外生活が続いていた私にとって、こんなにも長く母と一緒に居られることはなかったので、時間を惜しんで話をしたのだった。

コーデリア

でも、現実はとめどなく惨いもの。イギリスへ戻る日まであと数日と迫ったある日、再び神経病院にひとり呼び出された私は、母はALSのなかでも重篤な症状になるだろうと告げられた。先日撮影した脳のMRI画像を透かして見た高元先生はきびしい表情になり、TLSになる恐れがあることを告げたのだ。トータリィ・ロックトイン・ステイト（Totally Locked-in State）、数年のうちに眼球の動きまで止まるかもしれないという。

「たとえ呼吸器を装着しても、いずれお母さんはどこもまったく動かなくなり、文字盤さえ使えなくなるので、意思を伝えられなくなるかもしれません」

「患者のなかでそうなる人は、どれくらいいるのですか」

「そんなには、いません」

「ちょっと想像すると過酷すぎて……。先生、患者は発狂しないのでしょうか」

「患者さんが何を考えているのかは外からはわかりません」

それは想像を絶する苦痛ではないか。私は押し黙ってしまったが、先生は続けた。

「ただ、そうなっても患者さんは不思議と穏やかです。脳波をとるとわかるのですが、緩いアルファー波を示すようになります。これは瞑想状態の波形なので、たぶんそのときの心情は穏やかなのだろうと思われますが、今の医学では患者さんの内面まではまったくわからないのです。死ぬより耐え難いかもしれないですし、そうでもないかもしれないし」

もしかしたらそのとき先生は、母に生きてほしいと願いながらも、呼吸器の装着を諦めるように暗に勧めたかったのかもしれない。広い相談室は学校の教室のようでもあり、そこに先生と私のふたりだけだった。先生はホワイトボードに黒マジックで、「三分の一×三分の一」と分数で書いた。

当時も、日本の患者で呼吸器をつけている人は患者全体のおよそ三割といわれていたが、そのうちのさらに三割ほどが、意思伝達が困難な状態になることがあるという。だから発症率は一〇万人のうちの三〜四名だが、もし呼吸器をつけるのなら、さらにそのうちの九分の一のなかに母がいることになる。

ロックトイン・シンドロームという名称は医学用語ではなく、状態を示す言葉である。なかでも、まったく意思伝達ができなくなる「完全な閉じ込め状態」はＴＬＳという別名を与えられていた。海外では文字盤をはさんで会話ができても、全身性の運動神経障害はロックトイン・シンドロームと総称される。知的に障害を受けることはなく、聴覚や視覚は残るといわれるが、その他は随意に動かせなくなるので介護者には以心伝心のケアが要求されるようになる。

高元先生の説明で、母が並の不運ではないことがわかってきた。これは苛酷すぎる。しかし諦めの悪い人はかえって望みを膨らますものだ。ＴＬＳの確定診断はできないという先生の言葉に、私はどこかにいるはずの神にすがるように言ってみた。

「一％でもそうならない可能性があるのなら、望みがないわけじゃないんですね？」

「そう。そうです。患者さんは療養を通して、ただ生きていることだけに感謝するようになります。これは本当にそう。生きていけます。そしてお母様もきっと祝福される」

高元先生は、私の言葉に救いを感じ取ったのか、初めてスピリチュアルなことをおっしゃった。しかし私には「生きているだけでも感謝できる」という生の在り方がどのようなものかは、そのときはまったくわからなかった。傍らにいる人が感謝するのではなく、苦痛の本人がその生を感謝するというのである。

実家に帰ってからも、この告知の内容を母本人には到底知らせることなどできず、父と妹にだけ話した。それを聞いた妹は私とほぼ同じ反応だった。そして、「そのときそのときで、ママにとって必要なことをできる範囲でただ黙々とするだけしかない」ということになった。

父は予想通り私の言うことなど信じようともせず、顔が赤くなったり青くなったりするばかりで、しまいには「女医は怖いことを平気で言う」などと覚悟のないことをつぶやき、病院と医者を罵った。

それからの父はますます駄々っ子になってしまった。なんとか父に元気を出してもらおうと、母を真似てわざわざ圧力鍋でご飯を炊き上げたのに、それが固くて食べられないと文句をつけた。やっと入手した日本ＡＬＳ協会発行のＡＬＳケアブックも、「これこそが悪魔の本だ」と物置に隠してしまった。

母は苦笑いをしていたが、私たちが家捜しの末に庭の物置のなかから探し出すと、今度は本当にごみ回収日に捨ててしまった。家族のなかでは、こうしていつまでも父だけが母の病気を受け入れられずにいた。在宅療養の準備もしないどころか邪魔ばかりするので、妹と私は母の介護よりも、むしろ父の対応にずいぶん手こずったのである。

しかし私もまたこの宣告によって、当初の勢いをすっかり失ってしまっていた。それ以後、母を励ますつもりでも、「生きていてほしい」などと軽々しく言えなくなってしまっていた。

ある夜のこと、いつものように台所に立って後片付けをしていると、隣室でベッドに横になっていた母が、ろれつも回らなくなった口調でたどたどしく妹に問いただしていたのが聞こえてきた。

「有美子は私の介護をしたくないから、生きていてほしいと言わないの？」

テレビの音に入り混じって聞こえてくる妹の声は、私をかばって「そんなことはないんじゃないかな」と返事を濁していた。

急に先々の約束を言わなくなり、励まさなくなった私の態度に、母は疑念を抱いているようだった。私が母の介護をしたくない？　ひどく浅はかな疑惑だ。私は悲しくなり、すぐに隣室に行きベッドに重たく横になっている母に覆いかぶさるように立つと思わず叫んだ。

「ママはね、いつの日か手足ばかりでなく、目の動きまで止まるかもしれないのよ！」

そして高元先生の説明どおり、TLSになる恐れがあることを一息に話してしまった。

そのときの私は、まるでリア王の娘、コーデリアの気分だった。母を想うがゆえに信用を損ない遠ざけられる娘だ。

夫と別居して実家にこのまま残ろうかとさえ考えていたのに。私たちの平和な結婚生活も子どもたちの未来の計画も、あの国際電話を受けた瞬間に凍りついてしまっていたのに。

「家族が犠牲になる」などと他人は簡単に言うのだが、この現実と比較すれば言葉はあまりにも陳腐だ。事実こうなってしまっては、母の延命というサイコロを振るか振らないかの決断は、全面的に介護を引き受けることになる娘の側にあったのだ。だから母だけが苦しんでいるのではなかった。

でも母は、私の怒りに任せたTLSの宣告などにはまったく動じず、聞いた瞬間から何も聞かなかったことにしてしまった。

病気の先行きについて、たとえば命を遮る要素になるような悪い内容には一瞬にして身が殻のようになり、情報を与えても理解することを完全に拒否してしまうのだ。乳がんのときはあんなにも気丈で手術の備えもよかった母も、この病いに対してはまったくの別人になってしまった。治療法がない、治癒できないということはそれほどに違うのだ。

いま思えばそのときはまだ、私たち家族は誰もがALSのことなどまったく知らないに近かった。多くの患者家族がそうであるように。私たちも一人ひとりは少しずつ違う反応ではあったけれども、この先にやって来るだろう不穏なことなど一切知りたくはないと思っていた。運命を受容できなかったのは父だけではなかったのだ。

リンダの予言

九月に入り、子どもたちと私は後ろ髪を引かれつつも、再び日本を離れてロンドンの自宅に戻った。それは、夫だけを現地に残して正式に日本に帰国する準備のための帰宅でもあった。

子どもたちの帰りを待っていた夫に、永久帰国の覚悟を決めたことを話すと、夫は寂しそうに了解してくれた。それからは子どもたちの学校に退学届けを出したり、友人たちが催してくれた送別会に出たりして、帰国の挨拶をしながら身辺整理をした。

ここの暮らしは短かったけれども、慣れない英国暮らしを助けてくれた駐在員の妻たちはみな母の病気を心配して、私の境遇に同情してくれた。でも私には、帰属していたそれまでの社会から、私ひとりだけが逸脱していくすさまじい疎外感があった。

当時、私は村上さんに誘われてグリーンパークにある日本語教師養成教室に通っていたが、そこの教師のリーダーをしていた女性からは、親の死に目にあえないのが駐在員の妻の定めと諭された。私のように夫を異国に置いてさっさと日本の実家に戻る妻など当時もめずらしかったし、まして実の親の介護のための帰国などは駐在員の妻としては論外、失格であったのだ。

古くから多くの日本人駐在員が住むロンドンには、その妻たちのあいだにも日本社会のしきたりがあった。夫の序列に順ずる社交がいやで、うつになる妻もいたほどだ。でも幸いなことに、私は身近な友人に恵まれていた。夫の職種や地位など関係のない平等で自由なおつきあいをしてきた。

親類縁者のいない海外駐在員の妻たちは、互いに助けあい相談しあう。駐在経験が長いベテラン妻は、新米の駐在員妻の相談役を引き受けていた。あちらではおつきあいのゴルフも日本からの客人の接待も夫婦単位だったから、ロンドン日本人社会の互助精神は妻たちの社交によって育まれていたといってもいい。

そして誰もがとても教育熱心だった。引っ越した翌日、近所の日本人宅をご挨拶まわりしたときには、どこの奥様もいそいそと部屋の奥から良い学校のリストを持ってきてくれた。子育て情報は現地に行けばすぐ手に入る。私もリストや評判にしたがって、従順と勤勉を謳った女子校に薫を通わせ、王室にも出入りするようなバイオリンの先生や家庭教師もつけた。でも男の子のような薫にはカソリックの女子校は窮屈だった。

それで今度は、運動と芸術と読書に力を入れているフレーベル教育の学校を探し、入学待機者リストに薫と晃の名前を入れておいた。そのリストはイギリスの個人主義的多文化主義を反映していたから、イギリス人枠で入学することはとても難しかったが、東洋人枠なら半年も待てば入学できるだろうという女校長のアドバイスを信じて待っていた。そうしたら晃から先に入園を許された。

その私立学校はイギリスのミュージシャンの子弟をたくさん集めていたが、たまたまミック・ジャガーの末娘と同じ三歳児クラスに入園を許された晃は、子煩悩なミックからおやつのバナナを分けてもらったりしていた。本当に信じられないことに、あのスーパースターが同じクラスのPTAの一員として、お迎え時刻を待ちながら小さないすを並べたり、先生と教育談義をしたりしていた。私は毎日、一眼レフカメラを持参してお迎えに行き、ミックとの記念撮影の機会をねらっていたが、先生も父兄もあまりにも普通に接しているので、とうとうタイミングを逸してしまった。

とにかくのびのびした学校だったので、これでやっとイギリス風の厳格な教育から脱出できると思っていた。子どもは犬同様の躾《しつけ》が大事というイギリスで、ストレスなく子育てできる環境をみつけるのに二年も費やした。気むずかしい薫にも、しだいに面倒見のよい現地の親友が二、三人できた。その子の母親たちも気さくだったので、親同士で便宜を図り、子どもを預かりあう仲にもなっていた。

だからなおさらのこと、子どもたちの語学力も教育もこれからなのに、日本に帰国するなどということは口惜しいことだった。しかし私は自分の母の命と子どもの教育とを天秤にかけて、泣く泣く母の命を選択したのである。日本にすぐに戻らねば、母だけではなく父と妹の生活もあっという間に立ち行かなくなるのがわかってきたからだ。

週に一度は親しい保健師が国際電話で私にこっそり実家の様子を知らせてくれていた。彼女は母の病気があまりに早く進行するので焦っていて、細かい事情は告げずに「早く帰ってきて介護をしてください」ときっぱりと私に命じた。私には選択肢などなく、一方向に覚悟を決めるしかなかった。それにそのときはまだ、私の夫はALSのことも、これから幾年続くのか想像もできない介護の実態も知らなかった。

一九八五年に結婚して以来、私の提案はほとんど何でも鵜呑みに了解してくれていた彼は、そのときも私を引き留めたりしなかったし、家族単位の海外生活を中断させてしまうことに対して文句をいうこともなかった。夫の両親にも納得できるように説明をしてくれた。なにより夫の父は北海道の胆振日高地方で僻地医療を開拓してきた医師だったから、もっとも親身になってくれた。義母も嫁の突然の帰国宣言に驚きながらも、「あの子がそれでいいというのなら、しっかり介護していらっしゃい」と言ってくれた。心のどこかでは息子のことを心配していたに違いないのだが。

しかし隣人のリンダは、私が予期しなかった母の病気とは関係のないことをはっきりと言った。「夫婦は離れて暮らしてはいけない」「男はひとりにするとろくなことを考えない」と。そして、イギリスを発つ直前まで私を諭《さと》そうとしていた。

とっくに還暦を過ぎているはずの彼女はお金持ちの未亡人で、外資系銀行の取締役だった夫とは一時日本で暮らしたこともあるという。彼女の家は同じ領主の敷地内にあったが、うちのような古びた小さなロッジとは比較にならない、それはとても近代的で大きな建物であった。

我が家は昔は領主の門番の待合室で、東西に長い木造の平屋だ。キッチンは庭に張り出して後から増築されていた。そのキッチンの窓から、若いアカシアの枝の向こうに隣家の屋敷森とガラス張りの豪邸が見えたのだが、その館の女主人のリンダもまた、ときどきうちのキッチンを見下ろして、日本人の夕餉の献立をチェックしていたそうだ。

リンダの家は裏庭に面した壁面いっぱいの大きなガラス窓が特徴的で、あちらも増築を繰り返したためか、建物内部は入り組んだ構造になっていた。屋敷のなかに一歩踏み込むと、肉厚の大きな葉があちこちに生い茂っていて、まるでジャングルだ。そのためか、家のなかはまるで温室のように暖かく湿っていた。百号もある原色の油絵と古い本がぎっしり積まれた棚に囲まれた部屋は薄暗かったが、たいへんに居心地がよい。客人がいない午後などは退屈なのか、館の女主人はその部屋で私をお茶に誘ってくれたりした。

私たちが日本から戻ってくると、今度は入れ違いにリンダが長期の海外旅行に出かけるという。私は本当にこれで最後になるかもしれないという気がして、晃の手を引いてお別れを言いに行った。リンダの留守中に、たぶん私と子どもたちはここから立ち去ることになるだろう。

玄関から建物を迂回してシダの小道を通り奥庭のテニスコートに通されると、これで愛おしいイギリスの夏とも永遠にお別れだと思われてならなかった。もう二度と味わうこともないだろう。その日はめずらしくお天気がよかったためか、森の陰影はひときわ鮮やかで、テニスコートにはっきりとした日陰をつくり、夕刻を告げるようにヒグラシが大合唱していた。

テニスコートでおもちゃのラケットを振り回す息子に、リンダはグリーンのプラスチックのコップにオレンジジュースを注いで戻ってきた。虫除けのキャンドルも一緒に。そして木製のベンチに座っていた私の隣に腰掛けて、話を聞く態勢をとった。私のこれからの介護プランをひと通り聞いたリンダはこう言った。

「でも、あなたのお母さんはあなたの世話になるよりは、きっと死を選びたいでしょうよ」

「そうかしら？　私は、それはあり得ないと思うけど……」

「あなた。自分がお母さんの立場だったら、と考えたことはないの？」

「いえ、考えているわ。いつだって」

私にはわかっていた。リンダと私の母はちょうど同じくらいの年。そして同じくらい良い母親だけれどどこか違う。リンダは強情なイギリス人の母親なのだ。

「ママはとにかく、これからは並ではない介護が必要なのよ。ルー・ゲーリック病ってリンダも知っているでしょ？」

「いいえ、アメリカではそういうふうに言うのでしょうが、ここではあまり聞かないわね。それはモーターニューロンの疾患のことよね？」

しばらく私は母の病気の説明をした。リンダは気の毒そうに聞いていたが、最終的にはこう言った。

「あなたが後悔しないのなら、あなたのためにだけお帰りなさい。グッドラック」

リンダは、私の計画とは違う未来図が見えると言った。母の真意についても、家族とのこれからの人生についても。最善の選択は別にあるというのである。これを「リンダの予言」と呼べるのかはわからない。あれから一〇年のあいだに「リンダの予言」の一部は当たり、一部は外れることになる。

そのときの私にはリンダの真意は届かなかったのだが、いま思えばリンダは、一人で老後を迎える覚悟を決めていた。息子たちはみな成人して海外に自分の家族といて、クリスマス休暇にしか訪ねてこない。だからリンダは私の母に自分の将来を投影して、息子たちに言うべきことを私に先に告げたのかもしれない。

一人暮らしの母親の末期にはヨーロッパもアジアもない。世界中の老母の望みは愛する娘に決して迷惑をかけないこと、美しくない姿を見せないことだ。そのためならひとり静かに逝くのが望ましい。しかし、縁が切れかかっている母子は別として、母親を大事に思う娘にとれば、そのような母親の覚悟こそが間違っている。「命がいちばん大事」と何度も念を押されて育てられたのに。ALSに罹ったとたん「自分は別」では矛盾が生じてしまうではないか。

それにリンダがもっとも心配していたことは、若い夫婦が親の介護のために離れて暮らすことによって、二次的に起きる災厄のほうだ。親の介護のために、仲の良い夫婦が別居するなどということは西欧では考えられない。いや日本でもめずらしいケースではあるが、この地には子どもの教育のために単身赴任しているビジネスマンも多かった。だからこそ私たちにも選択できたともいえる。

ただ若い夫婦にとって、妻の母親の闘病はリトマス紙にもなった。それから一三年のあいだに二人の人生観のズレは鮮明になり、それぞれが自分の人生を歩み出すことになるのだが、その一点ではリンダの予言は的中したのだ。母をめぐる病いの物語とは別のストーリーがあったということでもある。

病いの物語に多数の伏線が生じるのは病人のせいばかりではないし、母ではなく私の物語も始まってしまうのは仕方がないことなのだ。病人たちの傍らにいるうちに、私の物の見方が変化したために夫が離れていったのである。夫の専業主婦だった私が「変わった」のは間違いではないが、夫も妻の体験にはいっさい興味をもたなかった。

夫の寂しさは私もわかっていたが、心を配る余裕がなかった。でも、つらさを分かち合えずに、おしまいになるような夫婦の話はたいした話ではないのだ。結婚も一種の契約だからそれも仕方がないことなのだが、病いのおかげでより強固な絆で結ばれていく人たちもいる。しかしここではその話はしない。

自分の母の介護に慣れてからというもの、私は自分の家族の世話を後回しにしても、同病の家族の話をあちこち聞きまわる人生になった。

タイミングよい情報提供によって、拒んでいた呼吸療法に踏み出す患者もいるが、支援が間に合わず、家族が迷っているうちに呼吸不全で死なれてしまったこともある。家族はしばらくうなだれているが、やがてはそれがよかったのだと認めざるをえなくなる。自分のせいで死なせたのではない。生きていてもつらいばかりだったのだと。そうして自分の死に方まで予習してしまう。患者の死は自然の摂理だったと思わなければ、その後の人生を生きていけない。自分もそのときが来たら、いっさいの治療を断り、潔く逝こうと思うようになるのも道理である。

一方には悲嘆が強くてなかなか立ち直れない家族もいる。死んだ人の年を数えつづけて、あのとき自分が無我夢中で呼吸器をつけさえすれば死なずに今もそばにいたのではないかと、事あるごとに思い出しては自分を責めてしまう家族も大勢いる。

さらにいえば、同じALSの家族でも、患者が呼吸器をつけるかつけないかによって、その後の人生は大きく違ってしまう。これらの人々がどちらも自分の選択は間違ってはいなかったと主張しあうあいだは、心底から理解しあうことは難しいのかもしれない。

でもだからこそ、死んでいく母親たちに伝えたいことがある。それはリンダの「予言」に対する否定でも肯定でもないし、呼吸器を否定している人に対する非難でもない。末期の親をもつ娘の正直な気持ち。世界中の母親たちに向かって言いたい言葉である。

「ママが病気になって悲しくないといえば嘘になるけど。でも、ママは生きていてくれるだけでいいのよ」

私を抱きしめ、微笑みで安心させてくれた母。おしめを替えて、清潔に気を配ってくれた人だ。怖いときにしがみついた膝も、ご飯をつくって食べさせてくれたその手も懐かしい。その人が弱くなってしまい、もう何もできなくなってしまうのはとても悲しいことだった。でも、それでも生きていてほしかった。

私は母にもリンダにも、迷うことなくそう言って、その存在の大切さをはっきりと言葉で伝えるだけでもよかったのだ。でもそのときの私はリンダに「無駄な延命」と言われれば動揺を隠せなかった。そのころはまるで霧の中にいるみたいに手探りで一歩ずつ進むしかなかった。

ずっと後になって振り返って初めて、後ろにはっきりと道が見えたのである。すると、あのときはああ言えばよかったと思うことや、発見される感情があった。それらはまさに物事が進行している最中にはほとんど見えていないし、人知を超えた力によって意図的に隠されているようでもある。自信などまったくないけれど、この身を投げ出すように前に進むしかなかった。体験しなければわからないということなのかもしれないし、それが定めとか人生というものなのかもしれない。

ただ将来にわたって力になる言葉は、そのときすでに私の心のどこかで芽吹きはじめていた。人が死んでいこうとするのを黙って見ていることへの違和感。それはまだ言葉にはならなかったが、宿主の経験を待っていたのである。


日本の実家では、私と子どもたちの帰国を待ち望んでいたが、もう一つの家族にとっては、その日が別離に向けたプロローグになった。

一二月のイギリスにしては暖かい日差しに恵まれた朝。私と子どもたちはニューモルデンのロッジを後にした。

ヒースロー空港まで車で私たちを送ってくれた夫は、ロンドン勤務が終わるまでのしばしの別居生活と考えて、ただこの別れの場面だけを寂しく思っているようだった。でも私はそのとき、漠然とだが、これが私たちの結婚生活の舵を大きく変えるきっかけになるだろうという予感がしていた。

その日、八歳の薫は小さなバイオリンのケースを抱えていた。私たちはヒースロー空港のＡＮＡの搭乗口で引き裂かれるように別れた。夫の腕から息子を抱き取ったが、息子は察知したように泣き出し、私の腕のなかで暴れて父親のほうに戻ろうとする。それを抱き直して、金属探知機を走りぬけた。振り返ると夫は目頭を押さえている。

いつになったら彼の帰国命令が出るのだろうと思ったが、私には、想像もつかない病いとの闘いが控えていた。当の母も父も思考が停止してしまっているから、今後はなんでも妹と二人で決めていかねばならないだろう。実家を守ろうとして、バラバラになっていく私の家族。

緊張の糸がほどけた機内で涙が出てきて、とうとう止まらなくなってしまった。声をあげておいおい泣いた。息子は黙って首にすがり付いてきた。どこからともなくハンカチがまわってきた。

挿管

ヒースローを出立して二〇時間後に東京の実家にたどり着くと、父と妹は長旅でくたくたの私に母を任せて、さっさと寝入ってしまった。家の中は暖房が入っていたが、どこか寒々としていた。そう、海外から戻ったときに母や妹のはしゃぎ声がまったく聞こえないというのは私にとっても初めての経験だ。父と妹は顔が青ざめ、簡単には回復できないほどの寝不足だとすぐにわかった。

久しぶりに見た母はもう自力で寝返りすらできず、それでもひっきりなしに、か細く、ろれつの回らない口調で寝返りをしたいと訴えていた。いつの間にか昼夜問わずのつきっきりの見守りが必要になっていた。真夏の一時帰国から、まだたった三か月しか経っていないというのに。

病気の進行は凄まじく、目前の母は自分で水を飲む自由さえ奪われていた。疲労しきった父と妹を休ませるために、私はその日から母の隣で二昼夜続けて母を見守り、五分刻みの寝返り、手足首の微調整を手伝った。

こうして一睡もできずに帰国後の三日間が過ぎた。父と妹それに母の友人たちでALSの母を看てきた日々の厳しさをあらためて思い知った。そして、まだ時差ぼけが残る帰国四日目の午後に、母は体調を大きく崩して都立神経病院に救急車で入院した。

病院の主治医、高元先生が予想していたよりも、半年も早い呼吸筋の不調であった。

尊厳死を希望していた患者が呼吸困難になったとき、やはり生きたいと言い出しても、前言撤回を認めない医師がいる。つまり、呼吸器をつけないとずっと言いつづけていた患者が、呼吸困難の錯乱状態のなかで「呼吸器をつけてくれ」と言ったとしても、その希望は冷静な判断を欠いているから無効だというのだ。またそれとは逆に、患者は状態が悪くなって初めて本音がいえるという医師もいる。苦しくなる前から冷静に気管切開を希望できる患者などほとんどいないからである。

患者と家族はといえば、先々のことを考えると怖くなるので、なるべく考えないようにして暮らしている。自分から治療を選択できる患者は本当に少ない。だから患者に生きてほしいと思う医師は、いつ何が起きても対応できるように、つまり気管切開できるように、水面下で準備を進めている。主治医の高元先生も地域の診療所の中村洋一先生も後者の方針であったことから、母の運命はすでに決まっていたのであろう。

その日。日曜日の朝なのに私の電話で呼ばれてすぐにやってきた中村先生は、手早く母の診察をしてから、「入院しましょう」と言って、生きることにも死ぬことにも気弱になっている母を説得した。

母はその言葉を待っていたかのように、うなずいた。それを見て私はすぐに救急車を呼んだ。五分後、すぐ近所の消防署の救急隊員がどやどやと部屋になだれ込んできて、担架に母を乗せ、車に運びこみ、中村先生と私とが救急車に同乗して府中まで行くことになった。妹は子どもたちと実家に残り、入院の準備をすることになった。ここでも相変わらず父だけが、ただぼうっと家の戸口に突っ立って担架で運ばれていく母に向かって「必ず戻ってこられるからね」などと言って見送った。

青梅街道を全速で飛ばす救急車は横揺れが激しく、私は気持ちが悪くなったが、母は冷や汗をかき出していて、呼吸も脈も速くなり、指にはめているパルスオキシメーターの示す血中酸素濃度は九四%を切っても、まだどんどん下がりつづけていた。そして搬入された神経病院の救命救急室で、母は初めて私に青白い顔を向けて、不明瞭な発音で「あうれれ」と言ったのである。

「お母さん、なんて言ったの？」

近くにいた看護師は不思議そうに聞いてきた。でも私は、母のその言葉を初めて聞いた。「助けて」。懇願である。虫の吐息のようでもあった。

「じゃ、呼吸器、つけるのね」

「うん」

母の目はそのとき、私の肩越しにはっきりと「死」をとらえていた。そして、しがみつくような眼差しで今度は私に助けを求めてきた。母の承諾の瞬間を認めた。

あんなにも迷い悩んだ呼吸器だった。

ここに至るまで母は、りっぱに死んでいったというＡＬＳの母親患者の死に際の話を保健師から聞いてはうっとりとし、自分もそうなりたいと願っていた。その女性患者は最後まで呼吸器を拒みつづけ、娘さんの腕のなかで息を引き取った。そのときも医師たちはベッドのそばでメスを持ち、気管切開の承諾を待っていたという。

「映画みたいな美しい死に方。最愛の娘の腕に抱かれて死ねるなんて」

みんなの目前で愛する人の腕のなかで死んでしまう。これこそ悲劇のヒロインだ。しかしこの手の物語は嵩《こう》じると、「知的レベルの高い患者は呼吸器をつけない」という説話に、さらに「家族思いの人は、家族のために死ぬ」というふうに患者に犠牲を強いる話になっていく。

　また保健師の話はそこだけでは終わらず、「娘と持ち家があるなら、呼吸器をつけても自宅で生きていく資格がある」という現実的な取引きになって舞い戻ってきた。

　彼女たちに言わせれば、同じALSでも長く生きられる人と、そうでない人がいるという。長期入院先が確保できなければ自宅療養しかないが、たしかに自宅で生きていくためにはお金のかかる準備が必要な時代だった。

「人工呼吸器はご家族で用意できますか。つまり三〇〇万円もするのですが……」

　今では、医療保険で一〇〇%カバーできる人工呼吸器だが、当時はまだ自費購入が原則だったのだ。

「それから、ご家族は仕事をやめて介護に専念できますか?」

「家族が仕事やめて、どうやって一家で食べていくんですか?　こっちこそどうしてるのか聞きたい」

「お仕事とALSの介護とは両立できませんから。……でも、そうですよね。どうやって暮らしているんでしょう。ALSのご家族は、呼吸器をつけたらお仕事をやめて介護に専念されていますが……」

　それらの話の往復するさまを母が本当に納得して聞いていたのかはわからないが、プライドの高い母は理性的に死んだという患者の話を何度も聞いて、そこから無理にでも死に方を予習しようとしていたのは確かである。一方で、自宅一階の和室を洋間に改築して介護用ベッドを買い置き、さらに呼吸器の場所を確保するためなのか出窓もつくり、その両脇の壁の不自然な高さにコンセントを設えさせたのも母である。

　ある日、親しくしていた保健師が、もし母が苦しみ出したとしても居合わせた人は救急車を呼ばないようにと母の友人たちを集めて注意を促したと知り、母は激怒した。

保健師にしてみれば、家族の留守中に友人たちの誰かが救急車を呼んでしまえば、救命してしまうことになる。そうなれば母が言い残していたリビング・ウィルが達成される見込みがなくなってしまうから、保健師は母のためにこそ、救急車を呼ばないという申し送りをしておく必要があると信じていた。というのも、救急車を呼んで助けてしまって恨まれることもあるからだ。母がはっきり死にたいと言っていたのなら「救急車を呼ばない」、つまり「救急救命をしない」ということをみんなで確認しておく。それは母のためだけでなく、その友人たちのためにも必要な取り決めだと保健師は親身に考えたのである。

ところが病気が進行すればするほど、死にたいと言っていたはずの母は救急車に関する話題を避けるようになっていた。何度か水を向けようとして、私はいつも失敗していた。本人の曖昧さにいらついて、「もし本気で呼吸器をつけたくないのなら、ここに一筆書いてよ」と母を責めたこともあった。お手本にしてもらおうと、『葉っぱのフレディ』や『モリー先生との火曜日』を読み聞かせたりもしたが、そのたび母はそっぽをむいてしまった。

どちらのベストセラー小説も、人生の後輩にスマートに席を譲って亡くなる者の末期話で、ALS患者にはお手本になるはずだったが、母に死の決意を促すほどの道徳的効果はなかった。先に読んでいた私は感動して、こういうふうに満足して亡くなってくれれば母はつらい闘病をしなくて済むし、私たちも気が楽だと考えていた。母に死なないでほしいという気持ちをもっていたのは本当だが、もし母が本気で死を望むのなら、それはそれで受け入れる気持ちもあった。母が安らかな死を達成したいのなら、それも応援したいと思っていた。

とにかく母にどうしたいのかを早く決めてほしかった。それに合わせて自分の都合と医療方針も先に進めたいとも思っていた。あの豊かなイギリスでの生活に戻れるかもしれないというほのかな期待が、私にはまだあったのだ。でも母の気持ちを確かめようとすればするほど、母は「呼吸器」とも言わず、「どうしようかなあ」と言って沈みこんでしまう。さらには「死ぬのは怖くないけど、家族との別れは耐えられない」とも、「パパのお金の半分は私のもの。看護師を雇う費用につかえるはずだ」とも言う。

私たちもだんだん母の気持ちがわかってきて、「病人を急がせて白黒はっきりさせる」ようなことはしないでおくことにした。ことさら治療をどうするかなどと相談することは、母にとってはまったくありがたくないことだとわかってきたのだ。

母の手記にそのころのことがこう書かれている。


一〇月に入って私の体は、足に力がほとんど入らなくなって、寝返りはまったくできなくなりました。

そのために、体位を決めて眠りに入るまでが大変で、左の足が一センチこっちとか、頭の位置が二センチ右とかいって、なかなか眠りにつくことができなくて、二〇〜三〇分は、ああでもないこうでもないといって家族を困らせています。

ようやく体位が決まって眠りについても、二時間たつともう目がさめて、また次の眠りに入るまで、二〇〜三〇分同じことの繰り返しで、千佳子と主人が交代に面倒を見てくれますが、一か月もたつと寝不足と疲労とでよれよれになって、目の下にくまをつくっているのを見ると、なんとかしなくてはと考えるようになりました。

疲れから問題がこじれて、必要以上に感情的になったりすることが多くなりました。

保健師さんに、これから先のことを考えて、千佳子さんかご主人さんに仕事をやめていただけませんかと言われ、三人で話し合いをしましたが、これから先の介護費用や医療器具などの費用を考えると、なんの保証もなく仕事をやめてどうやって生活するんだと主人は頭を抱えこんでいました。

千佳子も自分が中学生のときからこの仕事がしたくて、努力をしていまの仕事をさせていただくようになったので、なんとか工夫をしながら続けていきたいと言う。

私も、姑の介護体験から自分が仕事をやめて姑の介護をして、あの息のつまるような、逃げ場のないつらさを体験させたくないという思いもあって、今までがんばっていましたが、私自身もこの病気のむごさを実感してきて、先日のNHKニュースのALSの特集をみて、本人の大変さもさることながら、家族の負担の重さに唖然としました。

こんなに大勢の方のお世話を受けて、ただ死を待っているような私には、もう何のお役にも立てなくなって、つらさのみが増してきました。人工呼吸器をつけて生きていく希望も目的もなく、自信をもって生きていくこともできないので、人工呼吸器をつけたくないと家族に話しました。

いまの私は、死ぬことより生きるほうがつらいのよと一生懸命に話しました。主人もしかたなくかすかにうなずいてくれました。

書面には生きるほうがつらい、死んでしまいたいとはっきり書いてある。でも、死なないでほしいと望まれていたかったのは間違いないのだ。もし家族が死に同意すれば、それはそれで不本意だったのである。

ここには母が父を説得し、父はしかたなく同意したというふうに書いてあるが、実際のところ、母は父にこそ簡単には諦めてほしくはなかったのではないか。母の友人のなかには、母の言葉に素直に共感を示して、「そうね。あなたの決めたことだから」などと言う人もいたが、そういう人はとたんに遠ざけられた。私も積極的に励まさなかったことから、母に「有美子は私が死んだほうがましだと思っているのでは」と疑われたりしたのは前述したとおりである。

中村先生だけは呼吸器をつけて生きようと、はっきりと励ましていた。今度は地域での呼吸器療養者のパイオニアになりなさいと言って。母はとても嬉しそうだった。

こうして思い返してみると、母は口では死にたいと言い、ALSを患った心身のつらさはわかってほしかったのだが、死んでいくことには同意してほしくはなかったのである。

母はたとえば、いつまでも立ち去りがたく手を振っている波止場の人々を、洋上の船のデッキから見たいというような気持ちだったのだろう。自分はどうしても立ち去らなければならないが、残された人たちには別れを惜しんでほしい。自分は絶望している。こんな身体ではつらくてとても生きていられないと思う。すぐにでも泡のように消えてしまいたいが、「あなたはいなくなったほうがいい」などとは誰からも言われたくない。その瞬間に自分の尊厳は地に叩き落されてしまうからだ。

「私の命を惜しんでほしい」

そう言ったほうが素直な気持ちを表せるのに、病人は決してそうは言わない。

私は母の強がりには惑わされないようにした。つまりことさら治療を勧めることもせずに、運命には逆らわないという、すでに慣れ親しんでしまった方法を粛々と実行することにした。告知以来、母がずっと感じてきた生存しつづけることへの恐怖は受け止めることにしたが、母が永久にいなくなるという現実と、次第に動かなくなっていく身体の世話に黙々とつきあうこととは別々に考えることにした。

母は本音を言わないで、できる限りの我慢をしている。だから私も先のことを考えるのはやめて、母の身体が発する要求にだけ、何も考えないで今すぐ応えることに徹した。

「地底に沈み込むような感じ」

「体が湿った綿みたい」

「重力がつらい」

「首ががくんとする」

ろれつの回らない母の訴えは途切れることがなかったが、私たちは少しでも心地よく過ごしてもらうことに集中して、その身体の微調整をしつづけた。そうしたら自然に、救急搬送という段取りになっていたのである。

容態が落ち着いたので救急救命室では処置をせず、病棟の二人部屋に移された。母は額にあぶら汗をかいて暑がっていた。私は病室のきしむ窓をこじ開けて外気を入れた。一二月の府中の冷気がさっと病室に流れ込んできた。

対決と決別

「どう?」と振り返るとなんと母はすでに気絶していた。

モニターの血中酸素濃度の数値が急激に下降している。私は驚いて廊下に走り出て近くにいた看護師に「母が!」とだけ言って、床にへたりこんでしまった。それからしばらく、私はどこで何をしていたのか覚えていない。ただ廊下をばたばたと看護師たちが走り回り、医師が飛んできたのはわかった。次に覚えている光景では、母はもう口の端から筒を入れられて呼吸器で息をしていた。

医師の説明では口からの挿管、つまり応急処置的な人工呼吸は、長くやっていると喉の粘膜に潰瘍ができるという。これを三週間して、それで治療継続の意思が変わらなければ気管を切開し、そこから呼吸器をつなげることになった。母は口から挿管されて苦しそうだったが、意識がはっきりしているときには筆談でいろいろ話した。ところが運の悪いことに、お隣のベッドのベーチェット病の女性患者さんが、母の入院して数日もたたないうちに亡くなってしまった。

ある朝、私が病院に戻ってみると隣のベッドがもぬけの殻だったので母に聞くと、真夜中にお隣の患者さんの容態が急変し、大変な騒ぎになってすごく怖かったという。微動だにできない母は、その場から逃げ出すこともできず、カーテン一枚隔てたベッドの上で、耳もふさげず、その人の臨終に立ち会わなければならなかった。患者さんの息子さんは一〇年以上も病院に通って看病していたそうだ。私たちにもていねいに挨拶をして、母親の住み処を引き上げていかれた。

当時はまだ、長期入院している難病患者もかなりの数いたのである。


母の気管切開の日が明日かあさってに迫ったとき、男性医師から家族に対して最後の意思確認があった。私はその話の始まる前に廊下を走り回って高元先生を必死で探したが、どの部屋にも姿がなかった。連絡は届いていたはずだが非番だったのかもしれない。

「このまま呼吸器を続けてもいいのですね?」

その白衣の医師は念を押してきた。

私たちにしてみれば、この時点で断ることなどできない。なんでそんなことを尋ねてくるのかが不思議だった。それで「先生は、なんでそんなことを確認するのですか?」と聞いた。

「これからの介護のことを考えると、ご家族の承諾がいるんです」

「ここで呼吸器をつけずに帰るってことは、つまり死なすってことですよね」

私は重ねて聞いた。

「そうですが……。ここまできて呼吸器をつけないということは私たちとしてはできません。というか、したくない」

この医師は自分たちにも「したくない」ということを、あえて家族に「どうしますか」と聞いてきたわけだが、私の反応を見て安心したのだろう。続けてこう言った。

「人工呼吸器といってもメガネのようなものです。気楽に考えたらいいですよ」

後で知ったが、この「メガネの喩え」は医師が患者家族に治療を納得させる常套文句である。私もそのときはメガネと同じと言われて気が楽になったような気がした。しかしメガネなら自由に取り外すことはできるが、呼吸器はそういうわけにはいかない。「一度つけてしまったら本人が希望しても二度と取り外すことができない」と批判されていることを、後になってから知った。呼吸器の取り外しができないことは、患者にとって良いことなのか悪いことなのかそのときはわからなかったし、今だってそう明確にわかっているわけではない。

でもあのときメガネと同じと言われて、介護していくことを決断できたのはよかった。自分たちにも「できる」という気持ちになり、在宅療養に向けて一歩を踏み出すことができたのだから。神経内科医のもっとも重要な仕事のひとつに、家族をいかにその気にさせるか、ということがある。「できる」と思わせるか、それとも「できない」と思わせるかは、その医師の心掛けしだいなのだが。

その後だいぶ経ってからＡＬＳからの呼吸器の取り外しが、倫理的課題として国の検討会や学会などで取り上げられるようになって、私たちはその渦中に巻き込まれていくことになる。しかしこのときはまだ、母と私たちの体験は家族だけのものだった。

やがて、喉元に人工呼吸器を装着した姿で集中治療室から一般病棟に移った母を慰められる人はいなかった。

母の口元は、長いあいだ圧迫されていたためか青く腫れ上がり、唇の皮はガサガサに荒れていたけれど、顔はすっきりしてみえた。化粧っけない少女のような顔が露わになり、ベッドの上にぽつんと、命がむき出しになった母がいた。助かった。でも正直いえば母がかわいそうでならなかった。

しばらくはサインペンを持って筆談することができたが、退院のころには手にも力がなくなり、口の形で何を言っているのか読み取れと言う。あまりにうるさく要求する母とよく喧嘩になったものだ。

しかしその口の形も、あっという間にわからなくなった。文字盤を使ってほしいと焦るのは病人以外で、本人は口の形でも伝えられないなんて考えたくもない。なかなか文字盤の訓練に同意しようとしてくれない。

母は不安とストレスのあまり一日に何度もパニックを起こした。特に手荒な看護師に腹を立て、今すぐ退院すると目で言い張って困らせた。そのわりにはあまりにも頻繁に五分も待たずに次のナースコールを押すものだから、しまいにはコールを外され、誰かを呼びたくても呼べなくなった。悔し涙にくれる日々だった。

病棟の看護師たちも要求の多い母の扱いに困り果てて、「早く来て、とお母さんが言っています」などと早朝から自宅に電話してきた。

病院にしてみれば、手のかかる患者は迷惑なのだ。うちの母は病棟のALS患者中でもわがまますぎると何度も言われた。しかしこちらにすれば、病棟では母の要求は満たされていないということになる。だから父と妹と私の三人は、JRとバスを乗り継いで片道一時間以上もかかる病院に、朝から母が薬で眠りにつく夜までのあいだ、交代でずっと誰かが必ず付き添った。そのうちバス代節約のために国分寺駅前の駐輪場を借りた。家族がそばにいないときは一時たりともないという、手厚い看病の始まりだった。

母のALSの進行はとても早く、病気は私たちにケアを習得する暇を与えてくれなかった。口の形を読む方法も、工夫してひとつの方法を開発したとたん、あっという間に使えなくなった。それでいて母は家にいるときはどんなに危なくても足で歩きたがり、鍋が重くて持ち上がらなくなっても、いつまでも自分で味噌汁をつくりたがった。「障害を受け入れない」「病気を受容しない」ということが、母にとって病気との闘いと呼べる唯一のものになり、父がこの問題をさらにこじらせた。

母以上に父が病気に容赦なかったことは前述したとおりである。だがこうして考えると、もしかしたら父こそが母の気持ちをもっとも生々しく肌で感じとり、それが愚直ともいえる拒絶反応になって現れていたのかもしれない。母の身体機能は確実に落ちていったが、本人が降参しない限りは誰かが必ず手伝うことになったし、父も母以上に「できること」を諦めなかった。

とはいえ、もう二度とできなくなるという最後の瞬間は、いつかは病人が自分で決めなければならない。これでもう私のこの人生では二度とできない。これが最後。本当におしまいで、決別する日が来たのだと。

母の胴体は水袋のように中心がなくなり、手も足も濡れた綿のように重くなっていたので、長距離の移動は転倒につながる危険な介助になっていった。でも、母の足が完全に萎えてまったく立てなくなってからも、私の父は母の全体重を自分の身体で支え、その足首を両手でつかんで「いちに、いちに」と掛け声をかけながら、急な階段を昇り降りさせていたのである。

父は母を寝室のある二階になんとしても連れていき、今まで何十年もそうしてきたように、自分の隣で母を寝かせるためにそうしていたのだ。母は急な階段の昇り降りがどんなに怖くて危険でも、父が諦めない限り、二階の寝室に行くアクロバットを毎晩繰り返した。

しかし医者さえ禁止できなかった父のこの階段介助は、私たち母子三人がイギリスから帰国したその日、唐突に終止符が打たれることになった。晩になって孫たちが二階の部屋でおじいちゃんと休むことになり、それでおばあちゃんは押し出される形で、一階の介護用ベッドで夜も引きつづき休むことになったからだ。そうでもしなければ、父は階段から転げ落ちるまで、毎夜の階段昇降を続けていただろう。


他の疾患はどうだか知らない。でもとにかくALSとは、「受容」するどころのものではないのは確かだった。家族にとってもALSが飽かず繰り出す障害に、知恵を絞って対抗する日々である。患者が自力でできなくなったことも、介護者の力でなんとか継続することができる。だから医者や看護師の医学的アドバイスなどは、ぎりぎりになるまで要らぬお世話でしかない。本人がそろそろ取り引きをしてもよいと思われるような、病気とはまったく別の理由やきっかけがないと、失われていく機能を諦めることなど到底できない。

ALSにとっての別の理由とは、「介護する側の体力の限界」であった。弱り疲れ果てた介護者を見ることは患者本人にとってもっともつらい体験である。母は私たちの苛立つ様子を見ながら、まだ介助してもらえれば「できること」であっても一つひとつ決別してきたのである。そして、二度とたどり着けない場所やできないことばかりを増やしてきた。「今日から、もう二度と二階の自分の部屋には行かない。どんなにパパにせかされても。もう二度と私は自宅の階段を上がらない」というふうに決意して。

二階に行かなくなれば、物干し場や丹精込めて育てていた草花のプランターを見にも行けなくなる。自分で洗濯するのもやめた。しばらくして台所にも行けなくなり料理もやめた。そしてトイレにも、母はみずから行くことをやめた。家のどこかにエレベーターを設置しようという話もしたが、余分なお金を使うことに賛成しなかった。

そのうちリフトを使って自宅の風呂に入ることも諦め、介護者の負担が重くなったので玄関からの出入りもやめた。家中どこにも行けなくなり、ほぼベッドに寝ているだけの日々になっても、まだまだできなくなることは残っていた。ナースコールである。握って使う市販のものはすぐに使えなくなった。

最初の数年間は、私が母専属の作業療法士だった。私は小中学校で習った理科の知識を総動員して、自作のコールを改良しつづけた。家にあった痴漢撃退用のブザーの蓋をあけて、音が鳴る仕組みを見ながら、これに自作のスイッチ（わずかな動きと力で押せる小さなスイッチを買ってきて、軍手に縫い付けて、それを母の手にはめさせた）を繋ぎ合わせるために、何でも入っている父の引き出しの奥で見つけた電線の切れ端を、ハンダでブザーとスイッチに固定したりした。

それでも母はしまいには皮膚に一本の皺をつくることさえできなくなり、全身くまなく探しても、意思伝達装置の端末になる自作スイッチを貼り付けられるような箇所はなくなってしまった。最後まで動かせていた薄い瞼の皮膚に、都の職員でもある作業療法士がやっと持ってきてくれた最新式のピエゾセンサーをつけて感度を高めて工夫に工夫を重ねたが、これにもやがて決別するときがやってきた。

たしか介護保険の始まる二〇〇〇年になる直前だったから、呼吸器を装着してわずか三年で、運動障害は瞼の開閉ができないところまで急激に進んだのである。

その日の午後、薄暗い部屋に私は母と二人きりだった。

いつもは母のベッドの足もとで昼寝をしている猫たちも、雨の匂いを嗅ぎに出て行った。

私は朝から何度も瞼に貼ったスイッチの位置を調整していたが、母はとうとう瞼を一ミリも動かせなくなっていた。母は目を閉じて押し黙ったまま努力することを諦めた。

私はその瞼の皮膚から、アルミニウムの小片とピンセンサーをそっとはがして、電気コードと一緒に丸めてベッド脇のタンスの引き出しにしまった。完全な敗北感で満たされ、私は母のベッドにうつぶせになり声をあげて泣いた。母の閉じた瞼のあいだからも、幾重にも涙の筋が流れ落ちていた。

話を戻そう。一九九五年一二月に救急入院し、気管切開も経管栄養の胃ろうの手術もうまくいき、そのまま続けて人工呼吸器を使い出したので、翌九六年二月上旬には母は自宅に戻ってくることができた。

疲労

しかし在宅での人工呼吸器は、大げさではなく休憩がまったくとれない連続した介護を私たちに要求した。それは予想をはるかに超えた労働であった。介護疲れとは、スポーツの疲労のように解消されることなどない。この身に澱《おり》のように溜まるのである。退院後たった一週間で、家族はくたくたになってしまった。日中の一、二時間、診療所の看護師が訪問してくれているあいだに仮眠を繰り返して睡眠不足をごまかしていた。夜中もしょっちゅう母に起こされるので、パジャマに着替えて寝ることもなかった。

四六時中ナースコールで呼ばれたので、いつでもすぐに駆けつけられるようにしていた。耳をそばだてた臨戦体制で神経ばかりがピリピリしていたが、ナースコールは文字通り母の生命線でもある。位置がずれたり、鳴らしても誰も来なかったりすると、パニックになってしまう。ずれたスイッチを正しい位置に付け直すだけでも、かなりの時間がかかる。そのコツは家族にしかわからないから、区から派遣されていたベテランのヘルパーであっても、ナースコールの微調整ができなければ、母は用心して身体に触らせなかった。

診療所の訪問看護師は一回の訪問時間をできるだけ長くしてくれて、母の爪に色を塗ったり、私が買い物に行くあいだ母を見守っていてくれたりした。でも、たとえそばにいてくれたとしても、文字盤で母と会話ができない看護師では、結局は看護師と母のあいだの通訳のために私は休めなかったし、仮眠もとれなかった。

退院当初は、妹と私だけが母の意を汲んだ介護ができたので、しだいに他の誰とも交代できない介護になってしまった。私にはこれがあと何年も、一〇年以上も続くなどとはとても信じられなかったし、すでに体力も気力も、もたないと思いはじめていた。

母の介護で忙しくなり、イギリスにいたころのように、子どもたちのために十分な時間をかけることができなくなっていた。帰国したその日から母は孫の存在などおかまいなしで、ひっきりなしに私を呼ぶ。だから子どもの世話と母の介護とが両立しないことも、子どもに今までのように手をかけることも無理だとすぐにわかった。母の勧めもあって、近くの保育園に駆け込んで園長先生に事情を話したら、すぐに事態を理解してくださった園長の計らいで、相談した翌日から息子を三歳児クラスで預かってもらうことができた。

上の娘の薫も、帰国した翌日から私が卒業をした近所の小学校に通うようになっていた。息子の晃の保育園の送り迎えはおじいちゃんの仕事になったが、突然晃は目がぱちぱちすると言い出した。チックになってしまったのだ。私は子どもの心情に気を配っている余裕すらなく、子どもの病気は自然に治るまで放っておくしかなかった。母もまた孫たちにすまなく思いながらも、自分の命のためには私を一時もそばから離さないという療養スタイルを続けるしかなかった。

母は娘の世話になりたくないという気持ちと、子ども以外の人に自分の身体を触らせたくないという本音と、両方とも誤魔化せなくなっていた。母の細かい注文に対応するのに忙しい私は近くの商店街での短い買い物さえも許されず、たとえ息子がインフルエンザにかかり高熱に苦しんでいようと、母を置いて小児科医に連れて行くことさえできなかった。

家族に対するこのような極度の依存性は、母の人格が崩壊したかのように感じられ、あの気丈な母とこの病人が同一人物などとは信じられないほどであった。そして、いつの間にか晃と母とは私を奪い合っているような状況になったが、いつも母が優先されたので、この子はいつかおばあちゃんに間接的に殺されるだろうと覚悟を決めたのである。

母は呼吸器が外れて放置されることをすごく怖がるくせに、生きていくという意気込みがまったく感じられず、ただ呆然と時間だけが過ぎていった。でも、ただ生かされているだけなのかと思えばそうでもなく、意志ははっきりとしているので、気に入らないことがあるとすごい形相で睨みつけてきた。器械を装着した人間が目だけで怒るのだから、それがさらなる誤解を生み、私も憤慨してよく親子喧嘩に発展したものだ。私たちにとってはただの親子喧嘩に過ぎないのだが、尋ねてきた人がちょうどそのような場面に遭遇すると、とんでもないところにきてしまったと思ったらしい。「身内の看病には限界がありますね」などと言われて、その言葉でさらに頭に血が上ったこともあった。

病人がいちばんつらいだろうけど、自分の人生をなかば放棄してまで親につきあわねばならない子どもには、それなりの言い分も悔しさもあった。でもストレスを発散する方法もない。介護で外出がめっぽう制限されるから、仕事もできないし友人にも会えない。私は介護を契機に夫と別居するはめになってしまったし、妹は長年勤めてきた出版社を退社してしまった。余裕がなくなると自分たちに起きる悪いことはみな母のせいになってしまった。

妹はなんとか請負仕事を在宅でできるようにしたが、二人でテレビを見ていたら、「発想の転換」「何でも肯定的に考えてみよう」とどこかの俳優が言っていて、これにはやたらに腹が立った。発想を転換して解決できるような問題なら、私たちはそれを「悩み」や「負担」なんて呼ばないのだ。

私たちはいつ終わるともわからない介護にめまいがして、当初の誓いが甘かったことに気がつきはじめていた。予想していた百倍も介護生活は過酷を極めはじめている。想像できなかったのは、明るく気丈だった母の落ち込みようだった。まるで人が変わってしまったかのように、わがままを言いつづける難病患者の誕生だった。

お願いだから介護に協力してほしいと何度本人に訴えたかわからない。しかし、こちらの提案はめったに受け入れてはもらえない。まったく協力しないのだ。こうしたら母のためになるだろうといろいろ工夫して実行しても、とたんにダメと却下されてしまう。毎日の着替えもオムツの交換方法も、手や足を置く位置も、「何から何まであなたたちの言うとおりになどならないわ」という意地さえ感じられる。しかし今思えば、そうやって母は自己主張の練習をしていたのだった。この先長くALSと仲よくやっていくために。

重度障害者としての生き方を母は学びはじめていた。私たちになされるままになることに徹底的に抵抗を示すことで、ケアの主体の在り処を教えてくれていたのである。これも今だからこそ本当によく理解できるのだが、あのときは自分勝手ばかりいう母が許せなかったし、母のわがままとしか思えなかった。

期待しない自由

私は虚しさを覚えはじめていた。三十代前半で自分の人生はもう終わってしまい、未来も閉じたと思っていた。母の介護をするためだけに自分は生まれてきたのだと悟ろうとしていた。

介護のつらさを友人たちに話してみても、まだ彼女たちの親は元気なのだから、何がつらいのだかが到底わかってもらえない。どんなに説明してもALS特有のつらさが伝わらないという悲しさがあった。世間はALSの存在さえ知らないのだ。

父だけが、なぜか母の友人たちや親戚にとても心配されていた。男の介護者はどこでも同情の的だった。私より二歳半年下の妹のほうがさらに深刻だった。こうなってからは誰も妹に結婚話など持ってこない。それに私たちがいなくなれば実家は介護の働き手を失ってしまう。もし私たちの代わりに看護師を雇って一日の介護を依頼すれば、その費用は一か月四〇〇万円を超すこともわかっていた。試しに電話で問い合わせた先の看護師派遣会社の社長は、はっきりと「私たちは貧乏人は相手にしない」と言った。家政婦なら二四時間の住み込みでも一〇〇万円前後で収まりそうだったが、それも普通の家族が望める金額ではない。

私はとうとう高元先生に電話で愚痴をこぼしはじめた。

「私の人生もおしまいです」。そして、「あと何年、がんばればいいのでしょうか」と。

母の死を心待ちしているように聞こえたかもしれない。でも心底疲れ切ってしまっていたので、私は正直にそう尋ねた。すると先生はあっさりこう言ってくれた。

「そうねえ、あと四年。平均ですが……」

それでも私にはとても長いと思われて、はあっと溜息が出た。

自宅療養以外は絶対にいやといっている母だった。どこかの病院に終身入られてしまうことをもっとも恐れていたのだ。私たちとて、遠くの病院に長期入院をさせるなどとはまったく考えていなかった。都内には長期療養できる病院などないし、かといって、紹介された埼玉の狭山市にある病院に入院させる気もなかった。四六時中、身体の微調整を要求してくる母が病室でおとなしくできるわけがなく、結局、看護師にまた呼び出されて遠い病院に三六五日毎日通って朝から晩まで付き添うことを考えたら、自宅療養のほうが断然楽だと思った。

しばらくすると、高元先生が一冊の本を持って再び実家を訪ねてくださった。神谷美恵子の『生きがいについて』だった。グレーの表紙が地味だと思ったが、ページを繰ると何度も読み返された痕跡がある。そこここに鉛筆でラインが引いてあり余白には書き込みもあった。

高元先生は、三十代前半で親の介護に縛られてしまった私の苛立ちをとてもよくわかっていて、なんとか慰めようとご自分の愛読書をプレゼントしてくださったのだ。

「有美子さん。女の一生には必ずターニングポイントがあるのよ。いま働いている人がいつまでも働けるとは限らないし、いま働いていない人がその後、外で働くようになるってこともあります」

そういう高元先生は、いったい当時おいくつだったのだろう。

母の居室の隣のリビングで、私のそばに立ってぱらぱらと愛おしそうに本のページをめくりながらそう語った先生は、小柄ながらパワーのある人だった。でも内面はまったく普通の母親と変わらなかった。子どもの養育と仕事の両立のことで悩んでおられた。

「今はまったく身動きが取れなくても、有美子さんにはそのうちに時期が来ると思うの。私は今こうして神経内科医として毎日忙しくしているけれど、病棟からの呼び出しのたびに、病院から病棟に向かうあの坂道を登るのがつらくなっている。身体にガタが来ている。私はそのうち仕事を休むときが来ると思っています」


私たちの時代、一九八〇年代には、男尊女卑の社会でも男性社員と肩を並べて結婚もしないでバリバリ働くことが高学歴の女の憧れだった。私の出身高校は都内でも有数の進学校で、卒業生の結婚平均年齢が女子は二八歳。今では三十路を越えた結婚など普通のことだが、当時ではかなりの晩婚である。でもいくらウーマンリブが流行ったとしても、女は一度結婚してしまえばその後の人生の大半は夫と子のために費やすことになっていったし、四十代既婚女性の社会復帰、再就職などは夢物語に近かった。

良い学校を卒業して大企業に就職するのもより良い結婚をするためで、結婚相手が自分の一生を決定づけると母に言われて私は育った。「三高」すなわち高収入、高学歴、高身長の男性が夫の理想像とされていた。だから大学を卒業したその年に結婚した私は、小学校で教師として働きながらも、高身長だけ除けばほぼ理想に近い男性と結婚したと思っていた。でもここにきて母の病気のせいで結婚生活は中断し、夫もロンドンで何をしているのかもわからない。国際電話も途切れがちになっていた。

世間的に「よい家庭」を築く目標が奪われたばかりか、母親として子どもの将来にかけていた夢も、家族の平和もすべてが打ち砕かれていた。私は、ただただ母のために費やす時間は奴隷のようでつらいということもあるけれども、それよりも自分の人生の可能性や子どもたちの前途が閉ざされたことがとてもつらいと先生に打ち明けた。

そんなときに、高元先生から神谷美恵子の本をいただいたのである。私は読書によって癒され、貴重な言葉をどのページにも発見した。

「自分のほんとうにしたいこと、ほんとうにしなければならないと思うことだけすればいい」

そんな一節があった。そう言われれば、私には介護を始める前にも、自分がしたいことなど見つかっていなかったことに気がついた。母の介護で過ぎ去る年月は、自分まで幽閉されているような色彩のない日々だったのだが、振り返れば二二歳で結婚してからというもの、私には自分のための時間などなかったのだ。夫と子どもにすべてを捧げるのが義務と信じていた。でも自分の家族に時間も気持ちも割けない日々になり、子どものためのバイオリンもピアノも覚えかけの英語もお稽古ごとはすべて諦めざるを得なくなって、何かが変わった。

自分はもう子どもたちには大して手をかけられないと悟りを開いたのである。その代わりに自分のこの運命を受け入れることにした。そしてまず、子どもたちに対する期待値を無理やりにでも大幅に引き下げると、薫の塾の偏差値がすぐに六〇台から四〇台にストンと落ちた。

これを見て私もやっと目が覚めたのだった。世の母親の例にもれず、私も娘の成績には一喜一憂してきた。だから帰国後も近所の進学塾に通わせ、介護の合間に実家の食卓で娘と頭を突き合わせては塾の勉強を教えこんでいた。少しでも海外生活での遅れを取り戻そうとして私は焦っていたが、薫は進学塾の勉強についていけない。泣きながら塾になど行きたくないと反抗しだした。それがさらに私のストレスを増大させていたのである。

薫に勉強を教えている最中でも、母はひっきりなしにナースコールで私を呼ぶ。行ってみると文字盤で手や首、腕の微調整を要求する。いらいらしてくるが、母もそれらの位置に納得できるまでは私を離してくれないのですぐに薫の勉強に戻れない。ＡＬＳの母も、帰国子女の娘も、どちらも私の思うようにはいかない。

私は頭がおかしくなりそうだったが、理想主義と完全主義を一切やめて、なるようにしかならないと運命に身を委ねることにしたら、とたんに身も心も自由に晴れ晴れとしたのである。

すると、いま薫に習得させるべきは点数の取り方ではなく、自信をもたせることだということがわかってきた。自信喪失の原因になるくらいなら、塾通いはやめたほうがよいのだ。子どもたちと過ごせるわずかな時間さえも、塾の勉強のためだけに使い切っていたことを反省した。お勉強ができる子がみな幸せになれるとは限らない。むしろ偏差値や他人との比較でしか自分を評価できない人に育ったら、それはとてもかわいそうなことなのだ。

長生きのＡＬＳ患者は、自己愛と存在の絶対的肯定によって支えられていた。これも患者さんたちとの交遊からわかったことだが、病いに侵されて何もできなくなってもなお自分を大切にできる人は、弱く衰えた自分でも愛せる自由で柔軟な思考回路の持ち主であった。長生き患者の秘訣を知り、私は子どもたちへの接し方を変えたのである。

私と薫の母子関係は、おばあちゃんの発病によって危ないところで正されたようだ。親の責任について考え直した私は、それからは子どもへの過干渉をやめて、今度はひたすら自分が好きなことをするために生きる日々になった。

母は私の自由な時間を容赦なく奪っていたが、考え方を変えてみると、制約のなかにこそ自由は無尽蔵にあった。日中もめったに外出できないが、母の浅い眠りを見守る時間には、誰にも邪魔されることがない空想の世界が広がった。私は自分のための時間と自由の断片を、母の介護をしながら寄せ集めるようにして手に入れていたのである。

狭く暗い部屋の畳一畳ほどの空間で、ヘルパーさんが見守りを交代してくれる数時間でできることを工夫した。念願のチェロも手に入れた。実家に親子三人転がり込んだおかげで生活費が浮いたので、それを一気に放出してチェロを買ったら気持ちよかった。そもそも弦楽器に憧れていたのは薫ではなくこの私だったのだ。

もっとも重要な変化は、私が病人に期待しなくなったことだ。治ればよいがこのまま治らなくても長く居てくれればよいと思えるようになり、そのころから病身の母に私こそが「見守られている」という感覚が生まれ、それは日に日に重要な意味をもちだしていた。

ＡＬＳで寝たきりになると、「以前は気がつかなかったような道端の花も、自分の腕にとまった蚊でさえ愛おしい」「生きていてナンボ」などと言えるようになる。命という命が尊くなる。ＡＬＳの人は異口同音にそんなことを言う。これはとてもシンプルで素敵な考え方なのに、能力主義に溺れてしまっていると理解できない。

何億人もの人間のなかの、ちっぽけな私のたった二人の子どもとして、薫と晃が生まれてきてくれたのはたいへんな偶然だった。子どもたちがたとえ私の思い通りにならなくても、私の子どもでいてくれることに感謝できるようになっていた。

医療に関する約束

呼吸器をつけた母が自宅に戻って半年が経ったある日、診療所の中村先生と看護師の生田さんが、突然ケアカンファレンスをしようと言い出した。ケアカンファレンスとは、医師や看護師のほかに、保健師やケアマネジャーなどのケアチームの関係者が集まって、調整したり相談をしたりすることを指す。

呼吸器をつけてしばらくすると、療養生活も落ち着いてきた。そして母の友人ボランティアもだんだん来なくなり、家族だけの介護になり、家のなかはとても静かになった。でも病気の進行は止まらない。再び現実を受容できなくなったのは母だけでなく、父も情けない状態だった。そのことが先生の耳に入り、心配の種になっていたようで、父への励ましの意味もあったのだろう。

これまでも何度か、うちの居間いっぱいに車座になって、母のケアについて話し合いはおこなわれてきたが、その日は先生と生田さんが二人で来るという。なんだかいつもと違う感じがした。そして本当に、先生は日本酒の一升瓶を、生田さんはどこかで買ったサバの棒寿司を持って、夜七時半ごろやってきた。

母の在宅移行以来、リビングの洋間にコタツを出していつでもうたた寝できるようにしていたが、そのコタツを囲んで中村先生は、父に日本酒をすすめながら言った。

「奥さんがこの先、もし意思の疎通がとれないようなことになったら、そのときはどうするかご主人が決めてください」

父はうれしそうに久しぶりのお酒をいただきながら、「そうしましょう」などと言って笑っていた。

料理を並べたり酒をお燗していた台所の私には、もしものときには先生と父とが二人で相談をして母の呼吸器を外すという相談に聞こえた。

私はもちろん在宅でできる限りの治療をして、最期も病院には搬送せずに母の希望どおり自宅で看取りたいと思っていた。しかしその一方で、母の苦痛にどこまでつきあえるだろうという恐れも抑えがたくあった。もし意思の疎通ができなくなったら、私は呼吸器を外して死なせてしまうかもしれない、と。

でも、母がそうなったときのリーダーシップは父と先生とがとってくれるらしい。そう思ったら、余分な力がすっと抜けていった。そして、今まさに何を意図して先生がやってきたのか、わかったような気がした。中村先生はたぶん、「意思疎通ができなくなったときの治療方針を誰が決定するか」などという難しい手続きの確認ではなくて、母がそんな悲惨な病状になったらどうしようと不安で押しつぶされそうになっている私たちの「ガス抜き」にやってこられたのである。父だけではなく娘に対しても。

そんな気遣いを知ってか知らずか、お酒と先生を前にした父はただ単純にうれしくなってしまって、母の医療代理人にされそうなことなどまったく意に介さないふうだった。もっともその場にいた誰もが、のんきに晩酌をしながらの、こんないい加減な医療代理人の決定が有効だとは思っていなかったが、それは私たちに一時の安堵をもたらし、家族の緊張をやわらげたのは事実である。

「そうなったときにどうするのか」を前もってしっかりとした文章で書いておくことや、そのときまでに必ずやらなければならないことを生真面目に相談すること、段取りとしての正式な書類、統計や検査といったものが、この病気の本人や家族にとってはつらく面倒な仕事だということを、ときには精神に破壊的なダメージさえもたらすきっかけにさえなりうることを、先生はご存知だった。

医者の詳しい説明や選択肢の提示は、乳がん患者だったときの母には効果があったが、ＡＬＳ患者になった母にはつらいことが多かったようだ。神経内科医の説明の大部分は元気を取り戻す役に立たないばかりか、救いようのない存在になってしまうという現実を病人に突きつけてしまうのだった。医者が悪い情報ばかり与えれば難病患者に希望をもたせることは難しい。なんの解決方法も添えられないのだったら、患者は何も聞かないほうがずっとましだ。

結局、医療代理人であるはずの父はそれからも本能の命じるまま、大事な場面ではいつも真っ先に逃げ出している。家族で話し合って何か重要な決定をする場面では、以前から父はもっともふさわしくない人であったし、その頑固なまでの不甲斐なさを、母は姑の介護で十分すぎるほど知っていた。だから先生たちも、父に毅然とした態度がとれるなどとは最初からほとんど期待していなかったと私は思う。母の医療代理人というのなら、父はもっともふさわしくない人選なのだ。しかし難病患者の治療に関して、家族に白か黒かを迫るのではなく、やんわりと覚悟を決めさせる方法はいくつもあった。それを先生と生田さんは順次実践していた。

中村診療所の母のカルテの余白には、母が文字盤で先生や診療所の看護師さんに伝えた言葉や、私たち家族のもめごとの内容までが仔細に記録されていた。慢性疾患の患者と医師とのつきあいは、ひとつの物語をつくるといってもよいほど長い経過をたどるので、医師はまるで小説家のように家族の歴史に関わり、登場人物それぞれに深い洞察力を働かさなければならない。

後日、なんでもない日の、いつもの訪問診療の終わりのほうで、母は透明文字盤を目で追いながら、「先生にお任せます。最後は先生が決めてください」とだけ言った。先生も「はい」とだけ言って、ぽんぽんと母の掛け布団を叩いて、それだけで医療に関する取り決めは完了した。

外へ

気管切開し喉から呼吸器をつけた後も、母の不安定な精神状態は半年ほど続いた。しかし病院や診療所の人たちの知恵を絞った対応と、数種類の睡眠薬とトランキライザーの処方、それに何よりもベッド周りで遊ぶ八歳の薫と三歳半の晃の愛くるしさに励まされ、母はなんとか人工呼吸器の生活にも適応し、人生の最大の難関を乗り越えることができた。誕生して間もなく長期の海外生活になりめったに逢えなかった孫たちがいつも自分のそばにいる生活は、病気に勝る生きる喜びを母に与えていた。

ただ、そのあいだに私たちの介護疲労もピークに達していたので、家族以外の人にも母の介護ができるか試してみることにした。最初の介護人は中村診療所の看護師の生田さんが探してきた。日本で初めてＡＬＳの夫を病院から自宅に連れ戻して介護した人、井伊ナカ子さんだった。

その日、実家の玄関に降り立った井伊さんはマリア様のように神々しくみえた。優しい笑顔でまっすぐベッドの母に会いにいき、当たり前のことなのだが、その姿を見てもまったく動じることなく、すぐに文字盤を取り、友人のように接してくれた。吸引も経管栄養の注入も、文字盤の読み取りもすべてが素晴らしい手技であった。井伊さんが同病者の妻だったということで、母は最初から安心していたようだ。それ以降、月に一度、土曜日の朝から夕方まで井伊さんは実家にやってきて、私たちと介護を代わってくれるようになった。

井伊さんの介護に慣れてきた母は観念したのか、次は娘と同世代で、当時まだ三〇歳だった塩田祥子さんを介護者として受け入れてくれた。電話であちこちの介護事業所に問い合わせをして運よく探し出した人だったが、その二年前に四歳の娘さんを亡くしていた塩田さんとは、その後も母以外のＡＬＳ患者の支援を一緒にしていくことになる。運命の糸に導かれたような出会いだった。

こうして家族以外の人が介護に入る環境になっていったのだが、その時点で在宅療養を開始して七か月が過ぎていた。

ある日、母は突然何を思ったのか、川柳を習うと言い出した。呼吸器にも慣れ介護の態勢も整いはじめたので、一時の絶望を乗り越えて、母はやっと生きがいを見出そうとしていた。笑い声が絶えない生活が戻ってくるように、母は私たちの生活を歌に詠んでみたいと思ったのだ。絵画教室の井上先生も、絵筆の代わりに歌を詠めと言って励ましてくださった。

私は近くで川柳教室を開いている先生がいないか、文化センターに市民講座の掲示板を見に行ったところ、案内窓口の女性が自分の姑は歌集も出すような女流歌人だが、障害者にならボランティアで歌を教えてくれるという。こうして短歌の先生なら見つけることができたので、母に短歌でもいいねと言って了解してもらった。こんなふうにして、私たちも母を囲んでは、風流に歌を詠む生活になった。

窓口の人に紹介された樋口美世先生は東中野のお屋敷町から、しばしばお散歩がてら実家を訪問してくださるようになり、歌詠みの会と称して人々も集まった。中村先生も訪問看護師もヘルパーも、桃園デイクラブの母の友人たちも自作の短歌を携えてきた。母にとっても絵筆を透明文字盤に持ち替えて作歌に取り組む日々、目標をもてる日々が戻ってきたのである。

そうこうしているうちに母はベッドの上から社会を見据えるようになっていった。

一九九六年から九八年にかけてはいくつも選挙があったが、投票所に出かけて行くには人手がいる。それに寝たきりで手足も萎えた母には立候補者の名前を書くことができず、自筆厳守の郵便在宅投票もできなかった。四肢麻痺の人には実質的な参政権がなかったのである。このような事情がわかったのは、一九九六年一〇月におこなわれる衆議院選挙の際、自宅に投票用紙を取り寄せたときだった。

投票用紙の書類の端に「自筆でなければならない」と書いてあったので、私は当然のことのように、「私が内緒で代筆するから。誰がいいの？」と聞いた。私が代筆したところで誰も見ていないし、母の意思であることに変わりはない。

ところが母は目を大きく見開いて、「本当に（「自筆でなければならない」と葉書に）書いてあるの？」と文字盤で尋ねる。私は投票用紙を母の目前にかざして「ほらね」と見せた。もともと高齢者の在宅介護には問題意識をもって取り組んでいた母は、文字盤でこう言い出した。

「四肢麻痺で寝たきりの者の民意は政治に反映されないことになる。内緒で代筆してもらっても、それでは意味がないから断る」

私には最初はなぜ母がそんなに怒っているのかがわからなかった。しかし、重度障害者は自尊心を深く傷つけられていたのだ。

その日から母は妹に文字盤を読み取らせ、嘆願書を代筆させ、数日のうちに日弁連に送りつけた。中村先生にも母の気持ちを知らせた。すると先生は、「寝てなどいられない」というほどの母の気持ちの高ぶりを理解して知り合いの新聞記者にすぐに連絡したので、記者が何人も取材にやってきた。娘たちはただでさえ疲れる介護に重ねて母の秘書までさせられるようになり、心身ともにクタクタになったのだが、うれしかった。在りし日の活発な母が戻ってきたようだった。一九九六年一〇月一九日の朝日新聞朝刊記事には、額に貼り付けたスイッチの端末でコンピューター型ワープロ「パソパル」に入力した平仮名ばかりの母の「筆跡」がみられる。

　こんどのせんきょは、ぜつぼうのひびをおくっていたわたしにとって、ひさびさの、しゃかいさんかで、たのしみにしていました。ところが、じたくとうひょうのせいどが、ないことをしりました。ざいたくいりょうが、すすめられているいまおかしいとおもいました。べっどのうえから、とうひょうできるひをまっています。しまだゆうこ

　この報道がきっかけで、当時、日本ALS協会の事務局長だった故松岡幸雄さんが初めて実家を訪問してくださった。同行者には日弁連の人権擁護委員会の先生方や協会理事の金沢さん、平岡さん、川上さん、東京都支部事務局長の吉本さんがいた。ベッド上の母はゆっくりとその人たちにむかって、在宅ALS療養者の参政権のために代筆郵便投票制度の必要性を文字盤で訴えた。

　しばらくするとALS協会は原告団を組織して日弁連と一緒に国を訴える準備に取り掛かることになり、母も原告の一人になるよう要請された。しかし裁判の進み具合は、進行の早い母にとっては亀よりも遅く、結局、母は裁判が始まる前に意思伝達がほとんどできない状況になってしまったのである。原告になる意思確認のために、弁護団と協会から数名がまた実家を尋ねてきてくれたのだが、そのときすでに母は何を聞かれても瞬《まばた》きもできず、聞かれたことに何も答えることができず、原告を降りざるを得

なかった。

弁護士に何を聞かれても答えられない母の様子に、協会の人たちは落胆した表情を見せ、気の毒そうに帰っていった。私はその日のうちに母の代わりに原告になりたいと、母の意志を継ぎたいと顧問弁護士に電話で伝えた。でも先生は気の毒そうに「患者さんが亡くならない限り、ご家族が代理で原告になることはできません」と言われた。

二〇〇〇年一月一四日、国に賠償責任を求める裁判「ALS選挙権国家賠償請求訴訟」が始まると、日本中でALSの当事者が動き出した。母の意思を汲んで民主党の公聴会に私を連れて行ってくれた佐々木公一さんもその一人だ。私は民主党本部で生まれて初めて大勢の政治家の前に立ち、ALSの人は外出困難で投票したくてもできないことを話したが、母の無念を思うと涙が頬を伝って止まらなくなった。それからというもの患者さんたちと一緒に国会や裁判所に出かけていっては陳情する機会が与えられたが、私には母がその場にいないことや、代理発言では母の思いを正確に伝えきれない悔しさで涙が出ないときはなかった。

二〇〇二年一一月二八日、筋萎縮性側索硬化症の患者たちが「郵便投票において代筆が認められない現行の選挙制度は法の下の平等に反する」として国家賠償等を求めた訴訟判決が東京地裁で下された。原告側の訴えは棄却されたが、「制度がなかったということは憲法違反である」として、翌二〇〇三年四月には議員立法で公職選挙法の一部を改正する法律案が提出され可決した。

日本のALS協会は言葉も発せない者の意思をこうして政治に反映させてきた。それが欧米の患者会の運動方針とかなり違っていることを知るのは、二〇〇四年にフィラデルフィアで開催されたALS／

ＭＮＤ国際同盟会議に出席してからだ。一九八六年（昭和六一年）の設立当初からＡＬＳ協会に関わってきた支援者一人ひとりに、ＡＬＳ患者たちの生き死にに寄り添ってきた物語が幾重にも残されているが、そのことはまた別の機会に描くことができればと思う。

テレパシーの訓練

ＡＬＳが繰り出す障害に私たちは少しずつ慣れていったが、ひとつ慣れたと思えばまたひとつ、母の身体の別の部分が動かなくなっていく。母はいつも新たな難関を私たちのために用意してくれた。障害は呼吸器をつけてからも止まることなく、病気の進行と一緒に残酷なマーチのように進んでいった。それでも備えあれば憂いなしと思った私たちは、気管切開の前から、どこもまったく動かせなくなる最終的な局面に備えて、テレパシーの訓練を始めていた。

それは、「★○◆▽」などの記号や絵をカードに書き、机に伏せて置いて何のマークかを当てる遊びで、子どものころはエスパーになりたくて、真剣に取り組んだものだった。しかし、こうして再びやってみるとまだまだおもしろい。患者と一緒に時間をつぶす方法にはいろいろあるが、これはよかった。私たちの企みを知らない母は、冗談めいたゲームと思っておもしろがっていたが、私と妹は真剣だった。テレパシーだけでなく瞬間空間移動やその他の考えうるだけの非科学的な訓練を試してみた。すると短い昼寝の後で、母はニューモルデンの借家の前まで行って前庭の水仙が群生していてとても綺麗だったとか、さっきまで練馬の貫井北町にいたなどと報告してくれた。

イギリスにまで母の魂が飛んでいったとしたら、それには理由があったと思う。私は帰国を決める前に、百個の水仙の球根を家の前庭に植えたが、その花が見られなくなったことを母に恨めしそうに話したことがあった。母はそれを申し訳なく思っていたので、わざわざロンドン郊外まで魂を飛ばして水仙が咲いているかどうか見てきてくれたのかもしれない。ただ貫井北町には何も用事がないので生霊の行き先としては正しくなかった。母にはそこに会いたい友達がいたわけではないし、なぜ貫井北町などに行ってしまったのか。母も、魂が勝手に飛んでいく場所は見当がつかないなどと言って笑った。

気管切開した直後も母は私たちの言うままに幽体離脱の訓練をさせられ、期待に応えるように都立神経病院のなかをあちこち幽体になりきり、歩き回っていた。

「病室と反対側の廊下の窓から下を見たら、一階の屋根の上につま先が黄色い上履きが片方だけ落ちている」

ある日そんなことを文字盤で語りだした。あまりにもリアルなので私はすぐに確かめに行ったのだが、残念なことに黄色い上履きはどこにも見つからなかった。しかし窓から見下ろしたら一階の屋根は確かにそこにあったので、上履きは昨日まではそこにあったのだけれど拾われてしまったのだ、ということにした。

妹も暇さえあれば、エスパーカードで母と当てっこをしたが、ふたりともエスパーには失格だった。このようにして実は、透明文字盤なども使えなくなり、まったく会話もできないような恐ろしい状態になど至らないのだという証拠や確信が私たちは欲しかったのだ。やがて母がたどり着くかもしれない「究極の孤独」から、なんとか救済できる方法はないだろうかと思い、いろいろな考えが錯綜していた時期でもあった。

神様とならいつまでも対話できるかもしれないと思いついたのは、最初の一時帰国のときだった。それでクリスチャンの高元先生にお願いして、ドイツ人宣教師のベックさんに訪問していただいた。

ベックさんは吉祥寺でキリスト集会を主催しておられるドイツ人宣教師で、優しく包容力のある方だった。人間がつくった宗教団体には批判的で、キリストの教えをわかりやすく話してくれた。無理して難しい教義を学ぶ必要はなく、ただ神に身を任せてしまえば楽になる。「不幸は幸福への道しるべ」「思い煩うな」と言われたので、母もほっとした顔つきになった。

しかしベックさんの話が人の原罪に触れ、人は他人を許す気持ちが大切だという部分で母の理解は及ばなかった。母は私は生きて闘うための救い主が必要なのだと言い、「何も悪いことはしていないのに、こんな病気になってしまった私に何の罪があるのだろう」とも言うのだった。

このころの母は、少しでも気に入らないことがあると烈火のごとく怒り出した。心穏やかに療養するのが心身にとって良いことだから誰も恨んではいけないと宣教師も主治医も諭したが、母はいつでも特定できる誰かを敵視していた。身動きできないジレンマからか、過去の人間関係のいざこざを思い出しては、自分が病気になったのもそのときのストレスが主因であるかのように特定していた。

だから、心安らかに神に召されるという感じではなかった。毒々しい怒りでいつも胸がいっぱいになり、負のエネルギーで全身が満たされていた。このように健常者に対する闘志をむき出しにしていた母よりも、私のほうがこんな生活に耐えられなくなり、神様の前で降参したくなっていた。私こそ信仰が必要な時期だった。母のために高元先生にお願いしてベックさんの訪問を依頼したのもこの私だったし、スピリチュアルケアを受けて母が少しでも平和な気持ちになってくれたらと思ったのもこの私だった。できることなら心安らかに逝ってほしいとさえ願っていたこともある。

正直をいえば、このころは母には呼吸器の装着を決意してほしいと願うと同時に、苦しみのない死が静かに訪れることも望んでいた。それは自分は母の介護をしたくないという理由とはまったく別の、純粋に母の平安を願う気持ちからだったし、ALSの家族ならこのような矛盾した気持ちはみな等しくもっているはずだ。

介護する側とされる側とは非対称で、常に介護する家族のほうが強者だといわれ、社会学では家族と患者とは対立した利害関係にあることを後で知った。でも、ALS患者の苦しみを間近に見続けてきた家族には、患者の苦悩を見るのはただ忍びなく、できることなら代わってあげたいとも、できるだけ楽に死なせてあげたいとも思うのである。このようにして私たちは両極端の思いに引き裂かれてしまう。

スピリチュアリティとリアリティ

一九九四年の春に日本から二人の母を呼び寄せて、満開のチューリップで彩られているオランダのキューケンホフとパリに連れて行く約束をしていた。しかし母は乳がんの手術で叶わず、翌九五年春にも同じようにイースターの休暇に両方の母を呼び寄せてベルギーとパリの旅行を予約していたが、それもまたALS発症の疑いで流れてしまっていた。

せっかくの海外生活なのに実家の暗い話題ばかりで、子どもたちや夫にすまない気持ちになっていた。そのうえ夫をイギリスに残して一足先に日本に帰国することになりそうなので、せめてもの思い出づくりのために家族四人でスイスのミューレンとパリに行き、七日間の夏季休暇を過ごすことにしたのである。

でも、そこがたとえ憧れのアルプスの谷間の村でも大好きなパリだったとしても、私は明るい気持ちになどなれなかった。何を見ても日本の母のことばかり思い出してため息が出てしまう。するとすばらしい景色もおしゃれなウインドウ飾りも寂しそうに見えてしまうのだった。

母が世界中でもっとも行きたがっていた場所、ルーブル美術館にも立ち寄った。私には母の代わりにじっくり観て回ろうという気持ちがあった。すぐ飽きてしまった子どもたちを夫に預けて私はひとり、ぐるり館内を見学していた。そして、ひと休みしようと座った円形ソファーの真上にその天井画はあった。

ソファーの背もたれに深く沈みこんで、ふと天井を見上げた瞬間、中世の建物の中庭から、天を見上げているような錯覚に陥った。

だんだん宙空に吸い込まれていく宗教的なだまし絵である。絵の四面を取り囲む壁に切り抜かれた青空には、背中に白い羽根をつけたかわいらしい天使たちが、死者らしくない人々を誘って、くるくるとらせん状に昇天していく。上空へ昇るにしたがって人々は現世の憂いから解放され、完全な幸福に満たされているようだ。

この天井画を見ているうちに私の気持ちは穏やかに晴れていき、母もこのような絵がいつも脳裏に思い描ける人にならないと、生きても死んでも幸福になどなれないと思った。母にこの絵のように美しく幸福な死のイメージをもってもらい、何がなんでも生き延びなければならないという恐怖から解放されて、魂が救われることまで祈ったのである。

かなり後になってから、病いの現実に揉まれた私は、偽りのスピリチュアルケアや、あっさりと死ぬことを奨励する思想が氾濫していることに愕然としてしまうのであるが、しかし、あの絵によって満たされた時間は今でも忘れられない。一瞬だけだが、傷んでしまった魂を絹でそっと撫でられながら、真綿で包まれ眠ったようだった。生きることに疲れたときは、いつか永遠に休める日が来ることを想って、再び元気を取り戻せばよい。いつ死んでもよいと思えれば、生きる勇気も出てくるというものだ。

この霊的な体験は母のためではなく私のためにこそ必要だった。だからこそ、母がいなくても私はパリに再び出かけ、ルーブルを訪ね、そしてあの絵に出会う運命が、人生のターニングポイントに用意されていたのだろう。

ただその後、日本で遭遇する現実は厳しかった。ＡＬＳの母の在宅介護がスタートしてから必要になったのは、魂を癒すためのスピリチュアリティとは異なるリアルなものばかりだったし、長く治療していくために用意すべきものは、芸術作品とはかけ離れていた。

天使など飛んでいない鉄骨リフト、週間スケジュールや緊急連絡網が黒マジックで箇条書きされた模造紙。寝返りやオムツの当て方、手の置き方を示すために妹が描いたイラスト。それらが無造作に貼られた壁。生活臭のする医療機器や物品に囲まれた母が、狭い自室のベッドで抱くのは広がる青空どころかどす黒い懐疑心ばかり。スピリチュアルな生活どころではなかった。

幼い日の母は松本にある聖公会の教会に憧れていたのだが、いざ病気になってみると胸の前で手が組めないとか、聖書が読めないなどと言い訳をいって、結局は宗教的な生活に入ることはできなかった。それに、島田家の長男で墓守りの父は、母が勝手にクリスチャンになることを許さなかったので、ベックさんが尋ねてこられても、二階の部屋に隠れてしまい挨拶さえしなかった。

でも私には、一種の信心深さや、身丈よりも高いところから自分たちの暮らしを見渡すような視点が必要だった。冷静に死と生を考えるために、まやかしではない本物の学を求めていた。母の介護体験を通して、それまでは考えたこともないようなことを考えなければならなかったし、それらを言葉にしたかった。しかし当の母は魂の救済どころではなくなっていた。身体に関する要求ばかりになっていることをどこかで申し訳なく思っている母を見るにつけ私も忍びなくなり、大好きなベックさんの訪問もお願いできなくなってしまった。

霊的な慰めはなかったわけではない。クリスチャンの由紀子叔母さんが、毎週金曜日にいつも同じ店で買ったサンドイッチを持って同じ時間に訪問してくれたことが唯一の楽しみだった。由紀子叔母さんは父のすぐ下の弟の妻で、小平の一橋学園駅の一軒家に住んでいた。私は叔母が毎週運んでくるパイナップルと桃のクリームサンドが好物になり、スワロフスキービーズの手芸を教わって丸い珠の指輪をいくつも作っては並べて母に見せ、知人に差し上げては楽しんでいた。

また、母のいちばん上の兄、博男伯父ちゃんが春になると信州の山で採れたタラの芽を持ってお見舞いに来てくれていた。伯父は休む間もなく台所に立ち、からっと天ぷらに揚げてくれたので、信州そばを茹でて一緒に食べ、中村診療所にも届けたりした。すぐ下の妹のとっこ叔母ちゃんも仕事の暇をみては松本からやってきた。元気な叔母に昔の母の面影を見て、声を聞くことができたのでうれしかった。このころは親しい親戚や友人の定期的な訪問だけが安心だった。

難病の家族は、人々の同情や哀れみの的になってしまう。人びとの善意があらゆるところに感じられるが、それがひどく重荷になることもある。だからありがとうと素直にいえず、どう対処してよいのかわからなくなってしまうのだ。ボランティアの申し出も以前の母なら大喜びで受け入れたはずだが、自分が病人になり病気が進んでからは、尋ねてくる人の思いにしばしば圧倒された。単発で賛美歌やお祈りのためだけにやってくるような人もいたが、ていねいに断るようになっていた。こうして家の外からやってくる人に警戒していた時期は長く続いたので、実家を訪ねてくる人もだんだん減った。

それなのに、母がもっとも親しくして信頼してきた友人の一人、どこに行くにもいつも一緒だった鈴木みつやさんが、あっけなく亡くなってしまった。二〇〇七年二月七日午後の突然の訃報。

桃園デイクラブの立ち上げのころからの母の盟友で、ALSを発症した後も母のそばでいつも励ましてくれていた。呼吸器をつけた母が自宅に戻り、家族以外は吸引もできないことを知り愕然としていたとき、みつやさんは「たとえ法律違反といわれても私は吸引もするし、介護も手伝うわ」と言ってくれた。

あんなに母のことを心配してくれていたのに、母より先に逝ってしまったなんて、ベッドの上で眠っている母には到底伝えることができず、その日の仕事を終えてから妹と一緒にタクシーでご自宅に弔問に向かった。

玄関先には、みつやさんの娘さんとお婿さんが二人並んで待っていた。部屋には下の娘さんとみつやさんのご主人がいて、和室の真ん中にみつやさんが静かに寝ていた。前日、いつものようにスポーツジムで汗を流して戻ってきたみつやさんは、すぐお風呂に入った。でもお風呂から出てきて「気分が悪い」とリビングの床に倒れこんで、それっきりもう動かなくなってしまったという。ご主人は何度もジェスチャー入りで、最期の倒れ方の解説をしてくれた。

あまりにもあっけなさすぎて、誰もが実感できない死だった。母の苦闘の生の対極にあるようなみつやさんのあっけない死。部屋の中央には白い布団をかけられた遺体があった。冗談みたいに、みつやさんは顔に白い布をかぶせている。

そっと布を取ってもらった。顔が固く土色で死人の顔だ。でも口元が笑っている。あの、優しい声がどこかから聞こえてきた。

「いつもママの味方だった。ありがとう」

妹はみつやさんの亡骸に向かって、そう言って泣いた。

「ありがとう、ありがとう」

私も、宙空にお礼を言うばかりだった。

部屋のどこかにまだいるはずのみつやさんの優しい眼差しを感じていた。

「どこかに、おられますね」

部屋の脇に座って目を腫らしている娘さんに確かめた。うなずく。

宙にいるみつやさんに聞こえるように、横たわっているみつやさんに向かって、大きな声で何度も、ありがとうと言った。

枕花は白一色だ。彩り豊かな花篭を生前にプレゼントするべきだったのに、いつも大事なことは後になって、手遅れになってから気がつくのである。

二〇〇〇年を過ぎたころから、母の発症をもっとも近くで悲しみ、もっとも力強く見守ってくれていた桃園デイクラブや母の同窓会の仲間たちが、こうして次々に鬼籍に入っていった。

思えば母の友人たちは、はじめから平均年齢六〇を過ぎていたのだから、いつ病魔に倒れてもおかしくはなかった。だから母は不治の病になったとしても、母だけが特別に死に近いというわけではなかったのである。天国の門をくぐる順番となるとそれはまた別の話だったのだ。

父と妹

ＡＬＳの告知後に元気を失ったのは、母本人よりむしろ父のほうだった。父の性格を「おおらかで優しい人」と母は常々娘たちには語ってきたが、父にとっては、母のほうが実は元気でおおらかでなくてはならない存在だったのだ。だからその人の発症は信じがたく、いつまでたっても許せないことだった。

昭和三三年、松本市にある蚕糸試験場に東京から実習に行った大学生の父は、そこで蚕のウイルス検査のバイトをしていた母と出会った。試験場のテニスコートを裸足で駆け回る母は、高校時代は国体の県代表選手に選ばれたほどの腕前だった。母によれば、母のテニス姿を父が見初めたということになっている。

父は東京育ちの青白く硬派な青年だった。母は最初は相当ばかにしていたようだ。しかし映画「青い山脈」のように、実習中にいろいろなことがあって意気投合した二人は、三年間の文通の末に結婚することにした。

母は誰一人知り合いのいない東京に、母の母に付き添われて中央本線で嫁いできた。父は上京してきた母が、突然色褪せて見えたと日記に告白していたそうだが、母が父の日記を盗み見していたことがこれでばれた。こんなことも、母が文字盤で語ってくれた秘密のひとつである。

父は島田家の長男で、下に弟三人と妹一人がいる。父の母つまり私の祖母は、戦地から引き上げてきた夫を胃がんの手術中に亡くした。祖父はそのときまだ三八歳だった。祖母はその後がむしゃらに働き、保険のセールスの仕事をしながら五人の子どもを育て上げた。そんな家の長男に嫁いだ母は、大家族のなかで私と妹を産み育てたのである。一家九人の主婦として、まだ中高生だった義弟妹の世話をして一人ひとりを独立させた。ときにはテレビドラマみたいな嫁姑問題も勃発したが、父は家のことはすべて母に任せっぱなしで、仕事一辺倒の典型的な日本の家長でありつづけた。

そんな父であっても、母の看病がまだ車いすの介助程度で済み、言葉も何を言っているかが理解できたころはかいがいしく介護をしていたから、私たち娘の出番は少なくて済んだ。銀座の財団法人に勤めていた父の帰宅時刻は必ず午後六時前、地下鉄丸ノ内線の新中野駅を上がった鍋屋横町（鍋横）交差点の信号が青になった途端に走って渡る父の姿が、近所の人によく目撃されていたのもそのころだった。

以前のように官庁の同僚たちと飲み歩くこともなくなり、夏の宵には車いすに母を乗せてヨタカの散歩に出かける父と母の姿があった。だから娘たちは当然、父が最後まで母の介護では中心的な役割を果たしつづけるものと思い、疑ってもいなかった。しかし呼吸器がついた途端に母のケアが医療的になり、難しくなったこともあって、父はだんだん母から遠ざかるようになっていった。いや、母が父を遠ざけていたのである。

まず、短気な父には透明文字盤での長い文章は読み取れなかった。これを使いこなせない夫は意外に多い。忍耐のいる仕事ではあるが、他人のヘルパーでさえ使いこなせるようになる透明文字盤を、なぜか使えない夫は少なくない。母はそんな父に対して愚痴を言うのでもなく、「私が死んだらできるだけ早く後妻を探してほしい」と由紀子叔母に頼んでいた。そのようにして、間断なく父の健康や心情をベッドの上で心配しつづけていた母だった。

だから、母にとって夫は頼りがいのある人というよりも、面倒をみなければならないいちばん大切な子どものようだった。母が声を失ってからというもの、ふてくされた態度で大事な相談も満足にできなくなってしまった父に、私と妹はたびたび失望し、永遠の愛などというが夫婦愛など所詮この程度のものだと思い知らされた。そして父にはとうてい母のお世話は無理だと諦めて、できるだけ他人の手を借りて、父親は介護のローテーションから外していこうと気持ちを切り替えることにした。

結局、父は仕事をやめず、代わりに出版社をクビになった妹は、「かけがえのない母とはいうけど、かけがえのない妻とは言わないじゃないの！」という心境だった。たしかにそれは結婚とは契約であることを私にも再認識させた、的を射た見解ではあった。

当初、母は娘たちに自分の介護をさせることには反対して、それで呼吸器をためらっていたのだが、介護が複雑になりだんだん時間がかかるようになると、自分の夫が外で働きつづけるためには、一度嫁いだ娘が夫と別居してでも自分の介護に専任することをありがたく受け入れざるをえなくなった。

私たちと同じようにして、進学も就職も結婚もなかば諦めて、親の介護に人生の何分の一かを費やしている難病患者の息子や娘はめずらしくない。これはこれとして運命として受け止めることも大切だし、子どもたちはみな前向きで明るく弱音は言わないでおこうと決心している。どんなに過酷な生活でも、それを否定するということは、病人の命や自分の生まれた星を否定することにもなるのだから。

ある人に「結婚はどうするの？」と聞かれた妹には、「あなたは自分の人生をどう考えているのか」という忠告にも聞こえた。結婚や出産、夫の世話や子どもの教育に没頭することが、女の鑑で幸福への道標だと固く信じている人たちもいる。彼女たちは、自分の人生をほうり出しても難病の母親の介護にのめりこむ娘たちの身上を生真面目に案じてくれるのだが、では私たちにそれらの問題解決のために必要な時間や介護者を用意してくれるかというと、それはまったく別の話であった。

病身の母と一緒に、まるで収監されてしまったような私たちの人生を、たくさんの人が親身になって案じてくれた。でも、現実的な解決策を携えた人たちに出会えたのは、闘病もずっと後になってからのことだ。

素通りしてきた人々

彼らは最初、私の人生と交差するはずもない存在だった。すぐそばにいたとしても、私は彼らの存在に気がつかないようにして、わざと素通りしてきた人たちだった。それなのに四十代になった私は、彼らのなかに自分の居場所を見つけていた。真夏の厚労省前で同じ列に並び、彼らのデモ行進に喜び勇んで参加したりすることになるのだ。

でもたしかに、二十代前半の私は、小学校教師という立場で一日中彼らと一緒にいたのだった。和やかに接してはいたが、彼らの役に立つようなことは何もできなかったと思う。

あのころの私は、「なぜ彼らが、教育を受ける必要があるのだろう」という疑問さえ持っていた。どんなに繰り返し教えても自分の苗字さえ書けない子もいたからだ。同じ手順で同じ動作を繰り返さないとパニックになる子も、電車が来れば行き先などお構いなく乗り込んでどこにでも行ってしまって戻れなくなる子もいた。それから、若年性糖尿病なのに家で一日中お菓子を食べ続けている子、見た感じは普通なのに人と視線が合わず会話できない子。身体に奇形があって車いすにさえ「普通」の格好で座っていられない子。

彼らは個性豊かに愛されるために生まれてきた。しかし、小学校では一年生から六年生までが同じ教室に集められ、三人の教師がひとつの教室で担任をし、その教室の入り口には「心障・なかよし学級」という看板が掲げられていた。教育学部を卒業したばかりの私は、着任した日から彼らのパワーとどのようにつきあってよいかわからずに、ただ彼らが帰宅する時間になるまで、ピアノで彼らの動作に合わせた伴奏を弾くことしかできなかった。

私は「普通の子」に勉強を教えたかったのだが、東京都の区市町村の教育委員会からなかなか採用の呼び出しがなく、新学期も五月になってようやく足立区の特殊学級から赴任の誘いがあった。

一九八五年、当時の親のなかには自分の子の障害によって開眼し、障害とは社会がつくるものであるという先進的な考え方をする人が現れるようになっていた。施設に入所していた重度の身体障害者らが、地域生活を望んで介護保障を勝ち取るための激しい運動を繰り広げていた時分でもある。親のひとりは、代々このあたりの地主の家柄であったが、邸宅を知的障害者の作業場に開放していた。放課後になると他の学校に通うダウン症の子どもたちが親と一緒にわさわさ集まってくる。新米教師の私は遊びがてら見学に来るように何度も誘われていた。

「先生、一度様子を見にきてほしいの。障害児教育はこれからきっと脚光を浴びるわ」

でも、本当に一度だけしか私は行かなかった。まず先輩教師が、このような親の蘊蓄《うんちく》を聞いても仕方がないと言ってきた。それに、私は彼らのことはかわいいとは思っていたけれども、やはり自分は普通教育から学ぶべきだと思っていた。だからどんなに教えても何も覚えない子どもと過ごす時間は空しく感じられ、打てば響く中学年の普通の子どもたちの教育を早く始めたいと願い、焦っていたのだ。

そうこうしているうちに就職して三回目の春になり、やっと特殊学級を出て普通学級を受け持つことになり、念願の三年生のクラス担任になった。活発で響き合いすぎるくらいの三八人の子どもたちを相手に、国語や算数、音楽や体育を教える日々が始まった。

初めて自分だけで担当する教室。自分の城ができたのだ。

二階の三年生の教室は東南向きの窓から一日中明るい日差しが差し込んでいて、観葉植物も金魚も元気によく育っていた。文鳥も飼った。放課後になると、私はその窓から校舎の北側にある隔離病棟のような「なかよし」学級を見下ろしていた。

大小さまざまな形をした「彼ら」が無言でバラバラに校庭にとび出てくるのが見えた。身体ばかりやけに大きく育って、背中のランドセルが豆粒のようだ。白く乾いたグラウンドに映る六つの不ぞろいの影を追いかける青いジャージ姿の主任先生と、私の後に入ってきた新人の先生が忙しそうだ。

その光景を見たときから、彼らと普通学級のあいだに見えない厚い壁があることを意識しだしてはいた。上階から彼らの様子を見下ろしながらも、あのときすでにあの子たちがなんだかとても懐かしかったし、同じ学校にいるのだからもっと自分の学級の子らと混じり合ってもよいのではないかという気がしはじめていた。

日当たりのよい本校舎の上階から北側校舎の住人の彼らを見下ろすと、どうしたって普通学級の子どもや教師のほうが偉いような錯覚に陥る。自分が上から彼らを見下げているのは目線だけではなかった。にわかにはっとした。せめて北側校舎の寒々とした教室ではなくここ三年二組のお隣の空き教室にあの子たちが越してくれれば、三年生と一緒にできることもたくさんあるだろうにと漠然と思ったりしていた。

その後、私は結婚、出産、退職と自分自身のイベントが続き、小学校も退職したので、しばらくはあの子たちのことも遠く忘れていたのが、母の介護を始めてからは毎日のように思い出されてならなかった。あのころは障害者の生活になどまったく興味がないと何のためらいもなく言えたのに。

若かった私は彼らにも、そして彼らの母親たちに対しても本当に何もしてあげられなかったし、あの子たちの母親の苦悩にあまりにも鈍かった。今こうして彼らと母のALSとを比べれば、一方は知的に一方は運動神経に問題が起きているが、両者とも社会との接点でこそ大きな障害が生じている。

それにたぶん家族が抱えている問題は同質のものである。人々の理解のなさが家族の絆を断ち切っていくのだ。あの子たちの学校生活を通して、私は女同士としても母親たちにもっと接近すべきだったのに……。私は二十代前半とまだ若く未熟で、障害者の家族のほんの表面しか見えなかった。夫と離婚し、たった一人で彼らを育てている母親もいたのに、彼女たちの悩みは他人事でしかなかった。

ひとつの家族として、障害をもつ者と同じ屋根の下に暮らすには並大抵ではない意地が必要だが、どの家族も無援に近い孤独のなかにいる。だからなおさら、ときおり与えられる善意だけでは根本的な解決など導かれないし、優しい専門職や教師の「傾聴」は気休めにこそなるが、彼らもまた上からの制約を受けているので、役に立つ秘策などほとんど提示できないのが常である。

今でも、あの子たちや母親のことを一人ひとり思い出すことができる。たぶん母親たちは、もうかなりの年齢になっているはずだから、当時のようには介護もできなくなっているだろう。それに、あのめっぽう元気で不揃いだった彼らは、今どこでどうしているのだろう。

決められない人のそばに佇んで

二〇〇〇年が近づくにつれ、母はだんだん過酷な病状になってきた。

文字盤を使っても一日に読み取れるのはわずか数文字。ヘルパーに一文字一文字拾ってもらって短歌を詠む楽しみも奪われた。私は透明文字盤をはさんで母の目に映る絶望の色に気がつき、母の瞳を凝視することができなくなってしまっていた。

眼球周辺の筋肉が弱ったためか、文字盤をかざしても焦点を合わせる力がなく、がんばれば瞳がぐらぐら揺れてしまう。しまいには私の目にも涙がにじんで、母が指し示そうとする文字が見えなくなった。妹は夜勤のたびに何か言いたげな母につきあい文字を拾おうとするが、時間がかかるのでいらついてしまう。すると必ず母の「死にたい」が始まった。

透明文字盤のサ行の「し」とナ行の「に」タ行の「た」は接近していて、瞳をそれほど動かさずに、指し示せる言葉である。「死にたい」はALS患者のあいだでは頻出単語である。それは本当にこの世から一瞬にして煙のように消えていなくなってしまいたいという気持ちも含まれるが、手荒な介護者に対する最大の非難でもあった。

患者は自分の気持ちはうまく伝えられない。しかし、慢性疲労でいつも不機嫌な介護者は気長ではないし、優しくなどしてくれない。

わずかに伝えた言葉も、家族が勝手に意味を類推して、自分のいいように納得している。疲れた家族は文字盤さえまともに取ってくれないのだから、患者は不平を「しにたい」と手短に表現するしかない。だが患者のそんな悲痛な叫びも、追いつめられている家族には余裕がないから、「そんなに死にたいのなら、そうしてあげるのがいいのではないか」とばかりに、殺意さえわき上がってくるのである。

妹は苛立つ気持ちを抑えきれずに、文字盤をベッドの縁に打ちつけ、立てつづけに二枚も割った。現実逃避と慈悲が入り混じり荒んでしまった家族の心理は、殺人の罪科さえ覚悟すれば、いつかは自分のこの手で患者を楽にしてあげて、そして自分も死んできっぱり楽になろうというものだ。

このような状況が長く続けば、介護者には患者と自分との境界がだんだん見えなくなってしまう。患者と共依存関係に陥ってしまった家族の気持ちは「自分のせいで患者を生きさせてしまっている」というもので、そのような後悔は患者にも伝わり、悲しみは倍増して双方をますます満たしてしまうのだ。

我が家も例外ではなく、幾度となく母は、妹と私に殺されかけた。私は母のカニューレから管を取り外して、母がだんだん赤黒くチアノーゼになっていく様をじっと見ていたが、母は喜ぶ様子もなく私をぎろっと睨み返してきた。瞬きさえできない眼球の奥で、「わたしに手をかけてはいけない」と言っているかのようでもあった。あるいはまた、「あなたたちのせいで、私はこんなひどい目にあっているのよ」と言いたかったのかもしれない。

文字盤も意思伝達装置も使えなくなり、コミュニケーションがとれなくなった親しい間柄では、なおさら相手の感情をこちらの都合で読み取るほかないし、冷静さを失ってしまった家族が患者の気持ちを汲めているとは言いがたい。私はこの胸の痛みの元凶となっている母の優柔不断を逆恨みしていた。やがて何も言い返せなくなった母を私は責めた。

「私はこうなることが予想できたので、本当は呼吸器をつけるのをためらっていたんだ」

「自分で呼吸器つけないって決めなかったのだから自業自得なのよ」と。

それを聞いた母は目を瞑ったまま涙を流していたが、今さらそんなことを言っている私に対して、ひどく憤慨しているようにも見えた。

またあるとき、母の枕辺で懺悔するように「ごめんなさい」と言ったのは、母を励まして呼吸器の装着を勧めた中村先生だった。母は呼吸器をつけてから激しく落ち込みはしたものの、その機械の助けによって再び生気を取り戻していた。だから、もし病気の進行さえ他のＡＬＳ患者のようにゆっくりとしたものだったのなら支援の輪もさらに大きく紡がれたに違いない。それなりの達成感を得られる療養生活になっていたはずだ。

しかし、あまりにも病気の進行が早かった。ナースコールも押せなくなり、文字盤も読みづらくなり、母との対話は困難になりはじめていた。私たちはやっと立ち直った途端にまた奈落に突き落とされた。最終的には敗北しかないと思った私は、呼吸器などつけても何も良いことなどないと思いはじめていた。そして、このようなひどい病いの存在を世間が知らないこと、ＡＬＳをよく知っている人たちのあいだでも、眼球さえ動かなくなるというＴＬＳの人の存在が認められてないということ、特に専門医がこのような患者の存在を隠蔽し放置しているのは許しがたいと思っていた。そこでいっそのこと、この思いをインターネットで世界にぶちまけてしまおうと、ホームページに「安楽死法賛成」と書いたのであった。

遺書

ホームページを立ち上げて、そこに安楽死の法制化が必要だと書いたのが一九九九年暮れ。呼吸器をつけてから四年後のことである。母の進行は新幹線並みに早く、高元先生が予想したとおり、意思が伝えられない状態になってしまった。私はそれでもまだ生きている母がかわいそうになり、呼吸器をなんとかはずせるようにしたいと思っていた。また、もし呼吸器がはずせるのなら、呼吸器をつけたい人はもっと気楽につけられるだろうとも考えていた。

身体に皺ひとつ作れなくなればどんなスイッチも押すことができなくなるが、それでも脳は動いている。二〇〇〇年に入ると脳を入力の端末装置にするための製品が販売された。脳波や脳血流の動きを信号に変えて利用するのである。私たちは正規の販売日前に真っ先に購入した。しかし、その生体信号スイッチの「MCTOS《マクトス》」も、後に買い足した脳血流スイッチの「心語《こころがた》り」も母は使えず、他の意思伝達の方法も思いつかずに私たちは絶望を繰り返していた。

私は死よりほかに母を楽にする方法はないだろうと結論づけていた。そうして釈然としないまま、さらに二年ほどが過ぎた。

二〇〇二年に入っていたと思う。ある日の午後、母が仏壇の引き出しのなかに、私たちに宛てた手紙を残していたことを思い出した。

まだ眼球もよく動いていたころは、一日中、透明文字盤をはさんではくだらない話をしていた。そのとき、母が目線で私に「そこ（仏壇）に（遺書が）あるからね」と告げていたのだ。自分が亡くなったら読むようにと言って、それはうれしそうに、にこっと笑った。

私たちは文字盤でいろいろな話をして一日を過ごしたが、なかでもお葬式の算段をするのは一種の楽しみだった。母本人は密葬を希望して、献花はすべてカサブランカにしてほしいと言った。葬式に呼びたい人のリストまでつくらされた。そんなものはないに決まっているのに、母は出席者の席順まで自分で決めておきたいほどだった。妹とは棺に入れるものまであれこれ選んでいた。母にしてみれば病気が治ることよりも葬式のほうに具体性があったから、今からできるだけのことは自分で決めておきたかったのだろう。

私は真っ白なカサブランカで飾られた祭壇をどこでもないこの家のなかに設えようと思って、どの部屋のどこに母を寝かせるか考えをめぐらしていた。想像のなかで床に布団を敷いてもらって横たわっている母は、まるで久しぶりに自由を手に入れたように、生き生きとして見えた。その想像が繰り返されるたびに、死だけが母を自由にしてくれるとの思いをますます強くしていた。

すぐそこに寝ている母と会話ができなくなった今となっては、よい記憶だけを選んで反芻するしかなかった。それにちょうどそのころ私は介護派遣事業を始めることになり、過去に経験したことのない悩みを抱えていた。人とのつながりを大切にしてきた母だったから、母ならどうしただろうと考えていた。母に相談をしたかった。すると母の言葉が急に懐かしくなり、なんでもよいから母が残した文字を、どうしてもすぐ見たくなったのである。

亡くなってもいないのに先に遺書を読んでしまうのはさすがに失敬だと思ったので、母に気がつかれないように、こっそりとベッドの向こう側に回り、仏壇の奥の小さい引き出しから、音を立てないように黄色く変色しかけた和紙の封筒を二通取り出した。

子どもへ宛てたほうの封を開けて中の便箋を取り出すと、ペンも満足に持てなくなったころに書いたのであろう、弱々しい文字でこう書いてあった。

「有美子　千佳子　私達の子供であって　ありがとう　わたしの自慢の子供たちでした　いっぱいお世話かけてごめんね　でもうれしかった　ありがとう」

そして、

「人生は楽しい事がいっぱいあるよ　楽しみながら歩みなさいね　ありがとう　1995　10　28」

父に宛てたもう一通も開けてみると、「ありがとう　あなたと結婚して幸せでした」と書いてあった。すうーっと肩の力が抜けていくようだった。私は正直をいえば、この文面を見るまでは、母に正しいことをしているという自信がもてなかった。しかしここで母に許してもらえた、私たちのしてきたことは間違っていなかったとわかった。

開封してしまった遺書を持って母の枕元に佇むと、母は何も知らずにすやすやと眠っていた。私に否定されそうな命を全身全霊で守ろうとしているかのように見えた。その瞬間まで安楽に死なせてあげられたらどんなによいだろうなどと考えていた私だが、私はあやうく母の人生の計画を台無しにするところだった。

でもまた一方では、呼吸器をつけずに潔く亡くなるつもりでこの遺言をしたためたとも思え、母が漠然と憧れていたのは、私たちには元気だったころの記憶だけを残して亡くなるほうだったのではないかとも思われた。

ＡＬＳの人特有ともいえるどっちつかずの態度はあらゆる場面で関係者を混乱させるが、こうしてみても病人になった後の母には、何かを決定できるような意思などなかったとしか思えない。ただ、信頼できる人たちに囲まれていた母には、両方の選択、どちらの運命でも受け入れるだけの用意はあった。しかし、自分でどちらかひとつに決めてしまう度胸はなく、遺書もまた書かれたときにすでに両義的であったと推察するしかない。

遺書にあった懐かしい言葉は、元気だったころの母の口癖でもあった人生訓を今さらながら浮き彫りにするものであった。母は未知の闘病さえあらかじめ「楽しかった」と決めてしまって、そこまでの物語を私たちの前に投げ出したのだ。母になんらかの意思決定ができたとしたら、この長い闘病の物語、ひいては母や私たちの人生をハッピーエンドにするということだけだった。だから娘たちが母親の介護をしてきたことに否定的になったり、自分を責めて余計に悲しんだりしないように、先に「人生は楽しい」と決めてしまい、前もって楔を打とうとしたのであろう。

なんという魂胆だろう。これほどに強い意志を届けられた私はもう、「楽しい介護生活」に逆らえなくなってしまった。

信心深くありたかった母は、呼吸器装着当初の怒りが治まると、どの宗教の誰に教わるわけでもなく「運命は神様が決めてくれる」という態度に移り変わっていった。それは何でも自分で決めなければ気が済まなかった以前の母にはみられなかった、別の性質でもある。他者への信頼に身を投げ出すことは、ALSが母に授けた最後の才でもあった。私たちは最終的には母の身体を母から完全に委譲されたおかげで、病いの身体以外の何にも——たとえば治療を無益と言う人たちにも——指図されずに済んだのである。

思えばそれがよかったのだ。ただひたすら母の身体を生かし、面倒をみることに専念できるようになったのだから。これは選択の問題ではなく、与えられた運命なのだと思えるようになったのだから。

第2章 湿った身体の記録

障害は突然我が身にふりかかった災厄なのであるから。
彼らは障害にあわせて〝再身体化〟されなければならない。
そして身体の機能喪失の度合いが甚だしい場合には、
〝脱身体化〟さえ生じる。

ロバート・F・マーフィ『ボディ・サイレント』

1 宝くじより希少

精神安定剤の助け

ＡＬＳの恐怖は、だんだん身体各部が動かせなくなることと、呼吸が苦しくなること。それは四肢の脱力から始まる場合と、呼吸筋麻痺から始まる場合とがある。いずれにしても最終的には呼吸がしにくくなり、自力で息や痰の排出ができなくなってくると喉元を切開し、空気の取り入れ口をできるだけ肺に近くする必要が出てくる。

そのときが来たらしばらく入院して呼吸器を取り付け、身体、特に肺との協調性を高めていくことになる。自発呼吸がまだ残っている場合、人工呼吸器に徐々に慣れることは苦行でもあるので、精神安定剤が使われることもある。それでも多くの者は、当面は不安で眠れない夜を過ごすことになる。

私の母も気管切開し呼吸器をつけるために入院していたときは、寝入ることもできず、ベッド正面の壁から人が出たり入ったりする幻覚を見ていた。ある晩、キリストを抱いたマリアが現れて、なんだかわけのわからない慰めの言葉を母に向かって言った。そればかりではなく、ときには部屋の四隅に真っ黒な傭兵の姿を見るようになっていた。

「病いの他者」による教育的指導

そのようなことが続くと深夜のナースコールの頻度は増し、夜勤の看護師は幾度となく母のいる病室に足を運ぶことになった。そこで例の、数ミリ単位の身体の位置確認を母は看護師に要求したいのだが、面倒がられるので伝えることができない。何かお願いすると途端に不機嫌になる看護師もいたからだ。病室を覗いて、母が生きているのではなくて、ただそこに「いる」ことだけを確かめて、「大丈夫ね」とだけ言い残して行き過ぎてしまう看護師も少なくなかった。もちろん大丈夫であるはずがなく、それでますます不安が掻き立てられ、ナースコールが作動していることをただ確かめるためだけに、再びコールを押してみるというようなことを繰り返してしまう。

そこで看護師は、どうしたらこのALS患者が心穏やかに眠れるかを工夫することになる。

ある晩、ひとりの若い看護師が病室にやってきて母に諭した。

「不自由さは想像できます。島田さんを真似ても一分も私には我慢できません。でも、大変だろうけれど慣れていかないと自宅に戻ったらご家族が大変ですよ。ここにいるあいだに訓練しておかないと家族がバテてしまいます。がんばってください」

これもよくある話で、看護師は患者に共感を示すつもりが、だんだん教育的になっていく。

むろん彼女の言っていることは正論である。ALS患者たちはナースコールを押し鳴らしつづけるので、はなから不安定で、未熟で、訓練不足の、我慢できない性質と看做されてしまうことがある。しかし患者は文字盤をかざしてもらえない限り、憤慨したくても文句もいえない。たとえ寝たまま器械につながれていようとも、その心と身体の中身は以前のままだ。こんなに屈辱的な思いをするくらいならもう消えてなくなってしまいたいと絶望するが、命が大切だからこそ死ねなかったのである。どんなに重症の患者でも、自分は人として最期まで対等に遇されるべきだという意識で満たされている。

健康で四肢麻痺のない人たち、すなわち病いの他者にしてみれば、自力で動けない重症者の怒りはただのわがままや甘えにしか見えないし、おとなしい患者は慈悲の対象でしかない。無抵抗で意思表出さえ満足にできない者は、廃人、末期の者……。最近では、そのような者への医療を切り詰めることへの正当性さえ露骨に語られているのである。

宇宙にぽっかり浮かんでいる

特に直接的なサービスの現場では、患者への嫌悪は「親身な助言」というオブラートに包まれて表れる。つまり「こんな身体で生きていても無意味でしょ？」とは言わないとしても、どんなに療養上の苦労が多いか、お金がかかるか、毎日が無意味に過ぎていくかなど、強い恐怖感を引き起こすようなメッセージを伝えて、生死の判断を当事者に委ねるのである。

するとたいていのALSの人と家族は恐れおののき、呼吸器をつけてまで生存することを諦めてしまう。それでも諦めない人に対して、医療関係者や役場の職員が不思議に思うことも少なくないようである。

残念ながら、病院や役場の窓口での扱われ方と患者本人の自己意識とのギャップを埋めることは容易ではない。患者にしてみれば意思が伝えられない不自由さに加えて、二度と取り戻せない人生のプランを諦めるつらさは、同病者にしかわからないと思っている。もちろん病人の心情をよく理解してくれる人もいるにはいるが、いつも近くにいて励ましてくれるというわけではないし、自分から出向いて必死で探さなければＡＬＳをよく知る人に出会うことさえ難しいのだ。

この悲しいばかりの希少さ。

自分だけが広大な宇宙にただ独り、ぽっかりと浮かんでいるような孤独こそが、運動神経系の麻痺以上に切なくてたまらない。

一〇万人にたった三、四人という希少な運命が、もっとも融通のきかない「障害」なのだ。

2 身体とスイッチの接触不良

身体の重みをどうやり過ごすか

驚くべきことに、自分で自分の身体がどこも動かせなくなってしまった人がいて、彼らはその身体の置き方をどうするか、というようなことを一日中考えている。彼らの四苦八苦するさまを傍《はた》から見ていても、「身体」とは、意識されたとたんに厄介な問題を投げかけてくる器のようだ。

彼らはその身体の「置き場のなさ」、そして「布団に沈むような」「奈落の底に落ちるような」脱力感と、できるだけ何気なくつきあおうと努力している。その一方で、これ以上の注意深さは考えられないというふうにも向き合っている。

なかにはめっぽう我慢強い人もいるが、彼らに共通する最大の関心事は、その身体の重みをどうやり過ごすか、だ。だから彼らは夏のガーゼの上掛け一枚でも、不当な重力として感じさせないで済む工夫を求めてやまない。

そう。身体をできるだけ意識しないで、一日過ごせるような仕事が介護者には望まれているのである。体躯から遠い手足の位置は、ことのほか気になるようだ。

それだけではない。身体に接している物までが、まるで彼らの一部のように身体化してしまっている。それはシーツや寝巻きの皺、枕の高さ、背中や膝の下に押し込まれた枕の向きや高さ、気管カニューレの傾きなどで、点検すべき箇所は途方もなくある。彼らにはそれが身体の延長のように感じられるので、モノの位置決めは身体の位置決め同様に常に必要とされている。そして介護者たちは、彼らが文字盤や目配せで示すままにいろいろやってみて、それらの位置がやっと定まったときには、また別の微調整が始まるからうんざりしてしまうのだ。

命綱としてのスイッチ

スイッチも、ひとつだけで済む人は少ない。

彼らの多くは、複数のスイッチを身体のどこかにいろいろな方法で貼り付けている。たとえば、ひとつはパソコンの入力装置、他のひとつはナースコールや環境制御装置というふうに。身体各部のスイッチを通して彼らの神経系は外界につながっている。

それらは、貼り付けてある所定の肌から一ミリでもずれたら、命とりになるような大事なもの。だから設置場所が大問題なのだ。私たちはもっとも有効な位置を確定するために、いつも彼らの全身をくまなく探索している。そうしてわずかに動く場所をいくつか探し出した後は、ひとつに絞り込むための選定に入る。

そのとき彼らは自分だけでなく、介護者にとってももっとも都合がよいと思われる皺や皮膚の凹凸を指定してくる。多少スイッチがずれても、すぐに介護者にわかってもらえるような場所である。しかもできるだけ長く使えそうな、はっきりした皺やしっかりした窪みを。

私たちはそうして示された重要なポイント、「そこ」が本当に彼らが申告するように動くのかどうかをまず試してみる。そして暖めたり伸ばしたり撫でたり、汗を拭いたり揉んだりしてから、試みにスイッチをそこに設置してみる。しかし、すぐに満足な仕上がりということはめったにない。スイッチの素材やスイッチを押す角度によって、彼らがいくら必死に皺をつくっているつもりでも、まったく反応しないことがあるからだ。

この原因には、スイッチ自体に問題がある場合と、スイッチの設置場所がいけない場合と、手助けする者の手技に問題がある場合とがある。それに、その日うまくいったとしても障害の進行が早い人だと翌週にはスイッチの設置場所を別に移す必要が出てくる。

動かぬ身体の彼らは常に、身体と身体、身体と物品、そして身体と身体の拡張性を保障する機械のインターフェースに気を配って生きている。しかしそれを実行するのは本人ではなく別の人であることから、面倒な作業、すなわち介護の必要性が生じるのである。

皺と筋肉の微妙な会話

どんなに反応のよいスイッチでも、販売されているものがそのまま使えることは少ないし、標準どおりに設置すれば誰にでも使えるというわけではない。既製品のスイッチがたいてい役に立たないのは、彼らの身体とスイッチとの接触不良が原因だ。

介護者は、彼らに言われるまま皺や筋肉を捜して、スイッチとの相性を確かめる微調整を繰り返す。なんとも退屈な仕事で、長時間延々と何度も繰り返されるので神経をすり減らしてしまう。しかも何度やっても「駄目」と目で合図される。自分では上手にできた、決まったと思っても、なかなか納得してもらえない。そのしかめ面を見てはまたやり直し。この繰り返し。

ALSの介護は、少しでも自分で動ける人の介護とはまったく質が違うものだ。彼らの意のままに即座になんでもしてあげなければならない。これはストレスが伴う仕事で、忍耐強くがんばれる人は本当に少ない。だからALSのヘルパーは世界中で不足しているのである。

自宅の身体に情報が満ちている

それでも長い時間をかけて彼らの身体に集中し、微細な動きと対話を繰り返すうちに、すぐさま調整できるようになる。心はいつも彼らの言葉を聞き、いつ何時もその顔を見ながら、身体から学びながらおこなう。以心伝心のケアである。

身体介護は皮膚に直接接触するから、計測した数値の分析などよりもはるかに情報量が多い。それに、個々の身体は異なった情報に満ちている。誰のケアにも共通するような一定の方法や法則があるわけではないから、本当にその人に合った介護は講習などでは絶対に学べないのだ。

もちろん、ある程度までなら介護のコツはある。それらはスマートなおむつの取り替え方や清拭、洗髪の方法、シーツの伸ばし方や洗濯物のたたみ方、おしぼりの用意の仕方などだ。ホテルサービスのような定式化された介護ができる人が訪問してくれると、たしかに気持ちがいいものであるが、そのようなサービスも自分のために練られたケアではないと患者たちははっきりと言う。標準的な介護は賞賛されても満足されることはない。

神経筋疾患の身体が求めるケアは、彼らの自宅でしか学べないものばかりである。患者が家にいる限り、たとえ疾患が進行し静寂な時間を途方もなく長く過ごすことになろうとも、ケアを介して「対話」は続く。その限りにおいて彼らに空しさを与えずに済んでいる。

私があれほど心配していた絶対的な沈黙の世界は、母の病気がどれほど進行しても訪れることはなかった。病んで静まった身体との対話は、活発に、そして最期まで続いたからだ。

3 湿った綿のような身体の移動

巨大なリフト

八畳の洋間の四隅に白い鉄柱が立てられ、そこから天井づたいに鉄骨が組まれている。それは築三十余年のプレハブ家屋の耐震にはなったが、部屋を手狭にしてしまっていた。その天井の鉄骨に沿って、介護用大型リフトの本体が電動でそろそろ動く。

設置後すぐに試運転をしたが、途端に天井照明のプラスティックカバーが操作の邪魔になるというので、カバーは取り外されてしまった。何でもそうだが、機能性ばかりが重視されて、部屋のインテリア性などは二の次になった。

こんなに大げさなリフトでなくても、鉄柱一本を立てれば足る簡易リフトはいくらもあったのだが、カタログを数冊取り寄せて実際に利用している人の話も聞き集めた結果これになった。あるALSの家族に私とほぼ同年代の人がいて、その人から「病状の進んだ人の身体はそうそう折り曲げるわけにいかないから、網戸のようにかっちりとしたネットに乗せて、その四隅をそれぞれリフトで持ち上げるタイプがよい」と強く勧められたのだ。

「それなら茹でた海老のように丸まったりせずとも、まっすぐな寝姿のそのまま、胴体浮遊の手品みたいにお母さんを持ち上げられるわよ」と。

長い目でみれば、いずれは呼吸器を装着した姿で空中移動に耐えなければならなくなるだろうから、母の身体の負荷を少しでも回避しようと考えれば、リフトはどうしても巨大構造にならざるを得なかった。

空しいオブジェたち

身体障害者のための住宅改修費はある程度まとめて支給されるのだが、進行の早い疾患では工事が完成する前にはたいてい使えなくなってしまっている。だからALS患者の家には、未使用に近い階段昇降機や天井走行用リフト、緊急避難用ベランダエレベーター、入浴用昇降機、電動車いすなど、多種多様の大型移動用器械が空しいオブジェとなって、家の相当面積を占めている。

バリアフリーのための改修工事に補助金が出ると聞けば、何かつくらなければ損のような気がするが、大げさな工事や仕掛けが必要な器械ほど利用頻度は少ないのも事実である。我が家でも、典型的な失敗事例をいくつも提供している。

たとえば電動車いすが届けられた日には、母はすでに座位もとれず外出困難な状態になっていた。第一、手が萎えてしまって自分では操作できなくなっていた。それでもせめて試運転をしたいという。新品の大型車いすはごちゃごちゃした室内で一回くるりと母を乗せて回ると、それが最初で最後になった。その後、玄関ポーチにずっと放置されていたのを、区の広報誌「差し上げますコーナー」を見つけて出品した。母が呼吸器をつけてから二年目のことだった。すぐに次の利用者、脳卒中の後遺症の人のご家族が引き取りにきたので差し上げてしまった。

横綱対決、トイレと入浴

足腰が萎えはじめて力が入らなくなっても、歩行器や杖を使えば歩くことはできる。すっすっと歩けなくなってからも、不思議に自転車だけは漕ぎ続けることができる。だから多少のバリアを気にしないことにすれば、かなり進行していても一人で遠出ができるのがALSである。

しかし身体の上下運動に必要な足腰の屈伸は、早いうちから困難をきたす。まず家のなかではトイレと風呂場での介助が必要になった。トイレまでなんとか歩いて行けたとしても、便器に腰を下ろしたが最後、用が終わっても自力で腰を持ち上げることができなくなった。だからトイレットペーパーを適量取り、お尻を拭いて、パンツや下履きを腰まで上げ、用を足した便器に水を流す動作のどれかができなければ、誰かが呼ばれることになる。しかも一日に何度も。それに障害は同時多発的にいろいろ始まる。トイレ介助が必要になったとたんに、家族の生活にも支障が出はじめるのである。

家庭内の移動でトイレへの介助を西の横綱と思えば、東の横綱は入浴かもしれない。

うちの母の場合、最初は妹が手伝っていたが、だんだん区の職員ヘルパーの仕事になった。日中の午後暖かい時間帯に自分たちも脱衣所でささっと水着に着替え、母を抱きかかえて湯船に入って介助してくれていた。まるで女学生のキャンプのように。

真夏の昼下がりの入浴。風呂場は掛け声と笑い声に満ちていただろうし、きっとこれは母にはもっとも楽しいプログラムだった。湯船につかると水圧がかかるので自分の足腰では立ち上がれなくなる。それでも最初のころは湯船の底に桶を沈めてその上に座り、少しでも座位を高めに保って、自分でなんとか立ち上がる工夫をしていた。それもすぐに駄目になった。そのうちヘルパーが母を抱えて湯船に入るということもできなくなってしまったので、考えたあげく、風呂場の天井にリフトを設置して、母を吊り下げて入浴させようということになった。

つるべの終わり

そこで、当時はまだ一般家庭にはめずらしかった風呂場用リフトが登場することになる。母の友人、鎌田保健師のご主人は建築が得意だったので、設計図を引いてもらった。風呂のドアを横開きにして天井に太い鉄棒を渡し、「つるべ」という簡易リフトを吊り下げた。それは本当に井戸の「つるべ落とし」のような構造で、そこにぶらさがって風呂に入る母を想像すると、なんともいえない滑稽な物悲しさがあった。

さらに工事の過程でトイレのドアも邪魔なので取り払ってしまって、目隠し程度にカーテンをぶら下げた。しかし、ここまでして設置したリフトも結局すぐに使えなくなってしまった。

トイレと風呂場のあいだの仕切りはなくなり、この空間は車いすでも入れるほど広々としたが、母以外の家族にとっては、裸になったり排泄したりする場所が見晴らしがよくなったのでは落ち着かないことこのうえない。だから母が呼吸器をつけてベッド上で何でもこなすようになれば家中の特別仕様も必要がなくなり、トイレのドアも新しく設置され、風呂場の「つるべ」も取り外されたのだった。

4　トイレ以上のトイレ

トイレは特別なイベント

患者の足腰が萎えてくるころ、介護者の肉体的負担はもっとも大きくなる。まだ他人の身体の世話に慣れていないし、病人も以前と同じように動きたい。健康なときの記憶が残っている身体を相手にすれば、どうしても力任せの介助になってしまう。

できれば家のトイレで用を足すことをやめさせて、ベッド脇にポータブルトイレを置いて、そこでなんとか済ませてほしい。そう願ったとしても、その時期のALSの人にとって、自宅トイレとはもはや用を足すだけの場所ではなくなっている。離床して移動するのもそのときくらいだから、「トイレ」は特別なイベントになっていく。

最初のうちは、家族は面倒を感じながらも、排泄が尊厳を伴う行為ゆえに他人任せではかわいそうに思う。しかしそう言ってもいられなくなるのは、中腰の介助を繰り返すうちに腰をやられてしまうからだ。そこで仕方なくオムツや自動尿取り器、家政婦の出番になる。

最初のうち母のトイレ介助は、昼間は母の友人ボランティアか区の職員ヘルパーにお願いしていた。それで足りなければ自費で家政婦を頼んだりした。その支払いが二〇万円を超える月もあったが、月一〇〇万円以上も介護費用を支払っていたという患者と比較すれば安上がりなほうだった（今では介護保険と障害者自立支援法で長時間介護も保障され、多額な出費も抑えられるようになった）。

奇妙な行為

紹介所を介して派遣された家政婦のなかには、排尿のたびに母の股間をじっと注視する人がいた。尿が便器の外にこぼれたりすると後始末に困るから用心のためなのだろうが、母にはたいへんに嫌がられていた。お尻の拭き方一つを取ってみても、どのくらい紙を使うかとか、「前から後ろへ」なのか、「後ろから前へ」なのかで衛生知識の違いが明らかになる。だから排泄とはいえ、これも教養なのである。ゆえに同じ文化圏の家族の信頼は、トイレ介助を通してさらに増すということにもなる。

おもしろいことに排泄介助にまつわる配慮にもいろいろあった。何を思い余ったのか母の目前で自分も排尿してみせたボランティアが現れた。母の友人でもあるその人たちは、介護の前に共感が先立ったのかもしれないが、娘の私は複雑な気持ちだった。なんでまた排尿なんかで共感を示す必要があるのか。介護を通して新しい関係性が生じてしまい、それまでの平等な関係が損なわれるような気がしたのかもしれない。でも母は笑いながら、「あの人は偉い人の奥さんで、とてもそんなことをする人には見えなかったのに、気取りがないわ」などと言う。

私にはなんとも奇妙な行為に思えたし、第一そのようなことが他のボランティアに伝播したら大変だと思った。正直をいえば排泄の介助だけは他人にはさせたくなかった。それは娘として母の羞恥心をリアルに想像したからなのだが、母はいたって大らかに手伝ってもらっていた。そして母の後に続いて順々に排尿してみせる友人たちのことを話すとき、母はケラケラうれしそうに笑っていた。もちろん排泄行為を見せ合ったからといって、ＡＬＳのつらさを分かち合うことになどならない。それでも少しでも母の気持ちに寄り添いたいという人々の思いが滑稽な行為になって現れてしまったのだが、母としてはそれもありがたかったのである。

ためらってはいられない

そうこうするうちに、母は立ち上がりが難しくなってきたので、知り合いの大工さんと相談をして、便器の底床に板を張り重ねて便器自体の高さを底上げした。腰掛ける際の膝の屈伸角度を和らげ、壁にも手すりをつけた。こうして、まだしばらくは自分で立ち上がれるように工夫した。

また、パンツを下ろさずとも自分で用が足せるように、オムツカバーのようにパンツの底を切り裂いて、再び同じところへマジックテープで貼り合わせる改良をしてみたりした。それは産後の産褥用ショーツの構造が使えるかもしれないと思いついたからだったし、これなら便器に腰掛けてからゆっくりと自分でパンツの股の部分を剝がして用を足すことができる。排泄が終わるまでは人手を借りずに済むと私は思ったのだ。

私は大きめでそっけないベージュのメリヤスパンツを何枚か買ってきて、産褥用ショーツを真似てつくり替え、母に手渡した。しばらくして、改良パンツの使用感について母に尋ねると、「まあ、使えるし調子いいわ」と笑って言ったが、本当に使われたかは定かではない。母はそんなことよりも人に介助を頼むほうが楽だったようだが、私は母の排尿の自立にギリギリまでこだわっていた。だから夏の終わりにいったんロンドンに戻って、母の介助ができなくなった私はとても神経質になり、なんとか他人に介護をしてもらうようなことを先送りしたかった。でも母は「こんなことでためらっていては先にいけない」と、ボランティア仲間に自分からどんどん頼んでいったし、保健師やヘルパーも率先して素人の母の友人たちに介護方法を教えていた。どのようにしたら腰に負荷がかからず介助できるかとか、一緒に床に倒れたりしないで済むかとか。

秋風が吹きはじめたころ、母はとうとう自分だけではトイレに行けなくなり、母の友人たちはトイレの介助のために日中の見守りローテーションを隙間なく埋め、夕方五時過ぎに父か妹が会社から自宅に飛び帰ってくるまで、母のそばに付き添ってくれるようになった。その様子を私はロンドンで聞いていたが、ただただ病気が治りますようにと祈ることしかできなかった。

父の得意技が終わるとき

母は、呼吸器をつけた後も排尿だけは導尿せずに済むように自力で最後までおこなおうとしていた。でも、これも腹筋の減退で力が入らず困難になり、しばらくは膀胱のあたりを力一杯押してもらって尿を排出していた。

その力の入れ方と押しどころはなぜか父がいちばんうまく、母も納得する不思議なコツを押さえていた。呼吸器をつけた後、父がまともにやらせてもらった介護はこの一点だけに近かったので、排尿のためにコールで呼ばれても父は嫌がらずにすぐに母の際に行って、「どうだ?」と聞きながら下腹の膀胱あたりを拳骨でぐりぐり押していた。

その方法も尿の逆流をまねいてしまい、あやうく腎盂炎になるところまで行ってしまった。父はいつまでも母の尿だけは取りつづけたかったのだろうが、中村先生の説得に応じる形で、尿道に管が入れられ、週に一度の膀胱洗浄とカテーテルの交換がなされるようになり、父の得意技はここでほぼ終わったのである。

妻を介護する夫のなかには、文字盤の読み取りや食事づくりはまったくできないけれども、妻の陰部洗浄だけはルーティーンとして毎日きちんとおこなえるという人もいる。だから男性が介護できないとかしたくないのではなくて、自分でもできることはやりたいのだろう。でも妻が難病に倒れてしまい、ただでさえ悲しみにうち沈んでいるところにきて、慣れない家事や医療的ケアを短期間で習得しなければならないということが夫たちにとっての労苦なのだ。介護という仕事が女、子どもの役割としてある以上、夫たちには手出しできない雰囲気もあるのかもしれない。

ALS患者が嫌われるわけ

あるケアワーカーの話。その人が介護していたALSの人は、呼吸器をつけてもなおトイレで座って用を足したいと言い張った。しかし筋肉が弱ってしまった首はグラグラしているから、ベッドサイドにあるポータブルトイレへの移乗さえも危険である。もしヘルパーがバランスを崩して患者ともどもひっくり返りでもしたら、ほかの誰かが来るまで起き上がることすらできない。

だから多少ALSの介護経験のあるヘルパーたちは、まずいちばんに転倒を心配する。そのヘルパーも事業所の管理者に、家族から強くトイレの介助を頼まれて困っていることを伝えた。管理者もびっくりして家族に事の次第を確かめたのだが、トイレでの排便は患者にとっては大切な日課になっているから、どうしても仕事の一部として続けてほしいと家族は譲らない。万が一事故が起きたとしても責任は自分たち家族にあり、ヘルパー個人や事業所には問わないと言い添えて。

結局、頑として一歩も譲らない患者と、申し訳なさそうにしつつもその介護をしなければ許さないという態度も垣間見える家族の気持ちを、事業所は尊重することにした。

ヘルパーにはこの人の介護を請けるか請けないかを選ばせ、承諾があったヘルパーに対しては保健師とPTの訪問を仰ぎ、呼吸器をつけたままのトイレ介助の訓練がおこなわれた。しかしなんとヘルパーたちは、このようなアクロバティックな介助を何度も繰り返すうちにコツを飲み込んだ。患者に「物覚えが悪い」と叱られながらも慣れていったのである。ただそうなると次に投入された新しいヘルパーは、前からいるヘルパーと常に比較された。何度教えても覚えが悪ければ、患者はかざされた文字盤で「ばか」とひどい言葉を投げつけてしまう。でも、本当はそんなヘルパーでもやめてもらっては困るのである。交代できるほどALSの介護を請け負うヘルパーがいないのだから。

結局、ヘルパーは患者家族から与えられる難題やストレスに耐えきれずに次々にやめていき、人材を失いつづけた複数の事業所は、経営危機を感じてこの家からは手を引くことになった。

ALSには介護派遣をしないという事業所は多いが、その理由は何も単価の安さに限ったことではない。ALS患者の要求に応じきれず自信を失ったヘルパーが辞めてしまうので、派遣したくても派遣できないのである。

5 萎えた身体で慣れないトイレ

古株患者の教え

母の介護を振り返ってみると、排泄とは人間の尊厳意識と切っても切り離せないものでもあることがわかる。幼児でさえ一歩家の外に出れば、「おもらし」は絶対にしたくない失敗だ。日本の車いすユーザーは、どこに行っても広くて清潔なトイレを見つけるのは難しい。だから外出を恐れてしまうし、水分補給もおっくうになる。すると今度は痰が固くなり、呼吸困難で苦しむことになる。公衆トイレのバリアフリーが遅れているせいで、ますます外出が遠のくわけだ。

最初の一時帰国のときに、家族で中央本線に乗り八ヶ岳山麓まで小旅行に出かけたのだが、特急あずさがバリアフリーではなかったので、母はたいへんに困ったことになってしまった。ＡＬＳの初期に「おもらし」の体験がない人などいないといっても過言ではないだろう。それほど萎えた身体で慣れないトイレを使うのは難しいのである。

ところが呼吸器を使っての外出にも慣れてくると知恵も働くようになり、今度は同病者に「外出時はオムツを併用せよ」などとアドバイスするようになる。重度障害でも自律的で社交的な人は、現実的な策として、外出時には決まった場所で必ずトイレを利用するとともに、オムツや採尿バッグも併用している。

古株の患者は自分は病人でなく身体障害者だと思っているし、新人患者や家族にとっては預言者のような存在だ。

彼らは医者の指導よりも効果的な言葉をたくさん知っている。周囲の人々の会話に耳を傾けつつトイレ探しよりも社交や買い物を優先させ、同行の仲間には「オムツをしろ」と目配せしている。私たちのような介助者の買い物の便宜も認めてくれる。外出先では介護者も興奮気味になり、久しぶりに自分の買い物もしたいのだ。

彼らは、自分の外出を片道切符にしないためにも、介助者の体力を温存しておくことが重要だと心得ている。外出中のケアにかかる労力を介護者の頭数で割って平均化して、前もって一日のケアを地図のように頭のなかに描いている。そして移動介護用スタッフがメリハリをもって最後までにこやかに介助できるように、時間と体力を配分するのである。

障害者自身の指令の出し方次第で外出支援の効率性も安全性も決まるのだが、ＡＬＳ患者の多くは外出する機会がめったにないので、いつまでたっても効率が悪いままである。また家の外では電源の確保にも不安がある。それも外出が遠のいてしまう理由になっている。

「がんばればできる」を諦める

母は呼吸器をつける前は、トイレへの移動を日課のメインイベントにしてきた。それがたいへんな重労働なので父や妹は腰を痛めてしまい、ゴム製の腰痛ベルトをいつも腰に巻き、余った部分を垂らしてよろよろ歩いていた。その姿を見ては母も自宅のトイレを使うことを諦めるしかなかったのだ。

しかし「あさがお」と呼ばれる尿器に慣れてしまえば、ベッド上で用を足したほうが楽なことも、そうそう漏らす危険もないことがわかってきた。その形態から花の名前で呼ばれている尿器「あさがお」は男女それぞれ異なるデザインで、男性向けのほうは筒の部分が長く、女性向けのほうは全体に緩やかな流線を描いている。美しいといえないこともない。大阪のNPOココペリのヘルパー濱村さんによれば形状はアールヌーボーということだ。

患者はここが思案のしどころである。つまり、自分さえ諦めなければ他人の力に一〇〇%頼って便座に座って用を足すことはできるのだが、それは介護者の技術と力任せの介助に頼ることでもある。力がこもらない身体で介護者に立たせてもらい、ベッドから離床し、さらにトイレまでの距離を手を引いてもらったり介護者の足の甲に乗せてもらったりして、三〇分もかけてトイレまで行く。もしその途中で介護者ともども床に倒れるなどということを繰り返せば、どんなヘルパーでも逃げ出してしまうか、事業所の撤退ということになってしまう。下手をすると次々に撤退されて最後にはその地域で介護派遣してくれる事業所がなくなってしまい、トイレ介助どころか在宅療養の破綻にまで発展してしまいかねない。

オムツは「受容」ではない、「自立」だ

だから、進行性疾患の者がいつまでも普通のトイレで用を足したい気持ちは本当に痛いほどわかるのだが、地域で生きていくためには諦めや妥協も大切なのだ。介助者の力を通して自分の能力を知り、人手を借りてできることの限界を見極める。危険だとわかっても、「もうそろそろ諦めよう」とは介助者

からはなかなか言い出せない。本人に植え付けられた尊厳意識を塗り替えてもらい、生活上の優先順位も入れ替え、合理的で効率的な生活を望むようになったときに、初めて患者は紙オムツをはじめとする介護用品や医療機器の真価に目覚めていくのである。

これは「障害受容」などという言葉ではとうてい表現できない、介護者との共存のための妥協策である。ALSの人はみずからの身体をどうしたら健康で安全に維持できるかを学び直し、主体的に介護者を使いこなして初めて地域で暮らせるようになるが、障害者運動の活動家たちはこのようなことをこそ「自立」と呼んできたのである。なんでも自分一人でできることを「自立」と呼ぶ健常者の定義とは一八〇度異なる解釈だ。

母には、病気に対してというより、身体障害に対する偏見と恐れがあった。だから尊厳意識を塗り替えるのにかなりの時間を要したが、友人たちによるトイレ介助をきっかけに父や娘のためにケアの効率化を考えるようになって、だんだんベッド上でも用を足せるようになった。つまりALS的に自立したのだった。

薬と道具の試行錯誤

ただ気持ちは前向きになっても、便は出てこない。

ALSの人は全身の運動神経が侵されても肛門括約筋だけは最後まで残るといわれている。しかし肛門だけが自在に動かせたとしても、腹や足の筋肉が痩せてしまうと便器に座っても踏ん張れなくなるから便も尿も出なくなり、必ず困ることになる。そこで便秘を防ぐためにも便を軟らかくすればよいということで、我が家では最初のころは、カマ（酸化マグネシウム）を使ったり、あるいは漢方薬のセンブリやセンナを煮出したものを胃ろうから注入して排出を促す努力をしていた。便通をよくするためには根昆布や納豆を、消化を助けるためにはヨーグルトやりんごをそれぞれミキサーにかけて、ザルなどで濾して注入してみたりした。

しかし薬が効きすぎて便が緩くなると、それはそれで困ったことになってしまう。そこで便秘薬や浣腸を併用して、看護師やヘルパーがやってくる午前一〇時過ぎに合わせて、排便と摘便はおこなわれた。

母が自分で排出できた最初のころに導入されたのはゴム製の便器だった。長いあいだ腰に当てて排便を待つので、硬い素材のものだと当たる部分の皮膚が痛くなる。それで介護用品のカタログで探し出したのが、茶色のゴム製で見るからに古風な弾力性のある丸い便器だった。これは肌に密着するし、柔らかくて長時間使っていてもお尻が痛くならず、その点ではよいのだが、排泄が終わってこれを引き出すときに、柔らかいのでよほど上手にやらないと排泄物でベッドを汚してしまう。これでは元も子もない。またゴム製の浮き輪を二つ三つほど重ねたようなデザインで壁面に凹凸があるので、終わった後の手入れにも手間取った。それに天日に干したり薬液につけたりするとゴムがすぐに駄目になってしまう。殺菌にも悩んだ。

次に蓋つきのプラスチック製の差し込み便器を利用したが、このままでは腰に当たる部分が痛いので、便器の上に紙おむつを敷いてそこに排便してもらうことにしたら後片付けも楽になった。

また介助者の腰痛対策もいろいろ考えたあげく、便器の差し込み時や取り出し時には、母の腰を浮かせるために両ひざの裏に綿で包んだ板を通して、それを四点リフトの二点で持ち上げるなどした。これならヘルパー一人でも、排便の介助がゆっくりとていねいにできる。もしリフトを使用しないでベッド上での排便介助をおこなっていたとしたら、足を持ち上げる人と便器を差し込む人の二人体制以上でなければ上手にできなかっただろう。だから大げさに見えた四点リフトは、その設置には初期経費はかなりかかったものの、結局はコスト削減できていたことになる。

摘便、私たちの方法

摘便は娘たちには抵抗感は大きかったが、生田さんが「そろそろ、そのときが来ました」と言って、なぜかナイチンゲールの本を持ってきて、私と妹にその方法を儀式のように教えてくれた。

摘便には下準備が重要である。

まず新聞紙を何枚も重ね広げて床に敷き、陰部洗浄用のボトルや、汚れた布やペーパーを置く場所を確保する。それから腰とベッドのあいだに大判の尿取りパッドを敷き、その上で横向きになってもらい、後側から便を採る。

できれば手袋を二枚重ねにし、その上からキシロカインゼリーを塗った人差し指を肛門に深く挿入して、便を導き、一気にかき出す。不思議なことに二枚重ねても、キシロカインゼリーが指先に沁みるように感じた。

直腸にある便に指があたらなければもっと奥のほうにあるから、もう一方の手で下腹部を押して肛門近くまで便を誘導する。そうするとガスと共に便は排出される。その際、肛門を刺激しつづけると痔ができることもあるから気をつけなければならない。

肛門が切れて出血することもときどきあるし、導尿のためのカテーテル留置もある。だから陰部の洗浄は、清潔を保ち感染を予防するために毎日必要なケアである。採った便はティッシュを敷いた差し込み便器に入れておき、最後にトイレに流す。慣れてしまえば何のことはない。

6 海底の聴覚

ギャッジアップも体位変換も運動

　この部屋に響いているのは、陽圧式人工呼吸器が規則正しく空気を圧縮し送り出す音。一回およそ四五〇ccの空気が一分間に一二回、蛇管を伝って、母の喉に開けられた穴から気管カニューレを通して肺に送られる。肺を膨らまして戻ってきた呼気は呼気弁から排出される。呼吸器の奏でるリズムに合わせて患者の胸元が上下している。ベッドはわずかに五度ほどやっとギャッジアップしているが、傾斜をそれ以上きつくすると心臓が高鳴って血圧も上がってしまう。

　あとになってわかったのだが、たとえ寝たままになっても上半身をときどき起こすことは、肺の拡張と痰の排出、自律神経の鍛錬、それに耳管を詰まらせないでおくために必要な習慣だった。でも母は最初からほとんどそうしてこなかった。元気だったころから狭心症の既往症があり、体位によっては息苦しくなり、動悸やめまいがしたからだ。そのうえ「早く死にたい」「早く楽になりたい」などと繰り言ばかりを言うくせに、心臓に負荷がかかる姿勢は極力とらないでほしいという。

　こうして呼吸器との療養生活もスタートしたが、いま思うと大事にしすぎたようだ。ベッドからめったに降りることのないＡＬＳの人にとって、ギャッジアップは運動であり、自律神経のリハビリでもあるのだ。

唾液や鼻水は、身体に傾斜があって初めて身体の下方に流れていく。だから寝たきりになったとしても、日中だけでも上半身はある程度の角度をつけておいたほうがいい。それに体内の水の移動のためには日々何度も体位を変える必要がある。自分では寝返りさえできなくても、患者にとって体位変換は大切な運動のひとつなのである。

遠足のような日帰り手術

母は最初のころ、経管栄養の管が胃腸の奥に入りすぎて、それが迷走神経を刺激し、食事のたびにひどい動悸を誘発していた。試しに胃からチューブを数センチ引っ張りだしてみたところ、動悸も気持ち悪さも途端に解決したが、それまではエンシュアリキッド缶（総合栄養剤）さえ満足に摂取することができず、やせ細ってしまっていた。最初のうちは食事のときにベッドを起こすことが動悸や気持ち悪さの原因だと思っていたし、また起立性低血圧もあったので、めったにギャッジアップをしてこなかった。しかしそれが原因で耳管が狭くなって閉塞し、中耳炎へと進んでいった。

鼻からの吸引は、必ずおこなわなければならないケアでもある。これを怠ると鼻の奥に水が溜まり、蓄膿になってしまい鼓膜を圧迫しだすことになるのだが、痛そうなので鼻の吸引を私たちはやっていなかった。

だからなのか、人工呼吸器をつけて半年後には、母はもう耳の聞こえにくさを訴えていた。そこで診療所の中村先生が往診を頼んだのは、鍋横で耳鼻科を開業している船戸先生だった。母も、元気だったころから通い慣れていた耳鼻科の先生の訪問をとても喜んだ。それでも耳が詰まって聞こえないということになり、翌年二回ほど船戸先生の紹介で恵比寿の総合病院で鼓膜にチューブを入れる手術をおこなった。

鼓膜を切開するときには耳の穴の中に麻酔を施すため、しばらくは横向きに寝てそのまま我慢しなければならない。脱力した身体で横向きの姿勢を保つほうが、手術自体よりもかなりつらい。その処置に半日以上かかって疲れ果てても、なお頑なに入院だけはいやだと拒む母なので、局所麻酔で日帰りでの強行軍になった。

私たちは往復とも母に付き添い、久しぶりに訪れるおしゃれな恵比寿の町並みを障害者輸送サービス車の窓から仰いだ。

「うわあ。ここ、ここ。ママと前に来た！」

「あの店、まだあったわ」

「なんだあ。恵比寿ってけっこう近いんだ」

母も車いすの上から首だけ斜めにして外の景色を眺めている。在宅療養が始まってからというもの、めったに外出もしないものだから、通院に付き添う福祉車両は、行きつけだった店の前を走りすぎるときなどは観光バスのように賑やかになった。

結局、その手術の結果はわずかに聴力を回復させた程度の効果しかなかった。すぐにまた「海の中にいるみたい」な感覚に母は押し戻されていったのである。それ以後も耳鼻科の往診では定期的に耳管に空気を送り込む処置がおこなわれた。

耳鼻科門前の小僧

船戸先生は、中村先生が買ってくれたという耳鼻科用往診セットを往診のたびに持ってきた。黒いケースにていねいに「工具」が整理されていて、むかし懐かしいおもちゃの医者さんセットを思い出させた。ほかにも医師や看護師の持ち物には、私たちの興味をそそるものがあった。同じ聴診器や鑷子《せっし》を診療所で一括購入して、分けてもらったこともある。こうして一本八〇〇〇円もする鑷子を私たちは使うことになったのだが、毎日何十回も吸引のたびに使う道具なので、よい物を揃える価値はあった。

耳鼻科の往診セットに入っていた鞴《ふいご》のようなもので片耳ずつ空気を送り込むと、母は痛そうに顔をしかめたが、耳管が開くとまたよく音が聞こえるようになったと言って喜んでいた。しかしそれもまた長くは続かず、一週間もしないうちに海の底に押し戻されてしまうのだった。

ALSの中耳炎は必発といわれている。だから予防的な意味合いでも毎日の鼻からの吸引は必要なのだが、先にも述べたように鼻の吸引は手探りになるから、やるほうにも度胸がいるのである。しかし慣れてしまうと鼻腔の形がカテーテルから手先に伝わる。左右の鼻腔の道や空洞の形はそれぞれ違う。母の鼻は右より左のほうが狭く吸引しにくいことなどがわかった。

今では手技も上達したので気管カテーテルと同じシリコン製のものでも簡単に吸引できるようになったが、最初のうちは赤茶のゴム製のものが細く柔らかくて扱いやすかった。鼻の吸引は喉からの吸引よりも分泌物がよく取れるので、慣れてくると手先に伝わってくる吸引の振動が快感なのだ。

7 鉛の瞼

何の涙なのか

母の瞼《まぶた》は、今では終日閉じられている。

ときおり左の目頭に涙が溜まっていることがあるが、これは感情の動きを示すものなのか、角膜の傷の痛さで流れ出る涙なのか、傍《はた》からはわからない。

眼科医の山本先生も往診してくれたが、このように目を閉じていても角膜に傷がつくことはあると母に説明していた。そしてゲル状のヒアレインやビタミンBの小さなチューブを処方してくれた。これを瞼の中や下に塗って乾燥を防ぐのだ。

誰もそばにおらず数分ほど時間が経過してから母の顔を覗き込んでみると、いく筋も涙を流した形跡があったりする。この涙が心理的なもので何かを訴えているのか、それとも生理的な欲求なのか、身体のどこかが痛かったり痒かったり動かしてもらいたかったりすることの訴えなのかは、親しい介護者でなければわからない。患者のすべては受け取り側の感受性に委ねられているのである。

発症から三年経過してそろそろ自力で瞼を開けづらくなってきた時点で、目を閉じたままにするのか、それとも開けたままにするのかを、私たちは本人を交えて話し合った。母のALSは他の患者に見られない進行の早さだったが、だからといってたじろいでいる場合ではなく、今後の病状のさらなる悪化に備えて今のうちに本人に仰いでおく必要があった。

閉じたままを選ぶ

ある日、中村先生は往診にやってきて、母の枕辺でこう言った。

「じき目の動きも止まります」

いつもと同じ優しいトーンで。

そのときはさすがに母も驚き、眼を見開いて涙を溜めていた。だからといって、現実から逃げられるわけではなかった。

眼球運動の停滞に関する最終的な説明を「決行する」と先生から告げられていたが、私は「残酷ですから、今さらなにを」と反対していた。救いようがないことを言ってもかわいそうだと思ったのだ。その代わりに、セデーションで深く眠らせてほしいと懇願した。母も「眠らせて」とよく言っていたからだ。でも先生は、「まだ意識がある以上お母さんは自分で考える力もあるし、耳も聞こえているのだから、それはできません」と言った。

それから数日間、母はゆっくり考えた末に、目は日中も「ずっと閉じたまま」にしておくことを選んで、そうしてほしいと告げてきた。その根拠はよくわからないが、眼球が乾燥して痛くなるよりはましと判断をしたのかもしれない。

大変な病魔を抱えて生きてきた母にしてみれば、麻痺した身体との暮らしというものが、死の手前に常にあった。だからもっとも切実なのは、身体の置き方の相談だった。世間で自分たちの安楽死と生存とが天秤にかけられているあいだも、本人たちは今日一日をどう過ごすのかを考えないわけにはいかない。たとえ医療が見捨てたとしても、看護や介護で追求できることはまだまだたくさん残されていた。

母は身体のことだけは、意思疎通が難しくなっても上手に指示できていた。ただひとつ指示できなかったのは死に方だけだった。母に必要なケアは母がいつでもいちばんよく知っていて、最初からきちんと理論的に説明ができた。だから瞼に力が入らなくなった後も、私たちは母に用事のあるたびにどうするかを母に尋ねる必要があるので、やはり「目」を見ないわけにはいかなかった。介護者は母の瞼を開けて、二者択一の質問を用意して、イエスなら右、ノーなら左に眼球を動かして選んでもらった。

そうこうするうちに、母の瞼も終日閉じられるようになり、深い悲しみも日々の暮らしに緩やかに溶けていった。重い病いと暮らすつもりなら、時間を味方につけることだ。母の口癖だった「いつまでも同じ悩みが続くことはない」は、介護の場面でもしばしば思い出された。

朝の儀式

朝の挨拶をするとき看護師は、まるで何かの儀式のように重たくなった母の瞼を片目ずつゆっくり持ち上げて、朝の光を瞼のなかに入れた。それを真似して同じようにしてみると、母の瞳は既にまっすぐ前方を向いて、挨拶を待っていたりする。

「おはよう！」

瞳の正面に顔を出して声をかけ、次に部屋のカーテンを開けて光を入れ、新しい一日がやって来たことを告げた。母はまたひとつ、嫌いな夜を生き延びたのだ。

ある日ふと、眼筋が侵されはじめた時点で瞳が目の裏側か上部に留まったまま固定されなかったのは、たんに運が良かっただけなのだろうかと私は思いはじめた。

もしかしたら、母は瞼を「閉じたまま」にしておく決心をしたと同時に、瞳は前方に見据えたまま固定することに決めて努力したのかもしれない。もしかしたら、そのために母は夜も寝ないで瞼の裏を見ながら起きている時間を長くしていたのかもしれない……。

そこまで母が先々のことを考えて、綿密に計画し身体を固める努力をしていたとは思いたくない。しかし、眼球までもが最終的には自分の意図でまったく動かなくなると知らされていたからには、私の母ならきっと瞳を最善の位置に固定するための努力を払っていたはずなのだ。

サランラップの青年

あるところに、やはりとても進行の早いＡＬＳの青年がいた。

その人は自力で瞼を開閉できなくなったので、サランラップを両眼の上にかぶせて眼球の乾燥を防いでいた。彼は私の母とは反対に、終日目を開けっ放しにしておくほうを好んでいたことがこれでわかる。瞼が閉じられたままになることを恐れていたのだ。

目の上にサランラップを張るなどうっとうしいだろうと私たちには思われるが、ＡＬＳ患者のために特別につくられた透明ゴーグルでさえ彼には重かった。それで家族やヘルパーたちは家にあるものでいろいろ試した末に、サランラップで眼球の上を覆い、乾燥と埃から保護する方法を考え出したのである。やってみたらとても効果的だったし、彼も納得したのでそのまま採用されている。

ある患者は、ベッドで仰向けに寝ていると、宙を舞っている微小な埃がだんだん落下してくるのが見えて気になると言う。落下する埃がだんだん自分の顔の上に舞い降りてきて、目に入りそうになったとしても、瞼を閉じることができなければ、それは恐怖だろう。すべての患者がそこまで細かいものが見えているかどうかは定かではないのだが。

この患者のそばでは極力埃を舞い上げないように、介護者は神経をつかわなければならない。肌掛けやタオルケットも無造作にかけ直せば、かなりの埃を空気中に舞い上げてしまう。動物を飼っていればその毛も気になる。頭上のリフトの上にはかなりの量の埃が溜まっているから、そこから落ちてくる埃の固まりもある。電気を使う医療機器に埃は溜まりやすいのだ。

目にサランラップをかけている青年がいま楽しみにしているのは、春先に庭に出ること、近所への外出を実現することである。室外の乾燥や春風は彼の眼球を乾燥させ痛めるので、家族や介護者らはさらなる対処方法を探っている。瞬きが難しい患者はけっこういるが、本人の社会参加意識がそれで停滞することはない。

工作の時間

ほとんどの患者は医学的知識もないまま、その時々の思いつきか、あるいは自分の体験から得た記憶を総動員して熟考した末に、自分の身体のことは自分で決めて他者に指図して実行してもらうことになる。

ＡＬＳの疾患も呼吸器がついて安定してしまえば、それ以降は医師も医学的というよりも、むしろ生活の知恵を駆使して、対症療法的にその時々で治療したりアドバイスしたりするしかない。

だから介護の必要に応じて、私たちは家庭で手に入る材料の範囲で工夫してきた。先ほどのサランラップもそうだが、私はアルミホイル、銅線、ベニヤ板、かまぼこ板、カセットテープの箱、ガムテープ、園芸用ワイヤー、軍手などを集めて、それらを切ったり貼ったり組み合わせたりして、ナースコールやスイッチ板、蛇管の固定などを工夫してきた。

母の身体機能を少しでも長く維持し、既存の機器の使い勝手をよくするために、いろいろなものをつくってきたが、その使い勝手の良し悪しを評価するのは患者自身である。身近な者たちの日々の工作によって少しでも障害が改善されたときの喜びは、双方にとって計り知れないものがあった。

医師や看護師、保健師までもが、家族やヘルパーと一緒になって、小中学校の理科クラブ程度の工作チームの一員となる。そして数々の作品をＡＬＳ患者という厳しい審査員の前に披露し、採点されつづける。そんな日々が、亡くなるときまで延々と続くのである。

8　重力に逆らえない顎関節

開けておくか閉めておくか

どこかが動きにくくなったら、治る病気ならば再び動くように努力するだろう。しかしＡＬＳでは逆に、どこにどのように「固定しておくか」のほうが問題になる。

母は瞼だけではなく、口元の形――開けておくか閉めておくか――も、完全に動かなくなる前に決定しないわけにはいかなかった。ＡＬＳ患者の口は、開口したまま固まってしまうことがある。口が開いたまま固まると口腔は乾き感染しやすくなり、反対に口が閉じたまま固まってしまうと口腔ケアが難しくなる。

病いが少しずつ進行していく過程で、病人の容貌が失われていることに、たいていの家人は慣れてしまっている。患者の美醜には無頓着だ。どんな姿も見慣れてしまう。それは一日中ずっと顔を見て介護しているからでもあるし、病人はあるがままでも十分に美しく見えたからでもある。でも本人にしてみれば、在りし日の自分の顔貌をイメージしながら療養しているから、ガラス窓などに映る自分の姿を見ると自己意識とのギャップに驚いてしまう。多くの患者は、この耐えがたい体験をしているはずである。

そんな患者の苦悩をよそに、顎の筋力が落ちると口元は自然に開く。これも重力だから逆らえない。

それで自然と開きっぱなしになってしまい、しまいには顎関節まで外れてしまう。ここで介護者は何らかの工夫をしなければならない。

見ないこともできず……

私の母は、口が開けっ放しにならないようにいつも指示して閉めさせていた。自然に開いてきたら、必ず介護者の手で顎を押し上げさせて口を閉じていた。口が開いたまま固まってしまった「寝たきり老人」の容貌を母はよく知っていて、自分もそうなることをとても恐れていた。

慰問に訪れた人が一眼レフで母の表情を接写し、現像して持ってきてくれたことがある。母は突然、目前に自分の写真をかざされてしまった。見たくないと断るタイミングを失い、逃げることもできなかった。そして自分の口がだらしなく開けっ放しになっているのを見て、驚愕し言葉を失った。

もちろん、カメラを構えた人に悪気などはない。あるがままの母の姿が美しいと思ったから撮影し、出来上がりをわざわざ見せに来てくれた。これも母を勇気づけるためである。しかしそのときから母には、自分の容貌をできるだけ崩れないままに保つこと、そのためには口だけはなんとしても閉めておかねばならないという強い意志が生まれた。

顎を固めるための工夫

最初は柔らかいティッシュを数枚重ねて折りたたんで、顎と喉元の気管カニューレのアジャスターとのあいだに押しこんで隙間を埋め、口が自然に開いてしまわないように工夫した。

しかし、滅菌していないティッシュを湿った気管切開部に使用したせいか、しばらくして菌の繁殖を感じさせるような異臭がするようになった。はじめは、このにおいがどこから、どうして生じたのか誰にもわからなかった。しかしよく考えてみれば、わざわざ滅菌ガーゼを気管切開部に使用しながらも、コネクターと顎のあいだには普通のティッシュを詰め込んでいるのだ。滅菌していないティッシュなのだから、もともとそこについていた菌が繁殖してしまってもおかしくはない。

それは甘酸っぱいヨーグルトのような発酵臭だったが、中村先生は冷蔵庫のなかの納豆菌が原因なのではないかと疑った。私は乳酸菌がにおいの原因だと思っていたが、梅雨時にはどうにも我慢できなくなったので、ヘルパーらはティッシュを捨てる籠《かご》にダンボールで蓋をつくって覆い、においが外に漏れ出ないようにしていた。くさい物に蓋をしただけだが、母を前にして「くさい」とはさすがに言いにくかった。

ある日ふと、菌を繁殖させてしまうのは、どうもこの折りたたんで顎の下にいれたティッシュのせいではないかと気がついて、このやり方ではまずいということになった。

私は古着のメリヤスシャツをバイヤスに切り、端を縫って伸縮性のある長いリボンを何本もつくり、母の顎が半開きのまま固まるまで、顎を頭の上に吊って縛る形で固定した。まるで抜歯した人のような格好になったが、母はそれで納得した。しっかり顎を縛っておけば寝返りの際に舌を噛まなくなってよくなった、などと評価さえしてくれた。

母の口を開けっ放しにしないために生み出したこの新しい方法で、やがて気管切開部は乾き出し、においはおさまった。そして下顎の関節はしだいに固まり、口がほとんど開かなくなるまで、このスタイルは続いた。

歯は舌を噛み切る凶器

顎を固定することで寝返りのときに舌を噛まなくなった。これは顎を固定したための副次的な効果だった。たしかに一時間おきに体位交換をするたび、以前は奥歯で舌を噛み潰してしまって、よく血を滲ませていたのだ。舌も麻痺してほとんど自分の好きなようには動かせなくなっているのだが、強く噛んでしまっては痛いし、噛み切ったりしないようにヘルパーも注意していた。

自分で吸引器を操作して口のなかを隅々まで掃除していた母も、徐々に舌が麻痺してくると、口の中のあちこちに食べ物の塊《かたまり》が残ったり食べかすが溜まったりした。そのまま放置すると誤嚥や肺炎の原因になりかねない。食事をとらない人工呼吸療法の人も、感染症予防のためには口のなかの掃除は毎日しなければならないのだ。たとえ食事を胃や鼻からとっていたとしても。

歯といえば、母はもともと若いころから歯質と歯並びが自慢だったし、ずっと虫歯はないと言い張っていたが、五五歳のころだったか長年放置していた虫歯があることが判明して、歯痛をこらえて歯科医を転々としたことがあった。結局は一〇〇万円もかけて歯を治療したが、私はたしか第二子の出産前で、大きなお腹で母の通院に付き添っていたのでよく覚えている。

なぜ転院を繰り返したかというと、抜歯しなくてもよいといってくれる優しい医者を探し回ったからだった。それがＡＬＳで身体が思うように動かなくなり寝たままになると、歯はほとんど用がなくなった。むしろ舌を噛み切る凶器になってしまった。

母は私たちに命じて、お箸の先で舌を奥歯の内側に押し込ませ、誤って歯で噛み切ったりしないようにしていた。このトラブルはほとんどのALS患者が経験しているので、それぞれの家庭が「ベロの引っ込め方」では、独自の方法を生み出している。

「島田さんに助けてもらった」

うちの母からいろいろ注文されて「安全な舌の置き方」を覚えさせられていた塩田さんは、別の患者でもやはりこの「ベロの引っ込め方」の介助をしている。その塩田さんがこのあいだ「島田さん(の霊)が来て、私を助けてくれた」と言っていた。

その患者は「綿棒で舌を奥に押し込むタイミング」と「その綿棒を取りはずすタイミング」が非常に難しく、妻以外には誰も満足にこのケアができなかった。へたに綿棒を引っこ抜こうとすると奥歯でがりがり噛まれて非難されるばかりなのだ。それも奥さんの厳重な監視つきだったから、ヘルパーたちは恐る恐るやっては、「だめだ」と二人に睨まれて自信を喪失していた。

その繰り返しではヘルパーもだんだん滅入っていく。そこで意を決して事業所の所長の塩田さんがやってみた。慎重に綿棒を動かしていると、突然島田さんの声で「今よ!」と耳元に聞こえたという。そのタイミングどおりに綿棒を引き抜いたところ、「綿棒がすっーっと口の奥に上手に入り」「すっと抜けた」。

背後からその様子を見ていた奥さんに「やはり塩田さんは違うわねえ」と褒められ、それで「まだやれる」という明るい気持ちになれたという。

「島田さんに助けてもらった」

塩田さんは目を赤く染めていた。

9　一リットルの唾液

飲み込めなければ流れ出る

母は気管切開後、病棟のベッドで口から食べたのは、飲み込みやすいヨーグルトとプリンぐらい。入院中も流動食は出ていたが、食事を下げにくる看護師にいくら勧められても、ほとんど何も食べようとしなかった。二か月ほどして退院するころには、嚥下障害がさらに進んでしまったためか、食欲自体が減退していた。しかし食欲がまったくなくても自然に流れ出てくるものがある。「よだれ」である。

ふつう唾液は、食欲を感じても感じなくても無意識のうちに口のなかを潤し、自然に喉の奥に飲み込まれている。しかし口内に麻痺が起こると飲み込むことができなくなるから、だらだらと口外に流れ出てしまう。歯医者で麻酔をした後のような感じだ。

唾液を飲み込まずに流れ出るそのままにしておければ、口の端から顎、首を伝ってパジャマの襟だけでなく背中にまで流れ込み、あっという間に上半身をびしょびしょに湿らせてしてしまう。実際、母の唾液の量の多さには驚かされた。唾液が流れるほど出るということは、唾液による口腔内の浄化作用が働いているということでもあるから、あまり気にしないようにと中村先生は言っていた。でも、唾液を吸引した後は同じ分量の水分補給を忘れないようにと付け足した。

本来なら飲み込んで体内でリサイクルしているはずの水分だから、脱水にならないように、吸引したら補給しなければならないのは理にかなっている。しかし日々唾液の分泌量を測るわけではないから、どのくらいの水分を補給すればいいのかは観察に頼るしかない。

人柄がにじみ出る唾液対策

時節かまわずどんどん流れ出る唾液は、患者にとっても介護者にとっても不愉快なものなので、気管からの吸引以上に手がかかることがある。唾液の分泌が激しかったころは、少なくとも一分間に一度は吸引器で口元から唾液を吸っていた。その返す吸引でついでに目尻にたまった涙まで吸っているヘルパーもいたりしたが、涙はハンカチでふき取るものである。

唾液が口からたらたらとこぼれるさまを本人は気にしないわけにはいかないだろうし、海外のＡＬＳ医療の論文をみても唾液を抑制するケアは緩和ケアの項目にちゃんと入っている。しかし唾液の処理方法は患者ごとに違う。ティッシュでそのたびに拭き取る人は多いが、丸めたガーゼをずうっとくわえさせて、十分に唾液をしみ込ませてから、次のガーゼに交換をする人もいる。まったく何もしないで、首に巻きつけたタオルにしみ込ませ幾度も交換している人もいる。

二〇〇〇年に入ると、在宅人工呼吸療法も広く普及し、それとともにＡＬＳの介護方法がインターネットでも簡単に検索できるようになった。介護用品も患者や介護者の手によって製品化されたものが出てきた。持続吸引装置もそのひとつで、有能でしかも安価である。受注からの手づくりだ。観賞魚の飼育用小型エアポンプを改造して唾液を吸い出し、空のペットボトルに溜める仕掛けの単純なもので、原価だと一〇〇〇円もかからないだろう。しかしそれも、母が在宅療養を始めた九〇年代後半にはまだ発明されていなかった。中村先生が見つけてきた吸引器は、医療機器メーカーが開発したという手術用の大掛かりなものだったので、とても欲しかったけれど購入しなかった。

自動吸引装置という福音

九州の大分協和病院の医師、山本真氏と徳永機器の徳永修一氏による自動吸引装置の開発も最終段階に入っている。これはまだ製品化されていないが、特別な気管カニューレの開発により、気管からの低圧持続吸引を可能にした品物である。

私は山本先生と互いのホームページを通じて知り合った。専門は呼吸器内科だが、ＡＬＳの往診診療もかなりの数を引き受けている。ホームページの内容がおもしろくて感心していたら、メーカーの徳永さんと自動吸引装置をつくりはじめた様子が掲載されだした。微笑ましい話だと思って楽しみに成り行きを見守っていたのだが、そのときはまさか国から研究費が降ってくる大プロジェクトになるなどとは思いもしなかった。

二〇〇二年、ヘルパーによる吸引問題が浮上し、厚労省に「看護師等によるＡＬＳ患者の在宅療養支援に関する分科会」が立ち上がると、大分協和病院に厚労省の官僚から問い合わせがあった。ヘルパーが吸引をしなくても済むように「なんとか機械を完成させてほしい」ということで、まとまった研究費が出たという。

二〇〇九年八月現在、一般向け販売まであと少しというところに来ていると聞いた。うまく流通するようになれば家庭にまた一台、器械が増えることになるが、この装置の普及によって、家族やヘルパーが常時付き添えない病棟や、家族がちょっと目を離した隙の呼吸器外れによる死亡事故は未然に防げるようになると思う。商品化が待ち遠しい。

10　身体と世界を循環する水

水分をめぐるドラマ

ＡＬＳの進行に伴ってほぼ共通して現れてくる変化には、体内の水分量や水分の移動に起因するものが多い。たとえば痰や尿などで排出する水分、食事やお茶たまにはアルコールなどの嗜好品で摂取された水分、そして空気中に含まれる水分。これらはみな皮膚や粘膜の乾燥、それに衛生状態に関与している。

内外の水分量の不均衡によって、人体はトラブルに見舞われドラマが起きる。私はＡＬＳの身体介護を通して、人間は地球規模の水循環のなかに生きていることに気づかされた。

心身に麻痺のない人は、「喉が渇けばそれは身体が水を欲している合図なのだ」などと思わなくても自然に身体が動いて、飲み物を取りにいくだろう。美容に努力をしている人を除けば、身体から自然に蒸発していく水分に、特別に神経を使って暮らすこともないだろう。トラブルのない身体なら水分のインとアウトは自然にコントロールされている。しかし唾液も飲み込めない麻痺した身体は、十分な水分量を得ることができていないと考えたほうがいい。

人工放尿

水分といえば、出すほうでも問題は起きる。

母に導尿カテーテルを留置することになったのは、いつだっただろう。緊張しすぎたためか、訪問看護師はしばしば導尿カテーテルを挿入する穴を間違ったりもしたが、心配していた尿路感染が起きたことは一度もない。カテーテルを留置すれば尿は膀胱には溜まらずに尿バッグに溜まる。そうなると膀胱はだんだん柔軟さを失い固くなってしまう。そして膀胱の表面の細かい皺という皺のあいだに老廃物を溜め込むことになり、膀胱を汚染してしまうのである。

そこで尿バッグに尿を流し込む長いビニールチューブの途中をピンチで止めて、ある程度まで膀胱に尿を溜め、膀胱を膨らませるるようにしたらよいだろうという中村先生の提案があった。

スパゲッティという蔑称があてがわれているビニールチューブを、おもちゃのハサミのようなピンチで挟んで尿の流れを止めて、二時間ほどそのまま放置してから開放することになった。尿はバッグではなく膀胱に溜まり、カテーテルを開放すると一気にチューブを伝って尿バッグに流れ落ちていく。これは母が放尿する瞬間でもあった。そこに快感があったかどうかはわからない。

そのとき母はすでに意思表示の方法を失いかけていた。膀胱へのバルーン留置も母の同意は確認できたが、尿路感染を恐れていた母にとっては最後の譲歩であった。

自己決定より水分補給

尿は総量で一日平均二リットルほどにもなったことがある。季節によっても天候によっても注入する水分量を調整するが、夏は発汗も激しいので水分を多めに注入する。汗をかいても本人に自覚がないこともあるので、指示がなくても水分調整はこちらでする。

もしそれを怠れば痰や便が硬くなり、半日遅れてだんだん各所で詰まりが出てくる。特に痰は固まると気管カニューレにこびり付き、吸引用カテーテルが気管カニューレの壁にひっつく感じになり、すうっと気管に入っていかなくなる。吸引回数も増えるので、とにかく水分摂取のタイミングは当事者の主体性だけではなく、介護者の観察力が求められるのである。

水分を失った肌はかさかさしてくるが、そうならないうちに水分を増やす必要があり、また逆に水分を取り過ぎれば、足や背中や顔にむくみが出てくる。外出時は本人も介護者も周囲への気働きが忙しいのもあって、水分も食事も怠りがちだ。それに本人はトイレのことを心配して水分の摂取を控える傾向もみられる。外出慣れしている彼らは、病人としての自分をいたわりにくい面もある。

だからこそ私たちは、夏季の外出時には本人に言われなくても頻繁に水分の注入をおこなう。数ある身体介護のなかでも、当人の指示を当てにしないほうがよいケアがいくつかあるが、水分補給と排出物の観察はその代表的なひとつである。

11 穴にチューブ

トロやピザが人気

信州育ちの母の好物は山菜、果物、煮干し。小さいころからそんなものばかりおやつ代わりに食べてきた。そのせいか身長は一五六センチだが骨格よくがっちりしていて、一六三センチの私と比べても母のほうが大きくみえる。

母の皮下脂肪は天然のエアマットだ。他の患者のように骨が皮に突き刺さるような痛みを訴えずに済むので本当にありがたかった。元気なときは「中高年は将来の寝たきりに備えて、皮下脂肪を蓄えているのよ」と冗談まじりに言っていたのが、みずから証明することになったので、私たちはやはり母はすごいと思った。

進行性の神経疾患の人は、ろれつが回らなくなると嚥下障害も進む。だから食事の形状も、進行に従って変化しなければならない。喉に詰まりにくい食品が、当人の嗜好を無視して、食卓の中心に上るようになる。

ただし不思議なことに握り寿司のトロや、シンプルなチーズだけのピザなどは、呼吸筋麻痺のぎりぎりまで食べられた。塊のまま飲み込めるのがよいという。また麺類も、その喉越しのよさで患者の好む食品である。味噌汁は早々にむせてしまってだめ。お茶もだめ。だから液体にはとろみをつける。水分も飲むのではなく、食べられるようにする工夫がいる。

例外はあるだろうが、多くのALSの人の食事介助は知恵も忍耐もいる作業だ。まだ口からなんとか食べられる時期は、何でもいいからたくさん食べて力をつけてほしいと願って、一度皿に盛ったものをまた台所に引き上げて、細切れにしたりトロミをつけたりミキサーにかけたりした。家族と同じメニューでも、母の食事の加工には時間がかかった。

このようなていねいな加工仕事の次に、食事介助に一時間以上かかった。それも患者の口元を注視しながら、完全に飲み込むまで次の一口を待たなければならない。むせたら誤嚥しないように背中を叩いたり、口から喉の奥に管を入れて、誤嚥したものを吸引したりしなければならない。

胃ろうをつくろう

口から食べられなくなったら、胃ろうをつくることになる。そこから栄養剤を注入する。胃ろうは見るからに痛そうだ。しかし使い慣れてしまうと、こんなに便利なものはないと患者は言う。経管栄養のユーザーのあいだでは「還暦過ぎたら胃ろうをつくろう」「国民皆胃ろう」というジョークも飛び出すほどだ。

構造は簡単だ。胃の上の皮膚と胃壁を突き通すように穴をあけ、ボタン型の器具で両方を引き寄せ留めて、癒着させて固定している。カテーテルの先端には小さな風船があり、これにサイドチューブから蒸留水を注入して胃内部で膨らませ、管が引っ張られても胃から抜けないように定置させる。

母は一九九五年一二月に緊急入院して、そのほぼ二週間後に気管切開と同時に胃ろうを造った。そのお陰で私たちは、母が口から食べられなくなったからといって、そのまま「自然」に死なせるか否かなどという選択で悩まずに済んだのである。

神経内科医によれば、胃ろうは早めに造設する必要があるそうだ。というのも、だんだん口から食べられなくなってしまうので栄養摂取のルートを前もって用意しておく必要があるし、胃カメラを使って慎重に手術をしたいが、以前は気管チューブが入っている状態では難しかったからである。手術中に呼吸困難になれば、その時点で呼吸器装着ということもありえるから、呼吸に余裕があるうちに胃ろうを造設したいのである。ただし最近、鼻から細いファイバースコープを入れて手術する方法が開発されたので、呼吸器装着者にも胃ろうの手術ができるようになったそうだ。

とにかく体に入れること

食事を十分にとれば、運動神経の麻痺が進んでも体力を温存することができ、そのぶんだけ病いの進行も遅くなるような気がする。神経疾患の人なら、経管栄養は前倒しに準備しておいたほうが間違いなくQOLの向上につながる。

気管切開のときに気管と食道を分離しておけば、寝たままの姿でも誤嚥の心配なく口から食べつづけることができるし、唾液が気管に垂れ込んで誤嚥性肺炎になるという悩みも解消される。ただし、そのときに確実に声を失ってしまう。回復しても手術で元に戻すことができない。でも、何より栄養摂取や肺の健康を優先させる意味はあるから、術後は意思伝達方法を工夫するよう気持ちを切り替えていけばいい。

手術は、それまでの口パクなどの原初的な意思伝達方法をもっと確実に意思を手早く伝えるための科学的方法、コンピューター等の機器の導入へと切り替えるきっかけになる。進行性疾患では残存機能にいつまでも頼るよりも、早めに気持ちを切り替えて機械を使いこなしたほうが、患者のＱＯＬは格段に高まる。

胃ろうトラブル

社交にも復帰できるほどの元気を与えてくれる胃ろうだが、まったくトラブルがないというわけではない。胃ろう交換時に誤って胃と大腸とを串刺しにされた患者もいた。これには本人も含め誰も最初のうちは気がつかなかったが、ある日、胃ろうのチューブから便のにおいがすることにヘルパーが気づいた。便が管を逆流してきたのだ。こうして救急車で運ばれ再手術をしたというケースが、昨年私の周囲で二件ほどあった。

また、胃ろうの傷口が治りきらないというケースもある。管が抜けてしまうこともしばしばである。これは医師にすぐにでも訪問してもらって管を入れ替えれば済む話だが、時間がたつと耳のピアスの穴のように、胃ろうの穴が小さくなってしまうこともあるから急がなければならない。

家人ができる応急処置としては、抜けた管をもう一度穴に軽く挿しておいて、穴が閉じないようにしておくことだ。あまり奥まで入れ直すと胃ではない場所に入ってしまうこともある。ボタン型の胃ろうもあり、こちらは管の部分は取り外しがきくから管が抜けてしまうことはない。しかし、へそのようなボタン部分と管との接続がだんだんあまくなってくるので、栄養を注入している間に抜けて漏れたりして具合がわるい。

母も何度か胃ろうからチューブが抜けてしまったことがあったが、中村先生に電話して新しいチューブを入れ直してもらった。管の交換のたびに入院や通院する人もいるが、中村先生が集中治療室に以前勤めていたこともあり、我が家では胃ろうの交換もベッド上で簡単にできた。胃ろう交換のたびに入院せずに済んだのはありがたかった。昨今では胃ろう交換も胃カメラを使わないといけないことになったそうだが。

12 管による自然食

即物論的転回

胃ろうが造設されると、食事づくりも含めた食事の介助は短時間になり、介助者も途端に非常に楽になる。それでも世間的には経管栄養は不自然だといわれているので、管でご飯を食べることなど、とてもじゃないが最初は受け入れられないものがある。

しかしこの病いは、あらゆることを体験から学びなおす機会を与えてくれる。病人は経管栄養に慣れるにしたがって、一般的にいわれているような「自然」と「不自然」の意味が逆転し、別の世界が見えてくるようだ。それまでの思考をリセットし、即物的になり、心身にとって合理的な考え方をどんどん取り入れていく。そうなってくるとALSは楽になれる病いなのであった。

「内臓に変性した部分があるのではないから、摂取した栄養は身体の隅々に行きわたる。それが生命力を蘇らせる」

食物が管から注入されるたびに、そういう思いで母の体内に行き渡る栄養をドラマチックに思い描いてみたりすると、私まで元気になれた。神経系が萎えゆく過程でも、体力と気力さえ充実していれば、いつまでも瑞々しく生きることができる病いなのである。

だから、経管栄養は選ぶ／選ばないの選択の外にあった。どうしようかなどと迷うことはなく、とにかく必要な栄養素は神様が摂取しなさいと言っている。これが長期療養を経験したＡＬＳ関係者からの率直なアドバイスである。

良い物はがんがん注入！

　となれば、前向きな介護者には、また別の思いがわき起こるのであった。どんどんやせ細っていく病主のために、せめて自分は食事づくりで応戦したい。だから患者が経管栄養になった途端に、それまで飲み込みに障害があって満足に食べられなかった分として、良さそうな物は何でもかんでも管から注入してやろうという気になった。

　経管栄養といえばエンシュアリキッドやエレンタールなど数種類あり、医師の処方で手軽に入手でき自宅でも使える。しかしそれらと併用して、というよりもむしろ手づくりの食事をメインディッシュにしている者も少なくない。

　チューブを通しての自然食主義。その凝《こ》りようには限度がない。数々の介護のうちでも、私たちの独創性と芸術性の見せ所でもある。特別に新しい食品をとれば、薬の代わりにできそうな気もした。そうして注入した食品やサプリメントは多岐にわたる。根昆布、黒ゴマ、ビタミンＡ、Ｂ、Ｃ、Ｄ、ロイヤルゼリー、プルーン、粉末のたんぱく質、活性酸素に効くという抗酸化物質スカベンジャーの類。しかしこれらは高価なわりには効果がみえず、結局は季節の野菜や果物をバランスよく取り入れて注入するほうが母も喜んだし、あらためてそれでよいとわかった。

　母は家族と同じメニューを同じ時刻に、朝、昼、夕の三回でとっていた。以前よりも多少加減した分量で食事を用意し、水分を加えて軽く煮てからミルサーで粉砕し、ステンレス製の細かいザルで濾してチューブをつまらせないようにして、一食分をざっと五〇〇〜七〇〇ccほどにしてシリンジで注入した。これを日に三回。栄養とカロリーを計算して、カロリーがもし不足したらエンシュアリキッドで補うようにして。最初のころは一日一〇〇〇〜一二〇〇カロリー前後を目安に。さらに病状が進んでからは八〇〇カロリーに落としたが、このようなカロリー制限もみんなで試行錯誤をしながら決めてきたのだった。

同じにおいの幸せ

家族の食事は食卓テーブルに配膳し、母のぶんは大型のシリンジを使って注入した。形状の違いはあったが、同じ食事、同じ栄養素をこうして前と変わらず食べてきた。介護者は母の枕元のいすに腰掛けて、手製の流動食を入れたボウルを自分の膝に乗せ、シリンジに吸い込み、胃ろうチューブの口からゆっくり注入するのである。

ある日のメニューは、ご飯、にんじん、ごぼう、さといも、油揚げ、鶏肉の煮物、ほうれん草の胡麻和え、ひじきなどの和食で、このような食事は加工しても微細な粒は残るから、カテーテルが詰まりやすい。なのでザルでよく漉して、様子をみながらゆっくり二〇〜三〇分かけて注入する。もしカテーテルが途中で詰まってしまったら、園芸用ワイヤーで管の中をつついて通した。食後は白湯をよく流した後、カテーテルに一〇％の酢水を充てんしておくと、ばい菌の繁殖も防ぎ、管の汚れも防ぐことができる。

病人の経管栄養が私たちの夕飯のにおいと変らないというのは、なんとも幸福な感じだった。母の顔を見ながらシリンジで注入するので、もしお腹がいっぱいになれば、すぐにストップがかけられた。

こうして、胃ろうの設置後二年もすると母は急速に体重を戻したが、今度は栄養過多による肥満を指摘されるようになり、療養五年目くらいから糖尿病も併発してしまった。寝たきりなのに肥満で糖尿では心臓に負担がかかる。母はたぶん生まれて初めての減量作戦を開始し、部分的に人工栄養剤に戻して、摂取カロリーの厳密な調整をおこなうことになった。

糖尿病も食事で治す

糖尿病が発見されたときの母は、意思がほとんど読み取れないほど全身麻痺が進行した状態だった。だから治療の同意を得るのは無理だったが、人工栄養が甘すぎて消化がよくないという訴えも思い出されたので、エンシュアリキッドをやめることを前提に、糖尿病の食事についてインターネットでいろいろ調べた。また、自然食がよいという思いも多少あったので、季節の野菜や煮干などを煮込んだ手づくりスープでカロリーを減らしていくことにした。

週一回の糖尿病食づくりの当番にあたったヘルパーは、一週間分の「闇鍋」をつくった。冷蔵庫の余り野菜に、買い足してきた一一品目以上の野菜や鶏肉の手羽、ときには小魚、オイルや塩なども入れて、大鍋でぐつぐつと煮る。それをいつもの手順で流動食にして、数回分のパックに小分けして冷凍庫で保存しておく。この保存経管食を流しの水で自然解凍し温めたものが、母の毎日の昼食となっていった。

ヘルパーによる糖尿病冷凍パックづくりはルーティーンとなり、半年も規則正しく続けられたおかげで糖尿もよくなった。これは、手抜きになりがちな家族だけでは到底実らなかったケアだ。食事制限の効果を知るために、母の指で一日に何度も血糖値の測定をし（携帯用の血糖値測定器を購入した）、その値をノートに記録するようにした。みんなで母の糖尿病を治そうとし、余分な仕事が増えても食事づくりや血糖値の測定が面倒だと不平をいう人は誰もいなかった。

変な話だが、糖尿病の悪化を望んだ人が誰もいなかったというのがありがたかった。ＡＬＳ患者ががんや糖尿病などの余病を併発したら、いっさい治療しないという医者もいる。こうしてみんなで母の余病を治そうと努力できたのは、在宅療養だったからこそかもしれない。

13 罠と宴

〝過剰〟な医療への抵抗感

母は胃ろうカテーテルの留置によって、口から食べることはなくなった。舌も動かず、ろれつも回らないという状態だったので、口から食べることにはさほどの未練も執着も持っていなかった。だが「人工呼吸器も胃ろうも人工的で非人道的な処置だ」という刷り込みが、母の気持ちを減退させていた。

姑の介護を通して、老人医療のあり方に多くの〝過剰〟を見てきた母にとって、胃ろうとの共存など前向きに臨めるものではなかった。母は、高齢者の経管栄養に反対を唱える先鋒でさえあったのだ。長いこと脳血管性の認知症を患っていた姑の誤嚥が始まったとたん、これ以上の在宅は無理と判断して、奥多摩の有料老人ホームへの入所を決めた長男の嫁だった。その施設では、不自然であることを理由に経管栄養の処置はしなかった。

姑への処置を断った母にしてみれば、経管栄養は受け入れがたかっただろう。私たちが母に対して「自宅ではもう介護できない」と言えば、姑のことがどうしても思い出される以上、嫌でも自宅療養を断念しなければならないと思っていたかもしれない。私たちが、「おばあちゃんはご飯が食べられなくなって施設で死んだのに、なんでママは自宅で経管ができるのよ?」と意地悪く問いただせば、母を窮地に陥れることはできたのだ。

家族が在宅介護を断る理由は方々にある。ヘルパーが経管栄養や吸引の介助をしないということも、家族にとっては自宅療養をしないという言い分に使える。だからALSの人にとっては、経管栄養に進むことが、病院へ収容されてしまう「罠」のようにも感じられるのである。こうして経管栄養導入の時期がどんどん遅れて、ついには間に合わないということにもなってしまう。

しかし練馬区の橋本みさおさんのように、後になってから経管栄養を歓迎する者もいる。彼女は鼻から挿入したマーゲンチューブで、食物の好き嫌いを克服することができたと自分のホームページに書き、「いつでも好きなときに食事ができる」便利さを強調している。

でも、この人にしても最初は経管栄養を拒否してがりがりにやせ細っていた。たまたま夫の出張にあわせて短期入院をすることになり、そのとき病院側の指導で鼻からチューブで栄養補給することになったのだった。このタイミングで入院していなければ栄養補給の処置はもっと遅れていただろう。もしかしたら手遅れになっていたかもしれない。

看護師の中村記久子さんや帝京大学病院のソーシャルワーカーの平岡久仁子さんは、橋本さんも最初は決して前向きなどではなかったし呼吸器も怖がっていたと語る。本人はそんなことは覚えていない、というふうなのだが……。

ベッド周りの宴

経管栄養の彼らに共通しているのは、自分の食の楽しみを越えて、周囲の者をもてなすことを大きな喜びとしている点である。これは特記すべきことだと思う。自分はもうとっくに口から味わうことができなくなっていても、家族や来客に振る舞い、その喜ぶさまを見て自分の食欲も満足させているところがある。もちろん私たちは感謝して、病人の前でもパクパクと旺盛な食欲をみせることにしている。

母は毎年春になると、伊勢丹の地下食料品売り場だけで発売されるという羽二重餅を所望した。私やヘルパーに買いに行ってもらい、自分の目前ですぐに包みを開けさせて、食べさせては喜んでいた。橋本さんは何かの集まりがあれば、準備のために朝から池袋の西武デパートの食品売り場に出かけて食料品をしこたま買い込む。焼き鳥なら「その柱からこの柱まで全部ちょうだい」というふうに「大人買い」をする。デザートも忘れない。

元日本神経学会理事長の金澤一郎氏はゴディバのチョコレート、茨城県支部の海野幸太郎は日本酒、川口はボルドーの赤、看護協会の小川忍さんは……などと、一人ひとりの嗜好を覚えていて、その人の喜ぶ顔を思い浮かべながら、買い物をするのを楽しみにしているようだ。買い込むやいなや急いで戻ってきて、テーブルを花で飾らせ、余裕をもって客人をにこやかに迎える。口文字で談話に交わりながら、バイトの大学生に買ってきたばかりの焼き鳥や惣菜を盛り付けさせたり、デザートも絶妙のタイミングで運ばせたりと、こまごまと気がつく。学生たちは家事も料理も指図どおりにする。橋本さんがベッドの上から細やかに訪問者をもてなすさまを見た客人たちは感嘆し、まるでカウンターの奥にいる小料理屋の女将のようだという。

慰問や療養相談ばかりではなく、食や酒につられても人々は集まる。人の環が人生にとってどんなに重要で不可欠な要素であるかを患者たちは十分に承知しているのだ。だから自分のためにも、しばしば大げさなくらい派手に宴会を企画する。自分が外に出て行くには準備もいるし、家族にとっても外出は厄介な大仕事なので、元気な病人はむしろ自分のベッド周りに宴を持ち込みたいと思っている。

文字盤で「寿司をとれ」「ワインをあけろ」と家族に指示して、ワイングラスに胃ろうチューブを傾ける患者たち。「これを贅沢といわずになんといおう！」などと言いながら。こうして自分には遠い昔話になってしまった食欲と喧騒を、自宅を訪ねてきた人たちと共有するのである。

14 徴候としての皮膚

赤い小さなシミ

ＡＬＳには褥瘡ができないといわれてきたが、母は一度、仙骨のあたりから褥瘡を得た。意思伝達が難しくなり、「微調整」や「寝返り」などの細かな要求が頻繁に言えなくなってからできたものである。

最初は外から見れば仙骨部の赤い小さなシミでしかなかったのが、実はその時点で肉のなかでは菌が繁殖し、膿み出していた。ほんの小さな点に過ぎなかった傷が、しだいに皮膚組織を崩していった。そして何度も肉芽が現れては剝がれて取れた。

かかりつけ医の中村先生の指示のもとに、膿んだ傷のなかに薬を塗ったガーゼを入れておく治療が行われたが傷は改善されず、どんどん穿孔し、患部は溶けて空洞化していった。皮膚の表面にある穴はいつまでも小さかったが、そこにピンセットを挿入すれば内部は腐って横穴ができ、どこまでも繋がっているのか、かなりのスペースを確保しているのがわかった。

本来ならガーゼ交換は看護師の役割であるが、便などで汚れたガーゼは気がついたらすぐに取り替える必要があった。それで私たちは先生の指示を受けて、傷の表面をまず注射用の滅菌水で洗い流し、薬を塗ったガーゼを穿孔した穴につっこんで再び様子をみた。

褥瘡の消毒もヘルパーには禁止されているが、我が家の場合は最初から、すぐにでもおこなったほうがよいケアについては医師と看護師が家族にもヘルパーにも指導をしていた。訪問看護は週に一回だけだから、ガーゼ交換が看護師か家族にしかできないのでは困ったことになる。

現場での医師に必要なのは、呼吸器をつけるかつけないかなどということよりも、日常のケアに関する良識的な判断である。しかし現実には、ヘルパーに必要なケアを指導しようとさえしない医師や看護師は多い。

胃ろうへの注入もヘルパーにはできないことになっているから、経管栄養の管を胃ろうに接続してダイヤルを調整して点滴のようにゆっくり流動食を落としはじめるためと、それが終了したらチューブを外すためだけに、家族は患者に束縛されてしまう。経管栄養の管をつなぐためだけに、訪問看護師が一日にうち朝昼夕夜の四回も遠方から車で通ってくるケースもある。医療費は保険請求できるが、交通費は家族の自己負担になり、交通費だけで一か月四万円を越しているケースもあった。

「の」の字に切り取る外科手術

話を母に戻すと、母の褥瘡の症状は改善されず、さらに奥へと穴は深まり、しまいに仙骨そのものが白く見えだした。そこにピンセットがコツっと当たった時点で家中大騒ぎとなり、近くの病院に入院して患部の外科手術をする段取りになった。

本人にしてみれば、本当に痛い時期は皮膚の表面が小さく赤くただれてきたばかりのときであって、穴が大きくなるころには内部の肉は腐って痛みもほとんどなくなっているそうだ。そういえば壊死が始まったまさにそのとき、異常を知らせるかのように顔が赤くなって脈も速くなった。その程度の赤みでも相当の痛みがあるそうだが、見た目には虫に刺された程度の赤みであったから気がつかなかったのだ。

手術にあたって、空洞上部の皮膚を切り開き、傷の内部をオープンにして治療しやすいように乾燥させて治していく方法と、傷の周りを大きくえぐり取って傷を縫い付け塞いでしまう方法の二通りを示された。私は病院の屋上から、携帯電話であちこちに問い合わせた結果、患部はすべて取り除いて縫い合わせる処置を選択した。患部から臀部にかけて大きく「の」の字型に肉が切り取られ、後の部分は皮を寄せ集めて縫い合わされた。母は入院中少し発熱したくらいで再び皮膚の色もよくなり、経過が良好なところで無事退院となった。

「任される身体」の重さ

この褥瘡の一件は私の心をえぐるものだった。

これればかりは母のせいではなく、また誰かを責めるようなことでもなかった。私がもっと母の身体に気を配っていれば、それほど悪化することもなかったのではないかと省みずにはいられなかった。

医学的にＡＬＳは褥瘡ができないと言われている。皮膚のコラーゲン組織が厚くなるという疾患の特徴もあろうが、患者が介護者にしょっちゅう身体の微調整をさせているから、脊椎損傷者や高齢者のような褥瘡はできにくいのだ。しかしコミュニケーションも困難になってくると、だんだん身体を他人に委ねていくことになる。

この移行は緩慢だから、いつからそうなったと特定することはできない。患者からの微調整の合図はだんだん減り、患者本人の主体性が薄れるに従って介護者はいちいち指示されなくなるから気楽にはなる。しかしそのぶん、患者の身体を丸ごと任されるという意味合いでの責任は増すのである。

15　眼で語られた最後の言葉

最後の〝ナス〟

ＡＬＳの患者は、眼をゆっくり動かせば、たいていのことは表現できる。私たちもそれを読み取ることができる。実際はのんびりしたものだが、ＡＬＳに鍛えられた介護者は以心伝心の〝匠〟だ。

しかし進行の早い人のなかには、稀に眼球運動がぴたりと止まってしまう人がいる。さらに、まったく意思が伝えられないという患者は全国にも数十名しかいないそうだが、うちの母がそのうちの一人である。

母との最後の会話がいったい、いつ、何という言葉で終わったのかを私は記憶していなかったが、ヘルパーの塩田さんによれば、それは「な」と「す」だったそうだ。そう言われても何のことだかわからなかったが、それからまた数日経て、はっと閃《ひらめ》いた。「な」と「す」は、〝ナスステンレス〟のことだったのだと。

私は自宅マンションの改装について、母の枕元で妹や叔母や塩田さんに相談をしていて、そのときに何気なく「うち（実家）のキッチンはどこのメーカー？」と聞いたのだった。私たちはただその場の雰囲気で、母にもこの程度の会話なら楽しめるだろうと思い、回答も期待せずに尋ねたのである。母は返事したくてもできずに、目を閉じて押し黙ったままだった。でも、その問いの答えを母はどうしても伝えたかったのだろう。私はとうにキッチンのことなど忘れかけていたのだが、母はこの会話を心のなかで続けていた。

数日後、これが最後の会話だと思ったのだろう、わずかに残る眼力を振り絞って文字盤の「ナ」を指し、しばらくして、正確にはさらにその何日か後、今度は「ス」を指した。母は「うちのキッチンはナスステンレス製なの」と伝えたくてたまらなかったのだ。最後の言葉にしてはあまりにも内容がないとも思われるだろうが……。

かつて母は、思い切ってキッチンの改装をして、自分で選んだ高価なタイルを張ったりしていた。台所に流行のシステムキッチンを入れ、ここでお料理教室を開くという話もしていた。私の夫の海外転勤のせいで、二人しかいない孫が遠いイギリスに行ってしまう寂しさをキッチンの改装で紛らわそうとしていたのである。母の気合いがキッチンの思い出を通して蘇ってきた。

身体的会話の始まり

母との言語的会話は二度と成立しなくなったものの、その後も母の身体は自由自在に語りつづけた。自分で瞬きができなくなり、ずっと目を閉じておくことにしてからは、しばらくは血圧も乱高下し、動悸はかなり速く一分間に一二五、ときには一五〇にまで跳ね上がった。身体の内側では伝えたいことが伝えられないために大変なストレスが続いていて、驚いたり痛かったりすれば顔は赤くなり、私たちの話に反応して涙もとめどなく流れたりした。

一年ほどはそのような錯乱に近い状態が続いたが、二〇〇〇年秋に大勢で八ヶ岳高原の「まさかロッジ」へ旅行して、戻ってきてからはぷつりと血圧も脈もおとなしくなってしまった。平常はたいへんに穏やかになり、痛みや痒みなどがあれば血圧や脈などの数値に明らかに現れた。私たちは観察力を高めていき、母の気持ちをデータから想像したのであるが、それは本格的な身体的対話の始まりでもあった。

16 病人の温もり

体温で季節を知る

それまでは体温など意識して暮らしたことはなかった。子育て中に気をつけていたのは、汗をかいたらすぐ着替えさせるということ。肌寒い日に薄着にすると、特に上の子は扁桃腺を腫らしてすぐに高熱を出した。体温調整で意識したのはそれくらい。自分は微熱があっても気がつかないほうだから、平熱を聞かれると戸惑ってしまう。

ALS患者の体温は季節を物語る。これもまた彼らの身体から学べることのひとつだ。おもしろいことに私の周囲のALS患者では、女性よりも体格のよい男性に冬場に低体温になる人が多い。寒冷地に住むある男性患者は、冬は平熱が三四度近くまで下がるが、彼の妻は「そろそろお父さんの冬眠の時期。だから春になるまで待つわ」と言いながら、ころころ笑って平気なのだ。真夏でも平熱三五度などという人もざらであるが、部屋にクーラーを入れてしばらくすると三四度にまで下がってしまい、びっくりさせられることもある。

病人の体温が下がったままになることを恒常機能が衰えてきた兆候と考える節もあるが、母のような身体では基礎代謝が下がった結果でもあるから、それはむしろその人の生存ために必要な作用が起きていると私は前向きに考えてきた。もちろん低体温をそのままにしていてはいけないので、電気毛布や電気あんかも使う。熱湯を入れたペットボトルをタオルにくるんで足元に入れ、暖をとる家族もいる。

四季を通じておこなうケアとして、布団の中に熱がこもってしまうとよくないから、寝返りのたびに布団をめくって中の空気を入れ替えることがある。それからときどきベッドと背中のあいだに手を入れ、隙間をつくって空気の層を入れ替えて、汗ばんだ背中に空気を通す。ついでに寝巻きの皺を伸ばしながら、どこかが余計に湿っていないかを確かめる。これらは適度なぬくもりと湿度を保つために必要だし、また褥瘡を避けるためにもよいから、できるだけおこなった。

ＡＬＳの初期は体力の消耗が激しいので、母の体温も高かった。リクライニング式車いすの背もたれは楽でも、背中はすぐに汗でびしょびしょになる。こんなときには、温泉旅館などでもらってきた薄いタオルが役に立った。ベッドで寝ているときも背中に挟んでおいて汗を吸わせて、どんどん取り替える。

何かのお返しでいただくような高級タオルは、肌触りはいいのだけれど、洗濯してもすぐに乾かない。かさばるから背中に入れておくなどということもできない。介護にはあまり役に立たないものだ。

温もりを感じていたい

体温といえば、四〇歳のＡＬＳの息子の呼吸器を止めて、自分も手首を切って自殺未遂した母親がいた。救急で運ばれて母親は命はとりとめたが、息子は死んでしまった。これが警察に発覚した時点で裁判沙汰になってしまった。私はすべての公判の傍聴に通い、当時ＡＬＳ協会会長に就任したばかりだった橋本みさおさんも日本中の患者家族に呼びかけて減刑嘆願の署名を二四〇〇筆も集めた。

この件は患者会だけでなく医師の学会をも震撼させた。ＡＬＳの療養をよく知る人たちには、起こるべくして起きた事件と思われたからである。事実私たちの周りには、裁判にはならないが、不可解な死はあちこちに転がっていた。

何度目かの証言台に立った母親は涙ながらに語った。

「これまで息子を励ましたのは、自分のわがままだったのではないか。自分が息子の身体の温もりを感じていたいがために、息子を叱咤激励してきたのではないか。苦しんでいる息子にとって酷だったのではないか」

嘘のない、慈悲殺の根拠になりうる発言だろう。「自分の身勝手で生きさせてしまっている」という気持ちは私にも常にあった。被告の弁明を聞いているうちに、ベッドの母に一方的に懺悔していたころの記憶が呼び覚まされた。私はその後も何度かその母親の証言を思い出して泣いた。私も彼女と同じ迷路にさまよってきたのである。

私たちの違いは「それ」を実行したかしなかったか、だけだ。

レスパイト入院目前の悲劇

公判が進み事件の詳細が明らかになると、その母親と私の過ちは別の平面上でも明らかにされた。それは大切な肉親を「生きていては哀れな存在」と思い込んでいたことだった。でも、私が母を危《あや》めずに済んだのは、大勢の人々の手助けが与えられていたからだ。

我が家の介護は大勢の人々に開かれていた。だから私と違う考え方をする人も当然いたし、いろいろな考え方をする人が出入りしていたので、それで母は守られていたというところがある。私と彼女との絶対的な違いはそこにある。

公判での証言によれば、その母親は訪問看護の時間以外は、たった一人で二四時間不眠不休の介護をせざるをなかった。末っ子で長男の病人は母親の介護しか受け付けなかったので、父親や姉たちでさえ手の出しようがなかったそうである。

母親を少しでも休ませるために、病院側は定期的なレスパイト入院（家族介護者の休息のための入院）を用意していた。レスパイト入院中は病棟の看護師だけで昼夜介護をすることになっていて、そのあいだは家族はしっかり休むことになっている。

ただし、病院では母親のように以心伝心のケアができるわけではない。それではまったく用が足りない息子は、極端に今回の入院をいやがっていた。彼はコミュニケーションが困難な状況になっていたので入院を不安がるようになり、絶対に行かないと言い張っていたのだ。でも、母親はレスパイト入院に合わせてワンピースを新調し、友人と食事にいく計画も立てていた。事件はまさに、そのレスパイト入院の直前に起きているのである。

「息子が嫌がっているのはわかっているけど、悪いけど（病院に）行ってほしい。息子に行ってほしいと思ったが、かわいそうになってきた。すでに私が文字盤もできないのに、他の人にあずけることができない。息子の意志を読み取ることもできない。第三者の看護師さんには何もできないだろう。息子は何もしてもらえないだろう。それらのことを考えていたらこのまま行かせても苦しいだけではないかと思った」

母親はそう証言している。

それは法の問題か

公判では、最初の病院での告知のあり方や呼吸器装着の救急処置も問題視された。弁護側は、成り行きで呼吸器をつけてしまった医療のあり方に根源的な間違いがあったと主張し、呼吸器をつけたことを息子が「一生の不覚だ」と言っていたことも、嘱託殺人につながる根拠にした。

しかしこのあたりから、公判を傍聴していた私たちは疑問を抱きはじめた。

医師の説明が不十分であったとしても、また患者家族の理解が不十分であったとしても、救命のためにバタバタと呼吸器をつけるのはALSではよくあることである。救命処置自体は間違ってはいなかったはずである。それに、その後のかかりつけ医や看護師の努力が実って、彼も家族も前向きになり療養生活を楽しみまでに立ち直っているから、呼吸器装着は否定できない。

事件の兆しは、病状の悪化から「死にたい」が繰り返されるようになったころからだ。

病院の主治医は、本人が本気で呼吸器の取り外しを望んでいるのなら、病院の倫理委員会を動かしても呼吸器を外してあげなければならないとの信念をもつに至った。今度の入院時には、呼吸器を外すためには裁判に訴え出ることも、本人と話し合う心づもりでいたという。

それで最終的な事前指示の確認をかかりつけ医に指示した。ところが訪問看護師が読み取ったのは次の言葉であった。

「死につながる疾患となっても何もしなくてよい。苦しみは仕方ないと思う。熱が出ても下げなくてよい。延命の治療や処置は受けない。救命のための薬の使用はいやだ。そのまま意識が戻らなくなると、死につながるとの思いが強くなっても構わない。呼吸器は苦しくてもそのままでよい。設定を変えなくてもよい」

彼は呼吸器を外してほしいとは言わなかった。呼吸器を外すため提訴さえ覚悟した主治医が本人の事前指示をとろうとした段になって、彼は突如意思を翻したのである。検察側はこの事実をもって長男の同意を否定した。傍聴していた私たちも、彼は緩慢で消極的な死は覚悟できても「呼吸器を外す積極的な死」が現実になることを恐れたのだと思った。しかし裁判長は、長男が過去何度も家族や医師に「死にたい」と繰り返し語っていたことから、嘱託殺人罪の成立を認めた。

この事件はその後、「治療停止」の法の欠如や終末期医療のルールづくりの議論の場で、しばしば参照されている。しかし、私たちに欠如しているのは患者を死なせるための法でも医療でもなく、あるがままの生を肯定する思想と、患者にとって不本意なレスパイト入院などせずに済むような、良質で豊富な在宅介護サービスではないだろうか。

息子は母親だけにしか介護を許さなかったが、それが母親の肉体と精神を追い詰めてしまっていた。家族介護の密室性と限界、母子の共依存性にこそ事件の予兆はあったのだ。

エゴイストとして生きてしまえ

重病患者のなかには、家族が望むのならどのような苦境にも耐えようと思う者、必ず治るからと誓う者、大事にしてもらっているからこそ幸せだと言う者が大勢いる。体温だけでもできるだけ長く幼い子どもに与えつづけようとする者もいる。身勝手には死ねないと、むしろ自分があなたたちのそばにいてあなたたちを見守るのだと誓う患者もいる。

実際のところとてもたくさんのALSの人たちが死の床でさえ笑いながら、家族や友人のために生きると誓い、できるだけ長く、ぎりぎりまで生きて死んでいったのである。だから、あえて彼らのために繰り返して何度も言うが、進行したALS患者が惨めな存在で、意思疎通ができなければ生きる価値がないというのは大変な誤解である。

病人のなかには、自分では生きる意味も見出せず、呼吸する動機さえ乏しくなっていく者もいる。しかし、生きる意味は「他者」によって見出されるものでもあろう。

私も一時は母を哀れんで死なせようとさえしたのだが、そうしなかったのはすんでのところで母の身体から、そのような声——あなたたちといたいから、別れたくないから生きている——が聞こえてきたからだ。母はまっすぐに死に向かっているわけではなく、むしろ生きつづけて私たちを見守るために、途切れなく続く身体の微調整と見守りのための膨大な時間を求めてきた。それは到底、父と妹と私の三人だけで担いきれる仕事ではなかったが、運よく大勢の人たちと分かち合えたおかげで、蜜月のような療養生活は発症から一二年間にも及んだのである。

そうは言っても私たちは、生きつづけると決めた母の奴隷のようだったし、人の都合など考えもしないで要求ばかり繰り出すALS患者は究極のエゴイストなのかもしれない。いや、患者ばかりではなく私たちのような家族も、ある人々から見れば大変なエゴイストなのであろう。重病人をつらいままに、無駄に「生かしている」と言われることがあるからだ。でも、大切な人から体温まで奪い去る死に徹底的に抗すると決めたのなら、誰に何と言われようとかまわない覚悟で、引き留められるだけ引き留めればいい。

もし死に囚われてしまった人や、お金の節約に熱心な人たちの言いなりになれば、大切な人を暗黒の死に引き渡すことになってしまう。病気に関して与えられる情報がどんなに悲惨で、突き放されるように聞こえたとしても、その身体が温かいうちは何かしら手の打ちようがあるというものだろう。

死だけが不可逆なのである。生きて肌に温もりが残るあいだは改善可能性が、希望が残りつづけている。だからあの母親の感情の発露のような「あなたの温もりだけが愛おしい」という叫びは、まったく間違ってなどいなかった。なのになぜ、息子の命を大切に思う感情まで母は否定しなければならなかったのか。いったん冷たく乾いた肉塊になれば、その人の温もりも湿り気も、もう二度とは戻ってこない。私たちはそのように教えられ、育てられてきたのではなかったか。

死の恐怖が否定されるかわりに、病人の生の恐怖が蔓延しようとしているのである。

17 発汗コミュニケーション

本音を語る汗

病人に寄り添っているだけでも、一日のうちにさまざまな汗をかいているのに気がつく。

肌はひんやりしているのに汗ばんでいるようなときもあれば、丸く玉状に吹き出してくる汗もある。いわゆる「脂汗」をみると私たちも慌ててしまうが、一息ついて全身くまなく捜すと、痛みの箇所を発見することもある。また心理的なこと、焦りとかストレスで発汗している場合がある。発汗には質的な違いもあるから見逃せない。

反対にリラックスしているときは顔を見ればすぐわかる。明らかに肌がさらっとしていて涼しげだ。どんなに症状が重くなっても痛そうに見えても、涼しげならさほど心配するほどのこともないだろう。もし何かを察しても、額やこめかみ、腋や背中、手のひらが汗ばんでいなければ、ひとまずは様子をみればよい。活動的な病人は弱音を言わないが、額に玉のような汗が吹き出ていたりすることがある。こういった場合は本音を語っているのは汗のほうだったりする。

たとえ植物状態といわれるところまで病状が進んでいても、汗や表情で患者は心情を語ってくる。

毛細血管の雄弁さ

汗だけでなく、顔色も語っている。これは健康なときとそう変わらない。

運動神経疾患の人は表情が硬くなるので感情まで失われたように思われてしまうが、動かぬ皮膚の下の毛細血管は、患者の意識と生き生きとした情感がここにあることを教えてくれる。恥ずかしければ顔は赤くなるし、具合が悪ければ青白くなり緑色っぽくもなる。もし酸欠になれば肌はたちまち赤黒くなる。こんなときは爪より唇の色のほうが酸素の不足を告げるので、パルスオキシメーターを指にはめて血中の酸素濃度を測るのはもちろんだが、まずは唇の色が妙に赤く鮮やかになっていないかを見る習慣がついてしまった。

ヘルパーたちは、「今日は島田さんの顔が青黄色い」などと言っていたが、目の下が黒いときや頬に緑っぽい影がみえるときは、たいていどこかに不調が起こる兆しだった。また、私たちの会話を脇で聞いていて、何か言いたくても言えずにストレスを感じていると、顔色が冴えず表情も曇っているのだった。そんなふうにして私たちは患者の表情を読んでいる。以心伝心にも根拠がないわけではなかった。

忙しく立ち働かなければならない病棟の看護態勢では、一人ひとりの患者の汗や皮膚の状態を観察しながら、「いったいこの人は今何を考えているのか」などと想像している暇はないだろう。動けない神経疾患患者が、実は内面ではこんなにも豊かな感情をたたえていることに思いが至らない医師や看護師も少なくないかもしれない。

「ただ寝かされているだけ」「天井を見ているだけ」と言われる人の多くは、無言でも、常に言いたいこと、伝えたいことで身体が満たされている。ただ、そばにいてそれを逐一、読み取る人がいないだけなのだ。

第3章

発信から受信へ

〈生きることを学んだ〉ことはけっしてありません。
実にまったくないのです！ 生きることを学ぶとは
死を学ぶことを意味するでしょう。
これは古い哲学的思想です。
私はその真理を知っていますが、それには従っていません。
ジャック・デリダ『生きることを学ぶ、終に』

1　真夜中のデニーズ

二〇年ぶりの再会

一九九九年も暮れになると介護の負担感もめっきり減った。母は夜昼なく深く眠り込むようになっていたからだ。発症して四年半が経っていた。ヘルパーたちは日々のケアプラン通りに、母の指示がなくても時間を見ながらやるべきことをやるだけになっていた。

イギリスに残してきた夫も日本に戻ってきた。実家から自転車で五分ほどのところに、この界隈ではもっとも古いが敷地にバラ園のある中古マンションを買い、子どもたちと荷物を実家から引き上げた。子どもたちは今までどおり実家近くの小学校に通い、私も毎朝、自転車で実家に通っていた。

あんなに文字盤を頻繁にとらせていた母が、意思疎通ができなくなると急におとなしくなってしまい、寂しかったけれど介護には余裕も出てきた。そこで私は初めて自分用のノートパソコンを手に入れることにした。新宿のソフマップで中古でもよく働くマシーンを妹に選んでもらい、自分のメールアドレスも取得して、高校同期のメーリングリストに登録してもらったのもそのころだ。メーリングリストを通して二〇年ぶりに再会した友人たちは、家の外には別の世界が在ることを思い出させてくれた。

メーリングリスト「西33」の管理人、花房周一郎は昔から不思議な人だったが、東大に進み大人になってＮＨＫのディレクターになってからはおもしろい番組を制作していた。高校時代からの花房のネットワークで芋づる式に参加者はあっという間に二〇〇名を超し、ヤフーグループでも最大規模の同窓会系メーリングリストに育っていた。新規登録者は自己紹介をして登場するので、毎日が同窓会のようだった。実際は三十代後半だというのに、メーリングリストのなかでは一八歳の高校生のままだった。

卒業年は一九八一年。学生運動も沈静化した後の世代である。ふたつ上の先輩なら学校の放送室を占拠した人たちのことを熱く語ることができただろうが、この学年では思想的な言動はウケなくなっていたし、流行《はや》った歌もチューリップやオフコース、アリス、それにさだまさしの全盛期だった。一二月八日、私の誕生日にジョン・レノンが射殺され、みんなで喪に服したりした。荒唐無稽なパフォーマンスや漫談が流行し、体育祭で女子はピンクレディの振り付けでチアガールの真似事をした。授業をサボっては環状八号線や井の頭通りを二人乗り自転車で疾走し、西荻窪の喫茶店や高円寺図書館、井の頭公園にたむろしていた。

生ぬるく、かったるく、だるい感じ——。あれから二〇年、私たちは生物学的には成長して人生のちょうど半ばを折り返したところだった。

バイトとボランティアとインターネット

力の抜け具合では三三期生の右に出る学年はなかったが、ずいぶんスマートに成長したものである。ただ私だけが不恰好に変な力の入り方をしていた。三三歳のこれからというときに実の親に倒れられ、しかも介護は年中不休である。ALSや家族介護のことを同期生に知ってもらいたくて、私はメーリングリストに毎日何度も投稿していた。

この時点ですでに私は、この病気は個人の問題ではないと思っていたから、同期生に同情を求めていたわけではなく、一種の啓発運動のつもりで投稿を繰り返していたのだった。会社のアドレスで登録していた人には大迷惑だったはずだが、それでも仕事の合間に律義に返信してくれる人が何人もいた。自分の親の将来と重ね合わせて、家族介護に対する問題意識を深めてくれていたのだ。

そんな生活では外出も満足にできず、さぞ憂うつなことだろうと自宅でできる仕事をくれたのは、番組制作会社をお兄さんと立ち上げたばかりの大木だった。高校生のころは実家に遊びに来たこともあり、母や妹とも面識があった。私は母の介護をしながら、覚えたてのインターネットでエチゼンクラゲの異常発生の原因や、運動会で一等賞になれる方法、東京在住のバリ黒魔術集団のことなどを調べては電話で取材の段取りをした。週一回は日本テレビに出かけていき、番組制作会議にも参加させてもらい、バイトでも仕事に復帰することができた。

また、大学時代に女優を目指していたなつみともメーリングリストで再会できた。なつみが事務長を務めている町田市の作業所「共働学舎」の機関紙の編集会議に月一回は通うようになり、施設の人たちとも仲良くなった。四季鮮やかな田園風景のなかで古紙やペットボトル、てんぷら油の廃品回収をして、トイレットペーパーやペレット、せっけんに製品化する工場があり、知的障害の人と職員が一緒に働いている。

遊びにいくと脳性まひの女子のグループ、すみちゃん、さおりちゃん、まさよちゃんがお昼を待っていてくれて、園生のお母さんたちが調理した美味しい定食を一緒に食べた。ここではみんなが障害と共に暮らしている。いつも癒されたのは私のほうで、彼女たちに実家での話を聞いてもらうと、なぜか安らぐことができた。母のように在宅療養にこだわるのもわかるが、比較的自由な福祉ホームで暮らすのも悪くないと思えた。ALSの人が家族ともども入居できるケアホームがあったら、利用したい人はたくさんいるはずだが、いまだにそのような場所はない。

こうして、パソコンを操作できるようになると外の世界がどっと流れ込んできた。インターネットがあれば欲しい情報は何でも得られ発信もできる。しかも無料で。これは外出困難な難病患者と家族のためのコミュニケーションツールだと思いはじめていた。

ホームページをつくる!?

ある夏の暑い一日が終わろうとしているところに、れい子からメールが入った。

かんちゃんと中野坂上まで行くから真夜中に待ち合わせをしようという。中野坂上なら自宅から自転車で十分だ。結婚が早く二二歳で家庭に入った私には、深夜の外出など縁がない人生が続いていたから、その提案には嬉しさのあまりドキドキした。

れい子は三人の母親になっていた。ライターをしているから時間は自由になるが、かんちゃんはプログラマーとして再就職したばかりで忙しい。でも、かんちゃんの仕事が終わった深夜なら三人で会えるだろうということだった。

そのころはまだ日中は母の見守りをしなければならなかったから、外出もめったにできなかったが、夕方にはベテランのヘルパーがケアに入るようになっていた。やっと夕飯づくりにも集中でき、鍋を焦がすこともなくなっていた。夜はバイトから帰宅した妹が、深夜の見守り介護の東京女子医大の看護学生と世間話をしながら母を看ていた。

私は父と子どもたちに夕飯を食べさせると、夫の分はタッパー容器に入れて自宅に持ち帰った。マンションに戻り夫の食事を温め直し、子どもたちをベッドに送り込めば、私の一日の仕事は終わる。だから深夜のほうが外出には好都合だった。

いまや私は外出しようと思えばできる身分になっていた。介護生活四年目にして少しずつだが、自由を取り戻していた。

真夜中のデニーズへ。生ぬるい夜風を切って自転車を走らせると、青梅街道沿いの商店のネオン看板も、酔っ払いとすれ違うのも楽しく心躍った。

中野坂上のファミリーレストランは真夜中なのに活気があった。

私たちはチョコレートサンデーをつつきながら、同期メーリングリストの話題で盛り上がった。みんなが名刺を持っていて羨ましいと私が言うと、かんちゃんとれい子は、ALSの親の介護をしながらもできることがあるはずだと言う。日夜、弾丸のように同期メーリングリストに投稿しつづけた私は、ほどほどにするようにと花房管理人にたしなめられていたが、読んでくれている人たちはなかば強制的にALSに詳しくなっていた。

「まずホームページをつくって、お母さんのことやALSの介護のことを書くんだよ」

「ホームページ？　私につくれるのかな」

「つくれるよ。ホームページビルダーとか、ソフトもいろいろあるし」

「ホームページを読んだ仲間がきっとメールをしてくる。ホームページからもメールが来るんだよ。似たような介護仲間が集まったら、その人たちとNPOを立ち上げたらいいよ」

学園祭の企画をしているみたい

そのころには、身体の一部のわずかな動きでパソコンを操作できる「伝《でん》の心《しん》」を使ってALS患者が立ち上げたホームページが出はじめていたが、数は少なかったし、介護者のためのサイトはなかった。ヤフーで社会事業関係のWEBづくりに関わっていたかんちゃんによれば、インターネット上の社会貢献活動にも意義があるらしい。れい子は取材先で見聞きしたことを話してくれたが、法制度の谷間で困っている人たちのためにこそITが使えるんじゃないかと言う。

自分が法制度の谷間にいることを実感するようになったのは、母が訴えた在宅郵便投票のときと、二〇〇〇年に始まった介護保険制度からだ。でもまだその時分は、ALSも家族だけで何とかできる病気と私は思っていたから、「社会」などというものは意識していなかった。二人には、私が希少疾患の家族ゆえに、一般に理解されずに苦しんでいることがわかっていたのかもしれない。そして、これは確かなことだが、早く「あじ」(私のあだ名)をなんとかしなければメーリングリストへの投稿も減らないだろうと思っていた。

二人の話はすぐに浸透してきた。明るい展望。それに刺激的だった。母がまだ生きているうちに当事者として何かを始めることが重要だというようなことも言われた。

夜が更けるのも忘れて語り合った末に、私はすぐにでもホームページをつくりたくなった。つくり方はかんちゃんもれい子も教えてくれるけれど、メーリングリストを通してＩＴに詳しい同期生に聞けばいい。そのためにこそメーリングリストを活用すればいいのだ。介護をしながら社会復帰を目指すのであれば、まずは情報や仲間を集めるしかないだろう、ということになった。

「自分にできることは提案するし、やるよ！」

学園祭の企画をしているみたいに三人とも元気になり、深夜のせいなのかハイになっていた。母の体験も私の苦労も無駄ではなく、誰かの役に立つかもしれない。それなら母もきっと喜んでくれるだろう。

こうして真夜中のデニーズでの作戦会議は、娘の私が母の代わりに社会的なアクションを起こせば？という結論に至ったのであった。

その後、電気やＩＴ関連の会社に勤めている同期生らの親身な指導もあり、ホームページを作成できるようになった私は、自分のサイトだけではなく、母の長年の友人である中野区区議の佐藤ひろこさんのホームページ「うさぎだより」も、練習がてら作成させてもらった。二〇〇二年には佐藤さんに依頼されて中野区長選の手伝いもすることになり、当時、区役所の健康課課長だった田中大輔氏を支援する「区民参加で区政を変える会」のサイトも作成した。

このとき感動的な当選劇を体験した私は自治体政治に関心を持ちはじめ、区長になった田中さんに二〇〇三年の支援費制度導入時には、当事者団体「中野難病家族会」を結成して要望書を提出するようになっていた。

2 解放

学者にメールを出しまくる

法や政治に興味をもつようになると、今度は母のような人のためにこそ安楽死の法整備が必要だと考えはじめていた。今でこそ、安楽死の恐ろしさも歴史的背景も知っているが、そのときは甘美に聞こえたし、「死ぬ権利」も当然あるほうがよいと思っていた。ＡＬＳ関係者ではなく一般の人はどう思うのだろう。高校のメーリングリストに投げかけてみたりしたが返事はなかった。

オランダでは、世界に先駆けて二〇〇二年に安楽死法が成立していた。もし私が母の安楽死を求める行動を起こせば、日本でも協力してくれる人がいるかもしれない。だが、それが正しいのかどうかがわからない。二〇〇〇年から二年のあいだ、私はＡＬＳの安楽死法制化に興味をもち、自分のホームページにもそう書いた（その記述は、思考の移り変わりの過程でもあるので、そのまま残してある）。また、いくつかの判例から安楽死の四要件も知った。今はまだ法は許さなくても、母のように精神的苦痛が避け難いと予想される人も、そのうちに安楽死の対象に入りそうだった。

私は学問領域にこだわらず、片っ端から学者のサイトにメールを出して率直に尋ねてみた。「こういう人の安楽死についてどう思いますか？」と。

どなたからも返信がなかったので、やはりこれは難しい話だし、わけのわからぬ当事者の質問に学者が真面目に答えることなどないだろうと諦めかけていたところ、社会学者の立岩真也先生から聞き取り調査の提案があった。先生はちょうどそのころ『現代思想』という雑誌で、ALSをテーマに長い連載を執筆しておられた。ALSの安楽死という話題で真っ向から議論できるとしたら、私には立岩先生しかいないとの思いを強くした。その日は自分が納得するまで食い下がろうと思った。

お気楽な言葉に力が抜ける

お台場のグランパシフィックメリディアンのカフェテリアで、コーヒーを何杯もお代わりしながら、私は立岩先生に母やALSのことを話しつづけた。

「眼球がぴったり止まったままなんです。ずっと。だから自分の見たいところも、それ以外もたぶんどこも見えません。身体もまったく動かせないし。母はよほど苦しんでいるんだろうと思うんです……」

私はALSの毎日の療養がどのようなものなのか、私たちがこれまでどんなふうに介護に縛られてきたかを話した。

「もし母みたいになったとしたら、先生はどうなさいますの？」

たたみかけると、先生はこう言った。

「どうしたらよいのかわからない。でも、死なせるようなことではないと思う。もし自分がロックトインしてしまったら、一日中CDを聞かせてもらうかな。あらかじめ千枚ほど好きなCDを選んで、順番に毎日聞かせてもらうということもできるんじゃないかな。だって、耳は聴こえているんだよね。だから〝完全に〟というわけではない。何もできなくなったとしても、たぶんそれだけでもけっこう楽しく過ごせるはずだよ」

私は、なんて勝手なことばかりを言う人だと、なかばあきれてしまった。それにトータリィ・ロックトインをそんな容易《やさし》い状態だと決めつけないでほしいとさえ思った。ＡＬＳの看病をしたこともなく、文献でしか病気のことを知らないくせに！

それでますます遠慮がなくなり、京都に帰る先生を東京駅で見送るまで八時間近くもしゃべり続けたが、先生は迷惑な顔ひとつ見せず、私の話した内容を整理してくれた。そして、社会学者が皆そう言うとは限らないが、私の抱えている問題の多くは病気そのものに原因はなく、社会の仕組みでどうにかできることもあるだろうということになった。

その結果、といってはあまりにも予定調和的な展開かもしれないが、私は母に対して、たしかに一生懸命に介護はしてきたつもりだったけれども、悲惨に考えすぎていたのかもしれないと思い出していた。立岩先生の楽観的な考え方にいつの間にか癒されて、余分な力が抜けていくのがわかった。

ふたつの妄想

肉親に迫りくる意思伝達不可能な状態を想ったとき、殺したくなるのは私だけではないはずだ。そんな患者は生きているよりも死んだほうがＱＯＬが高いという医学論文もある。

そのころ、母の心情を察すると、決まって脳裏に浮かぶ映像があった。

東山魁夷の絵にあるような深い雪に埋もれた青い森。そのなかをさまよい、いつしか小さな湖の畔に私はたどり着く。そして今にも水没しそうな一平米ほどの小さな浮き島に母の姿を発見するのである。

母は腰にエプロンをかけた姿で、小さな木製いすに腰を掛けて寒そうに膝を撫でながら泣いていた。ときどき立ち上がり、口元に手をやって湖岸の私に向かって何かを一生懸命に叫んでいるのが見えるのだが、母の声は森の静寂に吸い込まれまったく聞こえない――。

その映像は介護の最中でも、電車のなかでも、ところかまわずフラッシュバックして、私を長く苦しめてきたものだった。母のために私は何もできない、見捨てざるを得ないという罪悪感が、映像に結実したのであろう。

母の身体が母の心を封じ込めていると私は思い込んでいた。でも、もう騙されないと思った瞬間、現実の母が見えてきた。深い森の奥に閉じ込められたイメージは、トータリィ・ロックトイン、すなわち「閉じ込め症候群」の意味と重なり合う。しかしふと顔をあげれば、私の母は森のなかなどにはいなかった。

私の母は実家の一階の奥の部屋、四本の支柱に支えられたリフトの真下のベッドの上にていねいに整えられた姿勢で寝ていて、栄養も空気も清潔さも明るさも十分に足りていた。今も私の声色を聞き分け、手の暖かさと握力を感じている。私の心情をどうしたものかと思い遣っているのかもしれない。隣の居間から流れてくる夜九時のＮＨＫニュースを聞きながら、今日も家族の一人ひとりがどんな一日を送ったのかをとても知りたがっている。孫たちの様子や今夜のパパの献立などはもっとも興味のあることだろう。

私がぐずぐずしているのでお中元の買い物は間に合うのかとか、川口のご両親はお元気なのかとか。代わり映えしない家族の話を毎日繰り返し聞きたがっていて、私には生活の細々《こまごま》したことによく気がつくようにしなさい、夫を大事にしなさいと、事あるごとに念じている。

このような「母親らしさ」も、私の妄想にすぎないと言えばそうなのだろう。突きつめれば今ここで眠っているように見える母がいったい何を考えているのか、考えていないのか、母よりほかには誰にもわからない。

わからないから殺さない

想像には限界があった。だから母のために私に何かができるのだとしたら、それはありのままの母を認めて危害を及ぼすようなことは一切しないことだ。病人に不意打ち殺人をしかねない者が自分ならば、すぐにでも自分を遠ざけなければならないし、うつ症状が悪化している妹を病人から遠ざけることは喫緊にとるべき対策だとわかった。

ある神経内科医は、こういう患者は脳も機能しなくなっているからたとえ手足を切り取っても痛さも感じないだろうなどと言って患者から人格さえ奪おうとしたが、こういう説明をされることで患者から気持ちが離れてしまう家族が大勢いる。「死人同然」と言われれば、死ぬまで待てなくなってしまうのだ。でも脳の萎縮に関してはまったく別の解釈が可能で、それもしばらくすると学ぶ機会が与えられた。

都立神経病院の林秀明院長や新潟病院の中島孝副院長は、ALS患者の脳に萎縮がみられたからといって、あるいはアルツハイマー患者の認知機能が鈍くなるからといって、それがその人を死なせる理由にはならないという。それに林院長によれば、そのような患者たちは、「萎縮しているのは脳だけではなく他の臓器も萎縮している」のである。それを聞いて、母の脳ばかりがことさらに気になっていた自分に気がついた。

蘭の花を育てるように植物的な生を見守る

脳は人間の臓器のなかでもっとも重要で特別な臓器と思われているが、母は脳だけでなく心臓も胃腸も肝臓も膀胱も同じように萎縮させ、あらゆる動性を停滞させて植物化しようとしている。そして不思議なほどに体調の安定した生活が長く続いたのだが、これはよく解釈すれば、余計な思考や運動を止めて省エネルギーで安定した状態を保ち、長く生きていられるようにしていたということだろう。

そう考えると「閉じ込める」という言葉も患者の実態をうまく表現できていない。むしろ草木の精霊のごとく魂は軽やかに放たれて、私たちと共に存在することだけにその本能が集中しているというふうに考えることだってできるのだ。すると、美しい一輪のカサブランカになった母のイメージが私の脳裏に像を結ぶようになり、母の命は身体に留まりながらも、すでにあらゆる煩悩から自由になっていると信じられたのである。

このように考えていくと、私にはＡＬＳの別の姿が見えてきた。脳死とか植物状態と言われる人の幸福も認めないわけにはいかなくなってしまった。この時点での私の最大の関心事は、どちらの考え方を採用するかということだった。暗いほうか明るいほうか――。

ここからは簡単だった。患者を一方的に哀れむのをやめて、ただ一緒にいられることを尊び、その魂の器である身体を温室に見立てて、蘭の花を育てるように大事に守ればよいのである。そして自分は何をすればよいのか、行動することを前提に物事の整理をはじめた。こうなれば、すべての病いにまつわる物事の優先順位は単純に並べ直すことができた。母のような人たちの命を守るために、できることからひとつずつ始めることにした。

3 ゴッドマザー

母に相談したい……

ホームページを開設すると、全国の介護者からメールが舞い込むようになっていた。

「介護保険が使えない」「ヘルパーが吸引をしない」「親しかったヘルパーが吸引禁止で来なくなってしまった」「呼吸器をつけないほうがいいのではないか」「私は父親の介護のために仕事をやめなければいけないのでしょうか」

深刻な悩みばかり。建設的な意見は少なく、介護者の愚痴がほとんどだ。

返信に窮すると、私は母に頼りたいと思った。どうすればよいのかを聞きたかった。母はきっと最良の方法を思いつくに決まっている。でもその母は、言いたいことも言えない状態だ。もう二度と母から智恵が授けられないのは口惜しかった。耳元に口を近づけて、うちと同じようなＡＬＳの家族が困っているという話をしてみた。そして夢のなかで母の返答を待った。

すると母ではなく看護師の生田さんが本当にやってきて、母に相談するのはやめるようにと言われてしまった。生田さんは難病患者のスピリチュアルケアに熱心で、年に一度は単独でインドに修行に出かけていた。小柄なベジタリアン。それも厳格な菜食主義で胡麻や昆布などでできた真っ黒な粉のような特製長寿食を持ち歩いてランチ代わりに食べていたから、中村先生も母もいつも生田さんの体力を心配をしていた。まるで仙人のような看護師さんなのだが、上智大学でおこなわれていた市民講座「生と死を考える会」で死生学を学んでいて、アルフォンス・デーケンさんや石川左門さんとも親交があった。

生田さんの紹介でデーケンさんには実家を訪問していただいたし、石川さんにはヘルパーの吸引問題が浮上したとき、患者会運動の心得を聞かせていただくことになる。前述のベックさん、それに石川左門さん、デーケンさん。それぞれ異なるお考えをもっておられて、死生を考えるうえでのヒントをいただいた。さらに後になって、立岩先生の紹介で哲学者の清水哲郎先生に仙台でお会いして母の話をし、TLSの研究を深めていただくことになる。このことはいつも感謝している。私は長年不勉強な主婦だったのに、母のおかげで智恵を授けてくださる人々との出会いに、それも四十代になってから恵まれたのである。

「お母さんは言いたいことがあっても言えないから、深刻な話は慎むようにしてね。楽しい報告以外は大変なストレスになってしまうから」

生田さんはそう言って、楽しい話だけするようにと付け加えた。

母はただ生きているだけでも精一杯なので、心身への過剰な刺激は禁物だと言う。母に優しくしなければならないことは理解できたが、でも私の母親であるのなら、たまには甘えて愚痴も聞いてほしかった。それに母だって人の話くらいは聞けるはずだと思っていた。もう自分の相談をしてはいけないことを話すと、妹だけでなく母の文字盤を最後までとりつづけてきた塩田さんも悲しそうな顔つきになった。ヘルパーさんたちも妹も、実はそれぞれが母の耳元で、自分が相談したいことを話してきたのだった。

母はたしかにもう自分からは何もできないのは本当だから、「ただ生きつづけているだけ」と言われれば否定しようもない。だが、私たちにとって母は生死を超越した神秘的な存在として、一種の信仰の対象のようになって、そこに横たわっていたのである。だからこっそり耳元で相談さえすれば、母の意のままに私たちには善いことだけが起き、決して悪い結果に導かれたりしないよう見守ってくれているように思っていた。

とはいえ、それが患者のストレスになるからダメと言われれば、それもそうなのだ。涅槃《ねはん》仏のような母は、現世の苦楽など超越して存在しているように私たちには思われていたが、それは母を大事にするということとは違う。母はＡＬＳの現実を今も生きている。それなら最期の日まで母の気持ちを読み取る努力をしなければならない……。

橋本みさおとの出会い

母とのコミュニケーションのことで再び悩み出した私は、西武線中村橋のマンションに橋本みさおさんを訪ねることにした。彼女は当時マンションの一階に夫と中学生の娘さんとの三人で住んでいたが、家族同居にもかかわらず、ほぼ二四時間他人が通ってきて介護している。家族に遠慮することなく、自由気ままな療養生活をしているＡＬＳ患者として橋本さんは世界的に有名だった。呼吸器をつけたのはうちの母よりも二年早い。過激な言動で目立っていたので母とは違うタイプの人だと思い、訪ねていくのが怖いとさえ思ったが、電話をしたら「すぐ来い」と言う。

マンションの廊下には、大勢の笑い声が漏れてきていた。ドアを開けて中に入ると、そこはまるで女子校のように華やいだ雰囲気だった。一二畳ほどのリビング兼ダイニングを療養室にして、ベランダ側に寄せたベッドの上に、にやついた橋本さんがいた。それに女子学生がふたりほど。

壁には鮮やかな印刷物が所狭しと貼られている。よく見ると介護のことばかりではない。そのころから橋本家は「在宅介護支援さくら会」という任意団体をつくり、財団などから助成金をもらっては全国の患者家族を訪ねていたから、その書類や旅行先での写真やメモも貼られていた。

脱脂綿や注射水などの大量の衛生用品は、家具雑貨類のあいだに整理して埋め込まれていた。それぞれにラベルが貼られ、どこに何があるのか一目でわかるようにしてある。スヌーピーのポスターが貼られた壁のそばで学生たちが何かを相談している。中年女性が橋本さんの口を読み取っていた。それは後にたいへんお世話になる看護師の中村記久子さんだった。

しばらくすると、安城さんがやってきた。都内のALSの在宅療養を支えてきたヘルパーのなかでも、安城さんは存在感がある。いつだったたか、妹のうつ傾向がひどくなり深夜の介護人のことで橋本さんに電話で相談したら、安城さんをすぐに紹介してくれた。安城さんは橋本さんの自薦介護人であるが、うちの母のケアにも入ってくれることになった。安城さんの次に、また橋本さんのヘルパーの吉田さんがやってくるようになり、安城さんの紹介で筋ジストロフィーの青年の支援をしていた河野さん、河野さんの後輩の高木さんにつながり、母のヘルパーは芋づる式に増えていった。

こうして、ALS患者が手塩にかけて育てたヘルパーたちは、他家に出向くとそこで次世代のヘルパーにALS特有の介護の技を伝授し、それが延々と今に続いている。この二十余年でALS患者が育てた学生ヘルパーたちは、大半が卒業と同時に障害者や高齢者の施設に就職した。地域ケアに残った者たちは、それぞれが固有のネットワークをもち、ゆるゆると繋がっている。

「根性なし！」の一撃

その日も、橋本さんの学生ヘルパーは、魔法のように橋本さんの口文字を読み取っていた。それもたいへんな速さである。橋本さんは電話の対応も短い言葉で片付けていた。ヘルパーは五十音を読み上げて橋本さんの指し示す音を拾っていくが、私にはどこで区切れているのかがわからない。やっと母のことを切り出すことができたので、私は単刀直入に聞いた。

「ママは死にたいのではないでしょうか」

するど、橋本さんはきつい顔になった。

「死にたい人間なんていないよ」

「でも、もう母はTLSで何も伝えられないんです」

橋本さんと比較してはいけないが、同じ病気なのにこんなにも進行速度が違うなんて母が不憫《びん》だ。母のALSはあまりにも過酷だ。違う病気だと言われたほうがましだ。そう思うと、目頭から涙があふれてきた。

「泣き虫だね」

みさおさんは呆れたような顔をしていた。橋本さんの口元を読み取っていた学生もにやにやしている。

「根性が足りないからTLSになる」

「え？」

私はその言葉に耳を疑った。この人は自分より重篤なALS患者に会ったことがないのだろうか。そんなはずはない。全国行脚して患者家族を励ましているからには、母と同じような人にも出会っているはずだ。

「すごく進行が早いタイプで、告知からほんの二年半でTLSになりました。橋本さんとは全然違います」

私は母のために弁明したが、実家に戻って橋本さんに「根性なし」と言われたと妹に告げたら、「橋本さんの言いそうなことだ」などと言う。

妹のほうが私よりも先に、北海道のALS患者吉田さんが立ち上げたALSメーリングリストに参加していたので、橋本さんの放つ言葉が過激なことを知っていた。今でもその評判は変わらないし、一部の患者たちは、ついていけないと感じているだろう。

しかしそれも何だか大きく的外れの評価のような気がした。結局そのときの私には、橋本さんのメッセージの意味はよくわからない、ということだけがわかったのだが。その後、橋本さんにお供するようになって初めてこのときの橋本さんの言わんとしたこと――ALSとのコミュニケーションは受け手側の努力次第――がわかったのである。

4　つくられる意味

不思議な会話

その後メールのやり取りなどもあり、橋本さんは母の次にもっとも親しいＡＬＳ患者になった。二〇〇三年に橋本さんが日本ＡＬＳ協会の会長に就任すると、私は毎週のように厚労省や議員会館に付き添い、橋本さんの代理発言者として患者の立場を説明するようになっていた。

橋本さんの口の読み取りは、どこに行っても不思議がられた。

ヘルパーが、「あ、か、さ、た、な」と五十音を横に読みあげる。橋本さんが確定の合図をしたところで、今度はその列を縦に「か、き、く」と読む。そこで、一文字を瞬きで確定。ここまではいつも通りだが、交渉事ではそれら一つひとつの音をつなぎあわせた短文を、今度は私が学生から引き取って、意味を膨らませて説明をするのである。

私には口文字の読み取りはできなかったが、意訳し説明することは任された。普段の会話ではいちいち意訳することもないが、公式の場ではもう一段階の通訳が必要なのである。すると回を重ねるにつれて、だんだんと橋本さんの表現方法がわかってきて、「あっ」と気がつく瞬間がやってきた。

橋本さんはわざと主語や目的語を省略していることがある。橋本さんのマンションで難病看護の川村佐和子先生を交えて話をしているときに、ふとそんなことに気がついた。一方の川村先生も、のんびりした語調で主語を省略されることがある。看護業界と患者会のあいだの微妙な話でもあったので、たぶん二人はわざと、主語も目的語も言わないで話そうとしていたのだろう。私には禅問答のように聞こえたが、意味は言葉が往復するなかでつくられていった。すると、実に両義的な意味合いの不思議な会話が成立したのである。

意訳者の出番

橋本さんの意訳をしているとき、その場で彼女が何を言いたいのかを即座に予測し、こちらで言葉を足して説明することがよくある。私はそのたびに「こういう意味？」と確認するようにしているが、橋本さんは「そうだ」とばかりに目で頷く。

これでは橋本さんの講演会のはずなのに意訳する者の主観や言葉遣いが出てしまい、橋本さんの印象にも影響を及ぼしかねないが、時間的に制約がある場では橋本さんはできるだけ言葉を短縮して、対話のスピードを大事にしようとする。たまに意味を汲み取ることが難しいほど短い言葉を投げかけて、聴衆に考えさせようとする。こういうとき、意訳者の出番はない。ちなみに橋本さんの娘の佳代子さんが通訳兼意訳をするときには、二人は吉本興業の芸人みたいになっている。聴衆を笑わせて自分たちも楽しんでいる。

意訳者は大勢の人に向かって、「こういう意味を橋本さんは言っている」と説明することになるのだが、それがどの程度まで正確に彼女の真意を捉えているかはわからない。たまに意訳しすぎて彼女の意図していないことまで言ってしまうこともあるかもしれない。そんなときも橋本さんは、にやっと笑うだけ。普通の人なら、自分の考えと違った内容が少しでも混じって伝えられたりすれば怒ったり焦ったりするだろうが、そうしても空しくなるばかりなので、とうに諦めているのだろう。

ただ、こういうこともあった。障害者団体主催の政策研究会が年一回ある。けっこう大きな集会だ。ALS患者で一人暮らしを実現している橋本さんはシンポジストに呼ばれることも多いが、呼吸器ユーザーのなかでも会話ができないのはALSくらいだ。ALS以外の呼吸器ユーザーは、気管切開していても、呼吸器の呼気にあわせて自由に発言できる。呼吸器をつけても話ができる筋ジストロフィーのシンポジストとALSの自分とを比較したのか、ヘルパーを介して「私は（障害が）いちばん重いよ」と橋本さんは言ってきた。そして少し悔しそうに、「私に大きな声が出せたなら……」とも言った。

二重の通訳を介さないと討論に参加できないのでは、壇上にいても言いたいことが言えない。自分の声で自由に表現できない悔しさを、シンポジストの橋本さんは抑えていたのだ。

そんなとき意訳者は、橋本さんの顔を見ながら、何か言いたいだろうというタイミングで議論に横槍を入れることもある。お手つきになるかもしれないが、そんなことは構わない。他者の議論に割り込み、橋本さんの出番をつくるのも私たちの役目である。

意味の生成さえ委ねる生き方

橋本さんの話の中身は、ときにはかなりいい加減になるが、サービス精神は旺盛である。一方的に訴えるということはしない。むしろ相手の期待を裏切らず、幸せな気分にして味方にしてしまう。そのためには意訳者も読み取りをする介護者も、橋本さんに戦略的に選ばれて使われている。意訳者はTPO

に合わせて選ばれる洋服のようなものである。

自分が伝えたいことの内容も意味も、他者の受け取り方に委ねてしまう——。このようなコミュニケーションの延長線上に、まったく意思伝達ができなくなるといわれるＴＬＳの世界が広がっている。コミュニケーションができるときと、できなくなったときとの状況が地続きに見えているからこそ、橋本さんは「ＴＬＳなんか怖くない」と言えるのだ。軽度の患者が重度の患者を哀れんだり怖がったりするのは、同病者間の「差別だ」ともいう。

そんな橋本さんのコミュニケーション方法を体験してみて、私はやっと母にどうすればよかったのかがわかってきたような気がしてきた。母の思いを受け止めていること、信頼されていることに、もっと自信をもってもよかったのだ。迷うことなどなかったのだ。今さらなのだが、橋本さんに言われた「根性が足りないからＴＬＳになる」は、泣き虫で諦めが早かった私に対して放たれた言葉だったような気がする。介護者が諦めない限り、患者は「完全な閉じ込め状態」などにはならないと橋本さんは言いたかったのだろう。

ＡＬＳの人の話は短く、ときには投げやりなようでもあるけれども、実は意味の生成まで相手に委ねることで最上級の理解を要求しているのだ。人々の善意に身を委ねれば、良く生きるために必要なものは必ず与えられる。彼らはそう信じている。そうあってほしいと願っている。

5 ブレイン・マシーンの前に

意思伝達装置は日進月歩

重度のロックトイン状態の人にはめったに会えないが、かすかに眼球が横にゆっくりと流れて動くようなミニマムな状態の人なら、患者集会などでけっこう見かける。そんな患者の意思伝達は、「介護者が眼差しの揺れを読んで意味づけをする」という方法でおこなう。工夫を凝らして読み取った言葉に、一言一句の正確さが問われることはないし、もし問われたとしても正誤を確かめようもないから、内容を問うような質問もなされない。

だから言葉数が少なくなっても、介護者を含めた環境さえ変えなければ、生活が激変するということもない。それに意思伝達装置の開発は日進月歩である。脳で考えたことを即座に言語化、あるいは脳で機械を操縦できるようになる日はそこまで来ている。患者たちは、脳に機械をつなげるＢＭＩ（Brain-machine Interface）研究に望みを託してきたが、その研究にやっと多額の研究費が投入されだした。

科学者に協力的な患者家族なら、眼球運動が阻害されはじめた時点でそれらの試作品を導入し、毎日練習に励むことが肝要だ。患者も脳波の出力方法を体得し、全身の集中力を鍛えて昏睡状態に陥らないようにトレーニングを続けなければならない。眼球が動きにくくなってから、やっと脳波や脳血流の出力訓練を始めるのでは遅すぎる。だが、他の方法が残されているうちに前倒しに脳の訓練をおこなうには心情的にも無理があるだろう。

協会機関誌『ＡＬＳダイジェスト』五九五号によれば、こう書いてある（ただしこれは私の見解とは少し異なる）。

「傍目からは、ロックトイン状態の人々に対して、夢うつつのような状態にしておくほうが良いように思われるだろう。いくつかの意味で、これは事実に反する。ＱＯＬを維持するためには、人は社会に参加している実感を持たねばならないし、少なくとも何かをコントロールしているとの実感を持たなければならない」

仙台の和川次男さんと妻のはつみさんは、坂爪新一氏（Com Enable：重度障害者の意思伝達を支援する会代表）や仙台往診クリニックの作業療法士らの特訓で、高機能バイオスイッチ（脳波スイッチとも呼ばれる）、ＭＣＴＯＳ《マクトス》（テクノスジャパン）を使いこなせるようになった。ベータ波の脳波を操ってＭＣＴＯＳを鳴らす訓練を毎日必ず四時間はして、介護者が読み上げる五十音のちょうどよいタイミングで、和川さんは脳波でブザーを鳴らせるようになったのである。介護者はブザーを頼りに五十音を読み取り、二〇〇一年には俳句集『声とどけ』を発刊した。

機転と相づちの社交術

こうしてみると四〇歳になる二〇〇二年（平成一四年）は、長い冬眠から目覚めたような年でもあった。イギリスから一時帰国した日から七年が経とうとしていた。私は仕事の合間をみて患者会のボランティアをするようになり、そこで母と同じような症状の人に出会った。

日本ALS協会東京都支部副支部長の櫻場猛さん。彼も重症のコミュニケーション障害の状態である。奥さんは公務員。会計監査などで忙しいときは帰宅も夜遅くなるが、「お父さんがヘルパーさんと家にいてくれるから寂しくなかった」と保育園児と小学生だった子どもたちは言う。奥さんの出勤中は、都内のALS介護の草分け的存在である在宅ケア協会のヘルパーたちが、猛さんの介護を全面的におこなってきた。それで家族は、療養当初からそれぞれが自分の生活を営むことができた。

生計は妻の収入に頼らざるを得ないが、子どもたちは一家の大黒柱はお父さんだと言い切る。

櫻場さんは月に一度、支部の運営委員会に若い男性ヘルパーを伴ってやってくる。ヘルパーの読み取りの様子はこうだ。まず、櫻場さんの瞼を人差し指と親指でそっと開けて、眼球の前に反対の人差し指を立ててかざす。それをゆっくりと左右に動かしながら、櫻場さんの眼球がつられて左右にわずかに動くのをみて、イエスかノーかを読み取るのである。右ならイエス。左ならノーというふうに。

男性ヘルパーが櫻場さんに呼びかける。

「櫻場さーん。女性が今ここにいます。たしか綺麗な人は好きでしたよねー」

ヘルパーは櫻場さんの眼前にかざした人差し指をゆっくり動かして、瞳がわずかに揺れるのを確かめた。

「(櫻場さんは)『そうだ』と言っています」

誰でも同意できる答えである。ヘルパーは今度はこちらに向かって、櫻場さんになり替わって言う。

「毎日忙しいですね」

これも櫻場さんが言いそうなことだ。私たちの返事を待つ姿勢になったので、こう聞いてみた。

「奥さんはどこですか？　今日はご一緒ではないのですか？」

ヘルパーが櫻場さんの代わりに「妻は、ここには来ていません」と答えながら、再び人差し指を櫻場さんの目の上でゆっくり動かし、本人に確認する。

「今がチャンスです、と言っています」

そのとき櫻場さんがにやっと笑ったように見えた。近くで聞いていた人たちも声をあげて笑った。櫻場さんが言いそうな冗談を、ヘルパーが代わって言ったのである。

このような会話は、介護者の機転に満ちた読み取り技術と相づちで成立しているが、意味の厳密さや正確さは求められていない。必要なのは気取りのないさわやかな社交術だ。気がきくヘルパーなら、患者が瞬きさえできずとも、冗談を交えた会話はこのように可能である。

参加することに意味がある

会合で拍手しなければならない場面では、櫻場さんの手の平にヘルパーは自分の手の平を合わせて、ふたりで優しい音をつくっていた。櫻場さんは特に意見を求めらるわけではないが、東京都支部の副支部長として会議に臨んできたのである。そこに「彼がいる」ということは、委員の誰にとっても特別なことではなくなっていた。

他の団体や会議でも、櫻場さんは主要メンバーとして受け入れられてきた。特筆すべきことは、櫻場さんのようなコミュニケーションが困難な人でも、ヘルパーを介して当たり障りのない意見を言うことが実際に認められているということなのだ。

意思疎通がほとんどできなくても参加できる集団が地域にあるということは、もしかしたら世界的にもめずらしい現象なのかもしれない。しかし、参加すること自体に意味が見出せる場、というものがあるのだ。ＰＴＡや患者会、同窓会などを想像してみてほしい。そこでは誰がどんな発言をしたかとか、どんな意思表示をしたかというようなことが重要な場合もあるが、それ以上に、特に意見を言わずとも休まずに参加して、仲間と時を共有するだけでも大切な役割を担っている。

そういった意味合いで櫻場さんは、ＰＴＡでは二人の子どもの父親として、患者会では副支部長として、自分の果たすべき義務をきちんと果たしてきた。誰の迷惑にもならないばかりか、欠席すれば今日は姿が見えないと心配される存在なのである。

私の母も櫻場さんと同様の重篤なコミュニケーション障害の病状にあるということが協会の支援者のあいだにも知れ渡ると、同じ障害をもちながら普通に暮らしている先輩の患者家族を紹介してもらえたし、都立神経病院の林秀明院長のアドバイスも身近に受けられるようになった。同じ症状で悩んでいる患者の家族の情報も入ってくるようになっていた。このようにして私は、ＡＬＳのなかでも最重症者のピアサポートの輪に入ることができたのである。

コミュニケーションに証拠はいらない

別の日に、大阪にも進行の早い人がいると言われた。松井文哉さんである。

「眼球の動きが鈍くなり本人が不安に思っている」と、近畿ブロックの水町真知子さんからのメールにあった。水町さんはずいぶん前にご自身のお母様をＡＬＳで亡くしている。それ以来、協会役員として近畿地方の患者家族を束ね、情報を提供してヘルパーも派遣して支援してきた。在宅で患者さんを看取った経験も少なくない。死出の旅支度のような深刻な話も水町さんにかかると漫才に聞こえる。大阪弁の包容力はすごい。その水町さんが、松井さんにうちの母の様子を詳しく話してほしいという。

松井さんは市営住宅住まいの五人家族だ。妻は夫の介護のかたわらバイトをして子ども三人を育ててそろそろ三年目、疲労の色は隠せない。松井さんは私の訪問を歓迎してくれていた。がっちりした体格でダイニング脇の畳の部屋の真ん中にベッドを置いて寝ている。大きな眼をゆっくり動かし、ヘルパーがかざす文字盤で外出の希望を訴えた。

ふと見上げると、元気だったころの写真が鴨居に飾られている。

若いころ激しいスポーツをしていたという彼にとって、毎日同じ部屋で同じことを繰り返し、同じ風景を見続けるという生活はなおさらつらいだろう。土産《みやげ》話に東京の元気な患者たちが厚労省前のデモ行進に参加した話をしたら、ヘルパーに文字盤を取らせて、「ぜひ参加したい」と言った。

松井さんは、障害者運動に参加することを生きる目的にしたいと言った。それを聞いて男性ヘルパーが、介護給付をもっと増やしてほしいと市の助役に直訴したらどうだろうと脇から勧めた。すると顔面の運動神経も失いかけた松井さんは、もう以前のようなはっきりした笑顔はつくれないのに、皮膚の下にうっすら笑顔が見えた。

たとえ誰にでもわかるようなはっきりした表情はつくれないとしても、周囲はいつまでも患者の笑顔が見たいと思っている。だから周りの者は、日ごろからよい反応が出そうな話を選んでは話しかけ、微細な表情を呼び起こしては、その意思を読み取ろうとしている。こういった努力は家族だけではなかなか難しいが、ALSの障害に慣れた看護師やヘルパーによって日常的におこなわれているはずである。そうしているうちに、介護者は笑顔だけではなく、憤りや悲哀の気持ちも読み取れるようになる。

患者と介護者とのこのような親密な関係を指して、「たったひとりにしか読み取れないのでは信憑性に欠ける」と言う専門職もいるかもしれない。不特定多数の人が同様の方法で同じ内容が読み取れて初めて、コミュニケーションが保たれているといえるのだと。患者が何かが「できる」と言うためには、いつでも証拠が求められるのだ。

しかしそんなことより、ALS患者とのコミュニケーションから学ぶことは別にあるだろう。たとえば、患者は誰にでも気軽に話しかけたり応えたりはしないということである。コミュニケーションに証拠を求めるような人には話しかけたくないのである。これは特にALSでは顕著なので「気難しい」と言われることもあるが、逆に少数の者だけが絶大な信頼のおける相手として、つまり一文字一文字伝える苦労をしてでも話しかける価値のある人として、当人から指名される。だから選ばれた人たちは特別な使命感をもって接している。それに「私にしか読み取れない」とか、「私がいなければこの人は困る」という状況は、ケアに従事する者のプライドを刺激するのである。

希望としての「繰り返し」

私の訪問後しばらくして眼球運動がますます鈍った松井さんに、ヘルパーたちが繰り返し約束をしたのは、「これまで通りのケアを続ける」ということだった。昔から進行性疾患の介護者たちは、病人の枕もとで繰り返し、同じような約束をして励ましてきた。「これまで通りのケア」には遠方への外出支援やお墓参りの約束も含まれていたし、松井さんが当初は退屈極まりないと思っていた決まりきった日課を、毎日同じように同じ時間帯で繰り返すことも入っていた。

水町さんと、彼女と長いあいだ一緒に活動している豊浦保子さんは、意思疎通ができない身体環境にも慣れてしまった患者たちの話を松井さんにした。そして、いずれは筋肉の張りや痛みもほとんど感じなくなると本人に言った。

「今が我慢やよ。あとちょっとで慣れるからね」とさえ言う。

こんな風変りな叱咤激励を聞いた人は驚いてしまうかもしれないが、松井さんはこれで納得したようだった。

後日、松井さんが数日かけて残した言葉は、中学生になった息子さんに向けて「そろそろ阪神タイガースのファンクラブに入ってもいいよ」というものだった。これをヘルパーたちはいつも通りに、一文字一文字を確認しながら読み取って、その子に伝えた。

6 生きる義務

なぜ暢気に歌などつくれるのだろうか

私が知りたいと思ってきたのは、これまで見てきたような身体変化を受け入れていく人たちの、死よりも過酷といわれる生との折り合いのつけ方だ。

私の母は全身がぴたりと止まり、意思も伝えられないTLSという状況で八年以上も生きていた。患者はときどき、「死にたい」などと言う。介護に不満があるときなどが特にそうだ。そう言いたくなる気持ちはわかる。橋本みさおさんは「死にたい人はいない」と言っていたが、「生きていたくない人」も大勢いるはずだ。

一方でALSのせいでたくさんのものを失ったはずなのに、この世界を楽しんでいる人もいる。「自分には二度と手の届かなくなった世界の存在を喜ぶ」ことなど孤独の極みだろうと思われるのだが、彼らはいたって暢気《のんき》にその世界を想像しては歌などに詠んだりしている。そんな心理状況に至るまでの、彼らの内面の変化を私は知りたいと思うのである。

自分以外の誰かのために

橋本さんは患者会のメーリングリストに投稿してこう述べている。

「私の周囲には、多くのTLSの人がいます。なかには二三歳の青年もいて、母親を支え懸命に生きています。和川さんも、本当はご自分がはつみさんを支えていることを知っているから、いきいきと暮らしているのです。人は支え合って生きるもの。この程度は私でも理解できます」（二〇〇四年一二月六日）

家族が患者を看るのではなくて、患者が家族を支えているというのである。最近の橋本さんは、「生きる義務」という言葉を多用するようになってきた。ALS患者の連帯はただ励まし合うだけではなく、生きる義務も要請し合うときがある。だからこそ、毎日のようにメールで生存を確認しあっている。

橋本さんは、生きる義務を言う一方で、「自分の生を誰のために使うかは自分の勝手だ！」とも、「私は私のために生きる」とも言う。このような一見矛盾した言い方を並立させるのは橋本さんが得意とするロジックで、知恵を絞って生きてきたALS療養者の複雑な内面を物語っているようでもある。

橋本さんに言われるまでもなく病人たちは、自分以外の誰かのために生きられてこそ、ますます生きたいと思うのではないか。

自分が大切な誰かの支えになっているとか、その誰かと共に生活できるという確信が、不自由な病身と折り合いをつける理由になっているのではないか。

しかしそんな人たちは、自分の存在が愛する人の苦痛になるとわかると、自分の生を否定するような真似をしてしまう。私は呼吸器をつけないなどと言って、家族を楽にしようとするのである。事前指示書の作成がケアの質を高めるためにも有効だと一部の医療職が言うのは、「生存に期限を定める誓約書」には、実際に家族を安心させる効果があるからだ。

生きるために、生きる人

死を覚悟した者から見れば、橋本さんの「生きる義務」という主張は患者のエゴか格好つけ、あるいは恵まれた患者の大胆な主張のようにしか見えないだろうし、橋本さんの独居生活のあまりの無頓着さに呆れながら、実はどうしたらそうできるのだろうと羨望している患者もいるだろう。

長く生きてきたALS患者たちは、死など一切考えない「ふり」をしてきたのである。楽観主義が大切な人々のストレスを軽減し、長期の療養生活をよい方向に導くことを体験的に知ったからだ。そんな患者たちは、恐怖や痛みに対して無頓着なポーズをわざととりつづけることを、「義務」と解釈しているところさえある。

とはいえ患者にとって、さらに悪化する日のことを心配しないという生き方は難しいはずだ。末期がんのように、絶対にもう何日も生きられないというのなら死出の旅路の覚悟をつけることもできようが、ALSの場合の悪化とは、エンドオブライフを意味しないからである。彼らはとにかく少しでも良い生活を達成するために、現世で努力を続けなければならない立場に置かれている。

そのような人々の生に対して、私たちはどのように考え、接すればよいのだろう。

初代都立神経病院院長であった故椿忠雄先生は、次のような文章を残しておられる。

患者さんの書かれたものに「過去に比べるといつでも今が最悪ですから、おそらく将来に対しては、いつでも今が最善ということですが、つまり現在は最悪と最善の接点ということになります」という言葉があります。この考え方は、なかなか私たちには出てこない。だんだん悪くなり、昨日より今日が悪い、今日より明日が悪い、だから今日の方が明日より幸福だと。毎日毎日が幸福の、つまり先と比べれば、幸福の連続にある。こういった風な考え方は、やはり健康な者にはわからないということをつくづく感じるわけです。［大宮溥『きょうを生きる言葉一日一篇』より］

医療に管理されながらも、刹那的でいる。用心深さと大胆さが同居しているそんな生活は、たとえばALS患者なら不動の修行の末に獲得できるものであろう。いわゆる死生に関するさまざまな学びの場で、死に向けて準備をすることや「死の教育」の大切さばかりが言われるが、長く生きてきた患者は死に方どころか、「いかに生きるか」も学ぼうとはしない。そればかりかALSというこの病気では死なないこと、対症療法で長く生きられることをよく知る患者たちは、できるだけ死の予感を遠ざけて享楽的に生きようとしている。

平凡な健常者の私には、彼らのイチかバチかの生き様がすごいと思われるばかりだ。どんどん悪化していくのに、「いつでも今が最善」といえる感覚がよくわからない。それに、「現在は最善と最悪の接点」というが、現在を「点」に見立てて生きる厳しさも、時間をそのように意識したことのない私には、とうてい想像できない。椿先生でさえ「健康な者にはわからない」とおっしゃっていたのだから、重病人の心理はわからないし、日々遷り変わるものなのだろう。

だから、わざわざ確実に死なせるための準備などしない、そしてどのような生き方や死に方がよいかなどと健常の者が教えたりしないというのが、たぶん正しい接し方なのである。

豊かな空想の力で家族を守る人

患者さんたちに、どんな夢を見ているのか聞いたことがあった。和歌山の和中さんは魚釣り、東京の加藤さんは千葉に土地を買って自分で設計した真っ赤な一戸建てを立てること、橋本さんは六本木でスマップと遊び歩くこと。私の母は信州旅行の思い出を短歌に詠んだ。患者は全治して再び歩き出す夢を見ている。

まるで乾いた土に落ちた種が降雨を待ち望んでいるように、ＡＬＳという苛酷な環境にも耐えていられるのは、幸せな夢を見ているからだ。身体は湿った綿のように重たくても、そんな彼らの心は羽根のように軽やかなのである。

患者の豊かな空想の力を知ってしまうと、「病人に気にかけてもらっているのは家族のほうだ」というのも、橋本さんの強がりではなく、正しいと思えるようになる。実際のところ、私以外の患者の子どもたちも、病身の親の気配をいつどこでも感じることができるという。

一人ひとりの顔を思い出しながら幸運を祈ったりできるのは、時間がたっぷり与えられているＡＬＳ患者の主要な能力のひとつでもある。ある患者はていねいにケアされ、人々に大事に扱われている限りはなんとか生きつづけて愛する人をベッド上から守れると信じていた。

そのようにして、ＡＬＳの人生にあっても、内面がますます幸福と希望で満たされていく人たちが大勢いる。そんな人たちと暮らす私たちもまた、重症患者によって祝福され見守られている日々を意識せずにはいられないのである。

7 WWWのALS村で

ひとり海辺に住む女性

人類はテクノロジーのおかげで長く生きられるようになった。「医療技術の発達が重症患者から人間性を奪っている」などという想像は間違っている。手足がほとんど動かせない人でも、皮膚の皺一本で世界中と交信できる。指先、眉、頬、唇などどこか一箇所でも微かに動かせれば、そこにパソコンの入力装置の端末を貼り付けてメールを打つことができるのだ。

一分間に五文字から一〇文字ほどの入力速度でも、インターネットは彼らのQOLを保つもっとも有効なツールになっている。まるで村のようなALSネットワークがWWW（インターネット網）にあり、私もそこの住人になった。

私のもとには、全国のALS患者から毎日のようにメールが届く。その人たちにはできるだけ即座に返事をしたいと思い、朝起きるとすぐにメールを受信する癖がついてしまった。真夜中に届くメールには、家族からの深刻なものが混じる。患者の気管に溜まるたんの吸引で、たびたび起きなければならない家族は夜もゆっくりと眠ることができないし、朝を待ちながら自分の人生をふと省みてしまうと、つくづくつらくなって愚痴のひとつでもこぼしたくなるからだ。

そんなある日、私はある女性患者からメールをもらった。

彼女は東京からＪＲで一時間ほど西に行った海辺の街に住んでいる四十代のＡＬＳ患者だ。発症から五年目だが、先々呼吸が苦しくなっても人工呼吸器は装着しないという。何回かメールの往復の結果、彼女の住む地域では医師の訪問診療もなく、親しかった介護者も事業所の都合でやめてしまったこともわかった。

また、彼女にはひとり娘がいて東京に通勤しており、ご主人とは介護をめぐって何かしら感情の行き違いがあったらしいということもわかった。昼間はひとりで留守番し、見守る家族はいない。それが原因ではないにしろ、彼女は今は呼吸器をつけないと決めている。私はこのような人にこそ長く生きてほしいと思ったのでご自宅を訪ねることにした。

朝焼けの写真

ある秋晴れの日、その人、詩織さんに会いに行った。

正午にその海辺の駅に降り立ったが、初めての訪問なので緊張していた。メールで指示されたように国道を渡り、駅を背にしてまっすぐ歩いていくと前方から青い太平洋がゆっくりと迫り上がってきた。うっかり間違った細道を下って砂浜まで行って引き返したりしながら、やっと見つけた詩織さんの家は、街道脇の丘の上の海を臨む一軒家だった。

メールで指示されたとおり、ガレージにある古い箪笥の引き出しのなかに鍵が入っていた。ドアを開けて中に入ると、名前を聞いていた茶黒の猫が玄関先までお迎えに来てくれていた。詩織さんの声が、家の奥からうーうーと聞こえてきた。

猫に案内されて勝手にあがって小走りにその部屋に入る。声の主の詩織さんは思っていたよりもはるかに症状が進んでいるようで，ゆっくりとキーボードをたたいている後ろ姿が見えた。もはや振り返って私を確かめることなどできない様子だ。こちらから近づいて覗き込んでみたら，パソコンの画面に「いらっしゃい」と打ちこんである。そして，今朝撮ったばかりの海の写真をプリントしてくれたのだが，それがあまりに美しい朝焼けの海なので思わず涙がこみ上げてきて，おいおい泣いてしまった。

そのころの私は，患者さんに逢って泣かないことなどなかった。まるで泣き出す瞬間に堰止められてしまった水門のようだったから，ふとしたことで堰が切れると，どっと涙が溢れたりした。

午後三時まで，ひっきりなしにパソコンの画面に向かって，詩織さんはマウスを動かしつづけた。萎えた手がマウスからずれ落ちるのを，私が調整しながらも会話は続いた。発語は唸り声でしかないが，パソコンの画面にはきちんとした文章が打ち出され，ヘルパーに対する指示，介護の手順，ケアの分担表を説明してくれた。介護保険のマネジメントも本人が全部やっていた。ケアマネは送られてきたプランを表にするだけだ。

母は死にたがる

詩織さんは呼吸器をつけてひとりでも生きていける自立した患者だと思われたが，詩織さんの受けている在宅ケアには，私ははっきり言ってとても不満だった。医師の訪問がまったくなく，支援費による介護人も月四〇時間だけ。私の母の二日分に過ぎない。

だが詩織さんは大丈夫だと言うのだ。すぐに駆けつけてくれるところに，かかりつけ医もいないというのに。詩織さんの症状では、いつ呼吸困難で窒息してもおかしくはない。

長期にわたる療養が予測される神経難病者には、大きな病院の神経内科医のほかに、日常的に在宅医療を担当してくれるかかりつけ医がもうひとり必要だ。この二人の医師の連携によって在宅医療体制が保障されるのだが、かかりつけ医もいない詩織さんは毎日たったひとりで留守番をしている。とっさに家族は何をしているのだろうと思ってしまう。

やがてインターネットの話になった。詩織さんは、たとえ同病の人でもメールのやりとりをしたい人はいないという。たしかに誰も詩織さんとは話が合いそうもなかった。呼吸器をつけた患者も、詩織さんの覚悟を変えるとは思えなかった。

私がこれまで出会った多くの女性患者たちは、詩織さんのようだった。

家事一切ができなくなり、かえって家族に面倒をかけてしまうのなら、死んだほうがましという母親の覚悟もわからないでもない。だが母親の存在理由はそんなもんじゃないと一方では思う。患者も家族も、慣れれば別の生き方も見えてくるはずだと。

自分の介護を、家族、特にわが娘にさせたくないという女性患者が多いのは、介護は娘の、特に所得のない未婚の娘の仕事であるとされてしまうことが多いからだ。社会が、というよりもむしろ狭い家族という親密な間柄で、無償の仕事は自動的にもっとも弱い立場の女性に分担されてしまう。

しかしまた、そのように案じる母親患者の想いの外で、娘たちは病んだ母親を守護神のように思っていたりする。たとえどんなに弱々しい存在になってしまったとしても、母親の生存の事実だけがとても大切なのだ。

潮騒の音を聞きながら

詩織さんの家のベランダからは果てしない太平洋が望めた。眼下には砂浜が広がり、家の反対側は海岸につながる松林になっている。彼女は、そのどうしようもなく隔絶した空間の住人であった。もしこのまま生きつづけるのなら、公的介護保障をめぐって、地元自治体との交渉をひたすら続けなければならない。だが他の全身性障害者たちと違うのは、ALSは進行性難病で、体力にすぐ限界がきてしまうということだ。役場に行くにも何人もの人手がいる。発語もしだいに困難になるから、言いたいことも言えなくなる。家族や身近な理解者が一緒に交渉してくれない限り、制度も介護体制も開拓することなどできようがない。

その現実を目のあたりにして、しかし私は途方にくれるというより何だか妙に納得してしまった。その家は海辺の美しい自然に囲まれていた。いったん難病を発症すれば生きること自体が難しい場所にあったが、生きるための交渉事に最後の力を振り絞るのはもったいないと感じさせるような美しい場所でもあった。じたばたしないほうが善い、という生き方もここではひとつの真実だった。

詩織さんもまた、自分の闘病生活を見せつけて、呼吸器など選ばない選択の正しさを私に納得させようとしていたのかもしれない。一切の治療を控えて死んでいくという選択もあるのだ、わかってほしい、というふうに。

帰り道、詩織さんの死が目前に見えてくるようだった。

まるで浜辺の駅から詩織さんの家に向かって坂道を歩いていたとき、突如眼前に広がって現れた太平洋のように、詩織さんの死は確実にやってくる。彼女の最期はあの茶黒の猫が看取ることになるかもしれない。そのとき詩織さんは、潮騒の音を聞きながら、気が遠くなっていくのだろうか。

病いとジェンダー

都心の自宅に戻ってからもそのときの対話が思い出され、詩織さんの決意を私などが変えられるものではないとあらためて思い知った。しかし個人の意思決定の前に、同じ国のなかでも、生きられる場所とそうでない場所、生きやすい性と生きがたい性があった。このことに私たちはもっと敏感になるべきではないだろうか。

諦めの悪い私は誰かに相談したくなって、もっとも親しくしているALS患者にメールを打った。

また眠れなくなりそうです。

今日、実は詩織さんに会いにご自宅まで行ってきました。

海が見えるかわいいお宅に猫が三匹。

昼間の一二時から三時までひとりで留守番しているところへ。

楽観的でおおらかで素敵な人でした。

「何かお役に立てる?」と詩織さんに聞かれて、とっさに思いつかなかったけど、できることならずっと生きてって言ったら、はぐらかされてしまいました。

でも、話しているうちにわかったのは、この人は制度さえ整っていたら迷うことなく生きていこうと思う人です。

翌朝戻ってきた返事には、いつものことだが空回りばかりしている私へのエールがあった。このメールの主はほぼ一日中寝たまま同じ格好だ。だが一文字一文字、左足の薬指で入力した文字は短い文章になって日本中に配信される。


お疲れ様でした。

ALSは、女性には生き抜きづらい病気です。

でも、滅びの美学もあるのです。だから私は女性患者を無理に引き止めません。

今春も長野の女性が、娘二人と御主人の懇願を振り切って気管切開三か月で亡くなりました。

そのような場合、私は兎に角ご家族を励ますようにしています。だって女の人で気持ちの変わる人は殆どいないから。誰も助けてくれないし、責任転嫁できない事を分かっているからね。

自立しようにも足を引っ張る男社会がある。私は殆ど男だし、昔から食べることも面倒なほど物臭だから、介護されるのは普通のことだけど、有美子さんは？


この人にも発病当時、まだ幼稚園児だった娘がいた。娘さんの存在がこの人をこちら側に引き止めたともいえる。その娘さんも大学を卒業し社会人として自立した。そして、今では母親を支える、もっとも強力な支援者のひとりになっている。

終章

自然な死

一粒の砂に　世界を見
一輪の野の花に　天国を見る
掌のうちに　無限をつかみ
一瞬に　永遠を知る
ウィリアム・ブレイク「無知の告知」

二〇〇七年八月二七日

京都衣笠の立命館大学大学院。四階の書庫で朝から研究会をしていたが、午後五時ごろから私の報告の番になり、天田城介先生と院生から立論のあまい箇所が指摘されていた。

論文のテーマは、ある女性ALS患者の在宅療養における介護の質と量の関係について。もちろんこの論文が目指すのは、ALSだけでなくもっと普遍的な、すべての人に必要なケアについてだ。

二〇〇四年から京都の立命館大学大学院に進み、ALSに関する研究を進めていた。その前年には介護派遣事業所を仲間と立ち上げ、都内のALS患者家族にヘルパーを派遣して、一七年ぶりにまとまった収入を得ることができた。それを学費に充てることにしたのだ。

母と母の身体で学んだことが介護の事業化につながり、私は経済的にも自立することができたのである。事業を通して他の人の介護に関わりはじめると、介護とは質も量も本人のニーズに従って与えられなければならないことがわかってきた。財政を理由に必要なケアを切りつめてはいけないということも。

天田先生は「おもしろい」を連発して叱咤激励してくれた。四十過ぎて初めて学術論文を書こうという院生は私だけではない。若い院生も数名、同じテーブルについて、先生と早口で議論しだした。私はひたすらメモをとるが、手も頭ももつれて、ついていけない。

するとちょうどそのとき、妹の千佳子から携帯にメールが入った。嫌な予感がしたので、廊下に出て確かめたら「ママの脈が一五しかとれない」とある。

母危篤

携帯メールの文字からは、妹の慌てようも見えない。

だが、「脈が一五しかない」とはどういうことだ。何度も確かめた。ふつう六〇から八〇あるはずの母の脈拍数が一五しかないという。これがどういう状態なのだか私にはすぐに飲み込めない。わからない。頭を働かせてみる。ただごとではないと思う。もしかして世間で言うところの母危篤ではないだろうか。

やっと天田先生に、「先ほど妹から携帯に連絡が入って、母の脈がただいま一五しかないとあります」「今から帰ります」と言えた。先生も他の院生も驚くというよりも何が起こっているのかがわからないので、ぽかんとしている。私の論文の検討もそのまま続いたので、結局のろのろとした帰り支度で一時間が経過した。

ここのところ母の身体機能はかなり落ちてきたから、そろそろ覚悟が必要だと中村先生に指摘されていたが、私たちは在宅医療に慣れすぎていて、普通の看取りのプロセスではないプロセスのなかにいた。

母の病気も乳がんから数えて一三年目。ＩＣＵにあるような機材を自宅に持ち込み、器械だらけの居室での生活にも慣れてしまった。「終末期」に疎《うと》くなっている。妹の電話によれば母は今にも死にそうなのに、私は妙に落ち着いてしまっている。母が死ぬはずなどないという気がする。

それでもとにかく帰ることにしたので、先生たちは「お大事に」と言って送り出してくれた。大学を一歩出ると大慌てになり、タクシーをつかまえ、京都駅八条口で降りて新幹線のぞみに飛び乗った。時刻は夜七時を大きく回っていた。

そういえば、今週に入って母の痰に色がつき出していた。それに発熱もしていた。風邪をひかせたかもしれないと思いながら東京の実家を出てきたことを思い出した。

しかし、まさか脈拍数が減るなんて予想もしなかった。人はどんなふうに死ぬのか。想像できない。ましてや自分の母親が死ぬ。しかも自宅で。これはさすがに怖いことだ。ここまできて、やっと母に死が迫っていることがわかってきて、新幹線のなかを進行方向に走り出したい気持ちになってきた。

「もしも、今このまま逝ってしまって、二度と会えないとしても、私には悔いはないなどと言えるだろうか。母も死ぬ前にもう一度私に会いたいと思っているのではないか？」

そばにいて手を握ってやれなかったと思うだろう。激しい後悔にも襲われた。どんな別れでも悔いは残るものだ。ただ、母にはもう人工呼吸器がついていると思ったら、その点だけがいやに明るい安心感を与えてくれた。

この状況で呼吸器の選択を迫られることがないということは、家族にとっては救いである。普通の終末期のプロセスであれば、今このタイミングで、「人工呼吸器をつけますか？　どうしますか？」などと家族は問われるのだろう。冷静な状況判断などできるはずもないのに。

妙な自信と優越感が首をもたげはじめていた。そうだ。うちの母は呼吸も栄養も処置済みだから心配ない。導尿もしている。ライフラインはすべて確保されている。その点について家族が判断することはもう何もない。それに今になって治療を控える必要もない。もし症状が長引いたとしても、無理やり病院から追い出される恐れもない。ここは彼女の自宅なのだから。

私たちは看護師に遠慮することもなく、好きなだけ母の身体に触ることができるのだ。自分たちで最期まで自由にケアができる。最期のときまで母の世話が自分たちでできるということは、とてもありがたいことだった。

思えば我が家の在宅療養は、全員が経験ゼロからの出発だった。医師も看護師もＡＬＳは初体験に近かったから、みんなで母の身体であれこれ試してみて、本人が心地よいというケアだけを残してきた。本人がいやなことは長続きしなかった。学校で医療を学んだ人からみると、医学的には間違っていることも当然あったはずだが、本人の意思を尊重できるのが在宅介護の良さでもある。母は、たいへんな贅沢をさせてもらってきた。これが私たちの余裕の在り処なのかもしれない。

そんなことを考えながら東京駅から中央線に乗り換えて中野駅で降り、タクシーで鍋横の実家にたどりついた。夜一〇時を回っていた。

玄関を駆け上がると、窓という窓を開け放った居間に、短パンにランニング姿の父がいた。テレビと扇風機をつけっぱなしにしたまま、自分のいすでうたた寝をしている。居間の向こうの母の部屋では、千佳子が諦めた様子でベッドの脇に立っていた。そして母の人さし指にはめたままのパルスオキシメーターの表示をこちらに見せて、「ほら」と言った。見ると血中酸素濃度は八〇％以下だ。脈の値はなんと一〇を示している。

だけど、母はまだどうにか生きていた。手足は冷たく先端は赤黒くなっている。顔も爪もチアノーゼ。血圧は測定不能。母は本当に、死にゆく人の仲間入りをしようとしているところだった。

「もうだめかもね」と千佳子。

「パパは?」

「もっとだめ、あれ」

千佳子は居間のほうを顎で指す。どうにも母に近寄れない父はいつも以上に、いつものとおりだった。

父の入院

そういえば、ちょうど一年前の九月六日、その父も死にかけたのだ。

出張先での暴飲暴食がたたって、父は戻ってきた翌日の夕刻あたりから腸閉塞を起こしていた。それでも病院には行かずに、夜中に何度もトイレに通ったけどまったく便が出ない。二日間がんばったが出ない。とうとう我慢できなくなり、夜になって千佳子に付き添われて近くの総合病院の救急で手当てを受けた。

こんなに便が詰まっていては浣腸もできないというので、ベッドに寝かされて、口から太い管を入れられ腸内の汚物の上から吸引をすることになった。しかし私たちが自宅に戻った後、処置中に吐いたものが管を伝って肺に入り汚染してしまった。急性重症肺炎になった。

翌朝早く、病棟のナースから電話があった。

「お父さんが呼吸困難で呼吸器をつけるかもしれませんので、すぐ来てください」

私は仰天した。「腸閉塞だったのに、なんで肺炎? なんで呼吸器なの?」と。

病院に駆けつけると父は、前夜とは別の階の集中治療室に移されていた。部屋の入り口で消毒したり白衣を羽織ったり仰々しい準備をしてから中に入ると、ベッドが三つ、カーテンで仕切られて並んでいた。その正面にナースの机があった。終始見張られているような感じがよかった。主治医になった中年の女医の説明では、父の助かる見込みは一〇%にも満たないという。

「え？　なんでです？　助からないのですか？」

耳を疑った。

「ええ、残念ですが難しいです。これくらいの確率で」

手のひらで、床すれすれを示した。限りなくゼロに近いという意味だ。レントゲン写真を見せてもらうと、父の肺はまるで表面を焙《あぶ》られたように、片肺全部と他方の下半分がほぼ真っ白だ。つまり肺の四分の三が侵されていて、これではたとえ呼吸器をつけたとしても、どれほどの酸素を取り込めるのかわからない。

父はセデーションをかけられて、口から挿管され呼吸器をつけている。

昨夜は暴れて呼吸器の蛇腹を振り払おうとするので、手も縛られていた。まるで鉄柵につながれた熊だ。無意識でも暴れるからベッドが軋んで、今にもバラバラに分解しそうだった。運動神経疾患の人の呼吸器装着とは状況が違っていた。

その後三週間ものあいだ、父親と母親が二人同時に別々の場所で、人工呼吸器と経管栄養を装着していたことになる。千佳子は救急入院後の手はずに慣れすぎるほど慣れていた。私たちがあまりにも落ち着いていて、しかも日に三度は父の様子を見にきては呼吸器や血中酸素やその他もろもろの器械のチェックもしていくので看護師にも不思議がられ、「医療関係のお仕事ですか」と聞かれた。

「いいえ、違います。母がずっと家庭で呼吸療法をやっています」

母がALSだと言うと、看護師もなるほどとばかりに頷いた。

こうして我が家では両親ともに人工呼吸器のお世話になったので、いずれは私も呼吸器を体験するだろう。父の周りの器械類を見ても嫌な気持ちにならないばかりか、安堵する私はたぶん普通の人とだいぶ違う感覚を育ててきた。

ただ母よりも父のほうが、こうなれば心配だった。呼吸器をつけても効果が出ない。苦しんでいるし、鎮静剤を入れているのに暴れているのは、自発呼吸と機械がマッチしないのか、それとも粘膜が痛いのか、肺自体がやられて酸素が入らずに苦しいためか。苦悶の表情だ。血中酸素のデータも回復しないから、肺が溺れている状態のまま酸欠も続いている。こうなれば先に死にそうなのは母より父のほうだ。これは確かだった。でも父にはこう言った。

「大丈夫。そのうち（呼吸器にも）慣れるから」

父は頷いて、うわ言を繰り返していた。気管切開になるのではないかと心配している。

でも私たちは、むしろこうしているあいだに褥瘡や湿疹ができては困るので、縛られている父のお尻や背中に病院の枕やクッションを当て、体位交換のために一日に何度も病院に通っていた。足のむくみも気になったのでマッサージもした。

父の意識が白濁しているのはわかっていたが、それでも何か言いたげなのでペンを持たせて筆談を試みた。すると、さかんに自分の部屋で飼っている蚕の世話と会社のことを気にしていて、のたうつ文字で私たちへの指図を書いている。「誰々さんに電話しろ」とか「桑の葉を（蚕に）やってくれ」とか。それから、銀行通帳の在り処を書いた。

そして、かぼそい声で「死ぬかもしれないと思った」と言った。

たぶん私は生まれて初めて、父が「怖かった」と言うのを聞いた。これで私は両親二人の命乞いを聞いたことになる。

母の生き霊？

父が「死ぬかもしれないと思った」と言ったからには、父はそのときには死の危機から脱出したつもりだったのだ。私たちも「よかったね」「もう大丈夫」と何度も父の太い手首を握り返して励ました。女医から「明日あさっての命」と聞かされているとは言えなかった。

徹底治療をすれば治るかもしれないが、しなければ死ぬような場合、医療の門外漢でも家族が本人に代わって治療方針を決めることになる。今回の医師の反応をみていると、家族の態度しだいで治療を差し引くこともあるだろう。患者の寿命は家族が決定するのだと実感した。こうして高齢の病人は末期的症状に放り出されていくのだろうか。

でも妹と私のあいだでは、父が自宅に戻れる可能性が一％でもあるのなら、いくら危篤といわれたとしても信じないことが鉄則になっていた。だから集中治療室でも私たちは父のリハビリを怠らなかった。担当の看護師には嫌がられるだろうと思った。もちろん他の状況なら絶対に看護の邪魔になるようなことなどしない。それでも今回は事情が違う。この肺炎だけはおかしいと思っていた。父が死ぬようなことがあれば納得できない。ただではおかないと思っていた。

それに退院後に父の褥瘡の手当てをするのはごめんだった。命は助けてもらっても、皮膚や粘膜の状態は悪くなってしまう。私たち姉妹の熱心な様子をみて、病院もできる限りの治療を父に施した。こうして父はだんだん回復し、入院からおよそ一か月で自宅に戻ってきた。

そのときはまだ肺は不完全な治り方しかしていなくて、父は一人ではよろよろとしか歩けなくなっていた。介護保険でベッドを借りれば、一階の母の部屋の隣の部屋で寝たり起きたりの生活もできるだろうと、私たちは父のケアプランまで練ったりした。母のおかげで、在宅人工呼吸療法までカバーできる介護派遣事業所が自宅にある父は幸せだ。

退院から二、三か月のあいだは階段の昇り降りも息が切れる有り様だったが、一年が経過すると以前にも増して体力を回復し、私たちも父危篤事件のことを忘れていた。

ところが、退院の日以来、父は一歩も母の病室に出入りしなくなってしまった。以前は早朝五時には起きてきて、ラジオのスイッチを入れて母の枕元に置き、今日も平和な朝が来たことを母に告げていた。それから台所でエンシュアリキッドの缶を開けて、ボトルに入れてお湯で割り、胃ろうの管につないで滴下することも自分でやっていた。

夜勤のヘルパーは、父が起き出すと自宅に戻る。だから早朝五時くらいから私が九時半ごろ実家に出勤するまでのあいだが、父のシフトだったのだ。父はそのあいだに母に何かを話しかけたりしていたかもしれない。そして家中のごみ出しと庭の水やり。妹が夜中につくり置きしていた味噌汁を温めてご飯を食べて、定年後も銀座にある蚕糸産業関連の法人に出勤していた。

なのに最近はといえば、まず朝のエンシュアリキッドの注入をしなくなっていた。私が見ているところでも、父は母の部屋に寄りつかなくなってしまっていた。これはいったいどういう心境の変化なのか。

よほど自分が受けた呼吸治療がショックだったので、思い出したくないのか。それとも高齢と体力低下で介護自体が難しくなったのか。父の入院中に母の生き霊が現れて、何か父を脅かすようなことを言ったのかもしれない。とにかくヘルパーや私たちのあいだで父の心境について、いろいろな憶測がなされた。

足裏マッサージ

話を母に戻す。京都から実家に戻った私は、大急ぎでチアノーゼを起こしている母の身体をあちこちチェックした。

「中村先生は何て言ったの?」

直感的に母の足を触るとひどくむくんで冷たかったので、そのまま足裏マッサージをしながら、私はその日の母の様子を聞きはじめた。

「おしっこが昨夜から全然出ないし、足もこんなにむくんでいるでしょ」

千佳子はもう駄目だという顔で言う。もともと細くはない足がまるで子象のようだ。皮膚はパンパンで痛そうでならない。中村先生はさっき利尿剤の注射をした。しかし尿は一滴も出ない。ベッドサイドの空の尿バッグが空しい。ただこのような事態でも、救急車を呼ぼうとは誰も言わない。

「体温は?」

「三五度を切ってる」

「ママのご飯は?」

「さっきのエンシュアからストップした」

「部屋が寒いわ。毛布出して暖めて」

この夏は記録的な猛暑で、毎日途切れることなくクーラーを入れていた。しかしその風が当たる母の足元が冷えていた。

私は、いつも母が足浴に使っているタライにお湯を汲んできて、母の両足を一度に入れた。すると、ものの五分ほどのあいだに、みるみる脈が戻ってきた。この即座な生体反応には驚いた。

千佳子も「奇跡だ」などという。

母はまだ死にたくないし、なんとかして治りたいのだ。

初歩的なケアだが、足裏の刺激も足浴も侮れないとわかった。まだまだ母のためにできることがあると思った。

しかし翌日の昼ごろ中村先生は再び往診にやってきて、母を診て言った。

「もう何もすることがないです。今夜か明日が峠かもしれない」

千佳子は粘って食い下がった。

「おしっこが出るまで利尿剤をお願いします」

結局、その日の午前中に打った利尿剤も効かなかったし、尿バッグはわずかに出た濃い尿のため赤く染まっていた。脈も血圧も不安定。それでもその翌日も中村先生にお願いして、二倍量で利尿剤を注射してもらった。

中村先生も訪問看護師も毎日やってくることになり、再び我が家はヘルパー中心の自立支援体制から、医療職がセンターを陣取る集中治療体制に変わっていた。ヘルパーたちのローテーションは普段どおりだが、千佳子か私が必ず母のそばにいるようにした。

ヘルパーが一人で夜勤しているときに母に何かあったのでは、ヘルパーがかわいそうだと思っていた。普段の夜勤者の見守り介護は気管吸引さえできれば、あとは定時の寝返りだけでもよかった。しかし病態が不安定になれば、その見守りはとたんに医療ニーズが高くなる。

同じ見守りといっても、医療的な見守りと福祉的な見守りがある。患者の顔や体調をつぶさに観察しながら、瞬時に治療に動かなければならないのが医療的な見守りである。福祉的な見守りは自立支援の意味合いで、患者の指示に反応するために言葉の読み取りや外出時の安全確認が含まれる。障害をもつ患者の主体性を最大限確保して、可能性を引き出すための見守りである。

今、母が必要としているのは生命を守るための医療による見守りだった。だからヘルパーも家族も何か変化があれば、すぐ診療所につながなければならない。家族と診療所の医師・看護師と、ヘルパーたちとの信頼関係ができていなければ、自宅で看取ることなどできない。

回復への祈りを続けながらも、一時間おきのバイタルチェックは二四時間毎日続いた。何かおかしなところがあれば、日中ならすぐに診療所の看護師が、深夜なら中村先生が飛んでくる体制になっていた。

ピーちゃんとP波

ちょうど母の具合が悪くなる一週間ほど前から、母のベッドの上では別の一匹が集中的なケアを受けていた。

「ピーちゃん」と名づけられたメスの子猫で、まだ生後三か月にも満たないサイズだった。炎天下の路肩で熱中症で死にかけていたのを、千佳子が拾ってきたのだ。

醜く両目が丸く腫れあがっていてまるでカエルだ。しかも片方の瞼が目やにでくっついてしまっていて開かない。

鼻気管炎という伝染病だったらしいということは、そのずっと後になってインターネットで調べて知ったのだが、子猫では死に至ることもある恐ろしい伝染病だった。だから拾われてきても食欲もなくぐったりとしていた。毎日のように獣医に連れて行って栄養剤の皮下注射をしてもらっても良くならない。

そうこうするうちに母の調子までがおかしくなってしまったのだ。ひとつベッドの上で、ふたつの命が死とせめぎあい、私たちは母とピーちゃんの両方の見守りを続けていた。

母のおしっこが出なくなって三日目。私が夜勤当番をしていた真夜中にちょろちょろと音が聞こえてきた。ふと見ると、尿バッグの中へ管を伝って薄く透き通った液体が流れ落ちている。尿が突然出はじめた。それも普通の色でいやな匂いもない。先生も首を傾げて「これは腎不全ではないな」と言う。しかし次は肝臓がやられたらしく、母のお腹付近からみるみるバナナ色になり全身に広がった。検査値も非常に悪い値になった。

中村先生も、こうなったら家族が後悔しないように治療方法についていくつか提案をしてくれた。医師としての見立てでは、たぶん母はもう治療の差し控えの対象なのだ。注入も停止するドライコースである。しかし多臓器不全になっても、母はまだ生きることを諦めようとしていない。懸命に治ろうとしているのが伝わってきた。

二〇〇三年の介護事業所、ケアサポートモモの設立以来、私は母以外のALSの人の在宅介護に事業者として関わってきた。「モモ」は桃園デイクラブの桃とミヒャエル・エンデの『モモ』にちなんで命名した。ここ五年の利用者数は総勢で三〇名ほどにもなるだろうか。ALS患者ばかりである。そうしてだんだんとわかってきたのだが、ALSでは検査の数値が悪いからといって、必ずしも死に向かっているとは言えないし、その反対に数値がよくても死んでしまうことがあった。

どの患者の身体も治ろう、少しでも良くなろうとしていた。だからていねいにケアをすれば、一時的ではあってもどこかがわずかでも改善するし、良い工夫には身体も必ず答えてくれた。そのつど身体に尋ねながらおこなうケアは、緊急事態でもまったく変わりなかった。

ただ腎不全の次に肝不全が見られたとき、中村先生が提案した処方は病院に搬送しての徹底治療か、あるいはこのまま自宅で漢方の「熊の胆《い》」でいくかのいずれかだった。

私たちは母の回復には賭けてはいたものの、病院への搬送を選んだわけではなかった。今の状態で、病院へ運んでおこなう化学療法は母も望んでいないだろうと、中村先生の勧める漢方薬が母には十分だろうと思われた。以前、母が「最後は先生が決めてほしい」と言っていたことも思い出していた。

私は、二週間先までの出張や遠出仕事をキャンセルし、できるだけ実家にいるようにした。千佳子と塩田さんは逐一相談しながら、ヘルパーと家族の二人以上の見守り体制になるように、二四時間の介護を組み直した。母の危篤を知らせると、母の妹と姪、父の兄弟もやってきた。何をするわけではないが、母のそばでそれぞれが母との思い出話をした。近所の人も見舞いに来た。千佳子も仕事を減らしたが、長期休暇をとったわけでなかった。常に二人以上で見守り、二四時間をつなぐようにして、ヘルパーが一人で母を看取ることだけは避けた。

母が突然体調を崩してから一週間近くかかったが、乱れていたバイタルサインも良い値に落ち着いてきたので、エンシュアリキッドの注入も再開した。中村先生も「もう大丈夫かもしれないですね」とほっとしたようだった。しかし、ピーちゃんが息を引き取ってしまった。最後まで千佳子が口にえさを押し込んでいたが、自分から食欲を見せることもなかった。母のベッドから下に降りて、他の猫たちと遊びまわることもできなかった。

これで実家で看取った猫は、猫を飼いだした一九八五年から通算で一三匹になった。私たちは猫の死には慣れてしまっていたのだ。こうしてピーちゃんは逝ってしまったが、母はまだ諦めずに死と闘っていた。中村先生は目新しい医療機器をいくつか持ち込んでいたが、そのひとつ、携帯用エコーではベッド上の母の心臓、肺、腎臓の働きを私たちにも見せてくれた。それを見ると母の心臓の弁は、まるで鞭《べん》毛のように上下に水をかくように動いていた。

先生は携帯用心電図からグラフを印刷して、「これがP波という波形です」と説明してくれた。そして、「このP波が元気にならないといけない」と指摘していたのが、ピーちゃんが亡くなった途端に母のP波が安定したものだから、先生は「ピーちゃんは命を島田さんに捧げたね……」などと言う。それで天に召されたピーちゃんは、母にその命を捧げるために、千佳子に拾われてここに来たということになった。

中村先生は、猫の恩返し伝説をつくって母危篤の終焉を宣言して、携帯用心電図やエコーなどの機材を一度に引き上げていった。まだ気は抜けないものの、全身のむくみが取れた母はすっきりとした顔と姿勢で寝ていた。

私たちも少しだけ厳戒態勢を緩和することにした。それまでは夜間もヘルパーと家族の二人体制だったのをこの晩から解除し、またヘルパー一人の見守りに戻すことにしたのだ。千佳子も安心して二階の自分の部屋で横になって休むことにした。

本当のお別れ

ところがその夜、千佳子が二階のベッドで寝入るとしばらくして、母の心臓はぴたりと止まった。

その日の夜勤は松井ちゃん。うちの母と橋本さんのところで働いてまだ二年目の新米ヘルパーだった。彼女はうちに来る前までは、都内の大きなホテルのベッドメーキングをしていたが、ある日一念発起したのかヘルパーに転職することにして、NPO法人さくら会の研修会で重度訪問介護ヘルパーの資格をとった。そして、うちの事業所ケアサポートモモに登録してALS専門の介護者として働き出していた。彼女に言わせれば、「ALSの介護はホテルで働くよりも断然ラク!」とのことだった。

最初の一年ほどはうちの母のヘルパーとしてだけ働いていたが、患者が意思を伝えられないためになかなかコツがつかめないし、ケアの押さえどころもわからない。困っているところに橋本さんからケアサポートモモにヘルパー派遣の要請があり、さっそく橋本さんの家に修行に出かけた。橋本さんのスパルタ特訓のおかげで、一年後にはあのような特殊な口文字も読めるほどの介護者に成長していたのだった。

その夜はまじめな松井ちゃんの当番だったし、一時間おきのバイタルチェックもサボらないだろうということで、千佳子も自分の布団で久しぶりに安心して休んでいたのだろう。

私も実家から自転車で五分の自宅マンションで一息ついて、布団に入った直後の深夜二時半過ぎに、突然電話が鳴った。千佳子がやや不機嫌な声で、「やっぱ駄目みたい」と言う。それでまた大急ぎで着替えて自転車に飛び乗り、実家に戻った。外は南の島にいるような塩と草いきれの匂いがして、台風のなま暖かい風が吹きはじめていた。

実家に着くと、千佳子がベッドの上で母に馬乗りになり心臓マッサージ、松井ちゃんは母の片足を抱えて屈伸させていた。血行をよくするための応急処置のつもりだったが、私に気がつくと、

「今度は本当にダメみたい」

「瞳孔が開いているから。見て」

差し出された懐中電灯をつけて母の瞼を開けて瞳の奥を覗き込むと、空洞のような眼球の底までまっすぐに覗けた。

ここ数年間で何匹も猫を看取ってきたが、瞳孔を見て死を判断してきたのだ。母のときもまったく同じ手順だった。私は母の瞼や瞳がいつになく乾いて堅くごわごわになっているのを見てとり、瞳の中の

真っ暗な空洞に生存と死亡の明らかな違いを見た。

空っぽだ。

生きているときには決して感じられなかった空虚さがあった。

「ああ、母は本当に死んだ」と確信した。

「ママは死んでいる」

ベッドから降りた二人に「やっぱり、そろそろお別れの時期だったんだね」と言った。なぜか涙は出なかった。まだ夜明けまでに時間があったので、母の闘病のこれまでを語り合いながら、三人それぞれ母の身体のあちこちを擦ってみた。何度も試したが血圧計もパルスオキシメーターも測定不能のエラーが出たし、手首の脈には触れることはなかった。

しかし、バイタルチェックができない以外はどこも変わりはないように見えた。母は安心して眠っているようにも見え、これが本当に死なのかとさえ思いはじめた。すでに手足は冷たく冷えていたが、朝になっても体温は、ベッドと背中のあいだにまだ残っていた。

こうして、妹と夜勤ヘルパーと私の三人で、母を自宅で看取った。

母の最期がこんなにもあっけないとは。

死なれて初めてここ数日が母の末期だったとわかったが、そのあいだ誰も泣いたり取り乱したりすることがなく、平和で静かで、いつも通りの日々の延長だったのは、母を支えてきたたくさんの人々のおかげだった。それに、もしかしたら今すぐ母が息を吹き返したとしても、人工呼吸器は動いていると思えば安心だった。ＬＰ６プラスの静かな動作音もいつものままだ。

しだいに出窓の外が白々としてきて、朝がやってきたことを知らせた。

母のいない朝に

九月六日。

それは私を産んだ母のいない世界の初めての夜明けだった。

午前五時に二階で寝ていた父を起こし、診療所の中村先生に電話で母の死を知らせた。テレビをつけると、暴風雨の街角が映し出されていた。台風のせいで急に気圧が下がったから、母も寝ているあいだに血圧が下がったのではないかと私は勝手に推測した。

そういえば、息子の晃も平成四年八月八日の大型台風の夜に生まれていた。そのとき私は台風に引っ張られるようにして子を産んだが、今度は母を台風に引っ張られるように亡くしたのだ。どちらの夜も、外では暴風雨が吹き荒れて窓ガラスがきしんでいたが、恐ろしさはひとかけらも感じなかった。私には、身近な人の誕生も死別も嵐の夜に起こる。だから子が生まれることも、母が亡くなることも、私には嵐によって引き起こされた現象のように感じられた。自然の力には逆らえないと思えばよかった。

朝七時半ごろ、神妙な顔つきで中村先生がやってきて、懐から出した小型の懐中電灯で母の瞳を照らして覗き込み、瞳孔を再び確かめて母が亡くなったことを宣言した。それからさっと手早くカニューレを母の喉から外して、呼吸器のスイッチをオフにした。母の部屋から人工呼吸器の規則正しいバルブ音が消え、そのときが正式な死亡時刻ということになった。

そのあとの記憶はもう薄れはじめている。

父がどのような反応をしたとか、塩田さんも真っ先に駆けつけて、母の亡骸を見て泣いたはずなのだ。しかし、それらの記憶はまったくどこにも留まっていない。私は自宅に戻って、母の死を夫と子どもたちに告げていたはずだ。そして、着替えてから再び実家に戻ったところから、まただんだん記憶が戻ってくる。

中村先生が帰られた後、診療所の看護師さんたちが何人かで泣きそうな顔をしてやってきて、母の身体をていねいに清め、白装束に着替えさせた。それから父方の親戚につづいて母方の親戚が松本から、母の友人、妹や私の友人らが次々に訪れた。誰が尋ねてきたかわからなくなるからメモしておくようにと、友人のれい子に電話で言われてそうした。中村記久子さんが、母が亡くなってから二日間続けておにぎりを持ってきてくれた。ご飯をつくる気力もないのに、お腹だけは三度の時刻どおりにすいた。

中村先生が手際よく世田谷の葬儀屋に手配してくれたので、彼らは午前中にやってきた。がっしりした体躯のよい人で、額の汗をタオルで何度も拭きながら、母のベッド周りに祭壇の支度を整え、布団をかぶせた遺体の上に魔よけの短剣を置いた。遺体が冷たくなるとファンデーションが浮くという。プロに頼むと何万円もするというし、娘の施す死化粧なら母親も本望だろう。慌ててリキッドファンデーションを厚めに塗り、眉毛を描き、頬紅と口紅を引いた。冷たく堅くなりはじめた皮膚は化粧品を吸収することもなく、プラスチックに絵の具を塗っているような感じがしたが、化粧を終えると長い闘病の痕跡もなくなり、昔の母の顔が戻ってきた。表情まで和らいだのには驚いた。

その後、居間で葬式の段取りが始まったが、堀ノ内斎場は混んでいた。告別式はなんと一週間も先の九月一一日になり、それまで遺体は斎場の地下で冷凍保存しておくことになった。三日後の九日夕刻に台風の通過をみてから、葬儀屋が母を迎えに来るという。それまでは遺体が傷まないよう、大きなドライアイスの塊を、母のお腹の上と身体の脇と頭の横に対に置いておく。

結婚式と同じように、何でも松竹梅（という名称があるわけではないが）のなかから選ぶのだ。葬儀用カタログというのがあり、だいたい値段による三択で左から右へページをめくっていく。祭壇の花飾りだけではない。焼き場の釜も告別のための部屋も、三つのなかから予算に応じて選べた。しかし便利でも明瞭会計というわけではない。個々の値段を考えている暇も余裕もないのだから、どうしても葬儀屋に言われるままになってしまう。それも仕方ないことだと思い、これも母のためにお金を使う最後の機会だったので、いつもは財布の紐のかたい父も大判振る舞いだった。

母とは療養の合い間に文字盤で葬式の相談をしていたが、私には自宅での密葬を希望していたくせに、妹にはそうは言っていなかった。それどころか散骨してほしいなどとも言っていた。母とした葬式の相談は買い物や旅行の計画のようでとても楽しかったが、実際の葬儀は家のためにするのである。

ＡＬＳの療養者にヘルパーを派遣する事業所は一年中一日たりとも休みにできないので、母が死んだ日も、みんなはいつものように仕事をしていた。私はいちおう忌引きでも、週末にはキャンセルできない仕事があった。だからすっぱり休むこともできず、母を失った実感さえわかないまま時間が過ぎていった。

同じ天井

九日になると、予定どおり母を斎場の霊安室に連れて行くために、午後から父方の親戚と信州の母の妹がやってきた。台風が通り過ぎたのをみて、午後六時ごろに母の居室のベランダから、みんなで母を抱えて外に出した。父と叔父たち、私の夫と息子が頭のほうを持ち、私と千佳子が母の腰と足を持った。白いシーツに包まれた母は、まだ柔らかくずっしりとした重量感があった。

母はこうして久しぶりに家の外に出た。すると、路地の家々は壁も屋根もどこもかしこも薄紅に染まっていた。夕方六時過ぎ。台風が大掃除した後の都会の空は清浄で、夕焼け空に雲が流れて水色とピンクの入り混じった複雑な模様を描いていた。

やがて母を乗せた白いバンもピンク色に染まったまま、一足先に斎場に行ってしまった。

それから告別式の日まで、女主人がいなくなった介護用ベッドの上で、私は暇さえあればごろごろして過ごした。母がこの一二年間見てきた光景だ。寝転がるとリフトの本体の裏側が見えるが、そこには元気だったころの家族写真が貼ってある。

母が用意した七五三の着物姿の薫。一度目のお里帰りのときに撮影した晃を抱っこしている母。父と母のツーショット。お祭りではっぴを着ている薫を抱いている母。ロンドンにいたころの私。ニューモルデンの家の前庭の八重桜。一〇年以上も前のスナップ写真ばかりだ。

目を閉じてみると、台所で鍋が沸騰している音も、居間のテレビの音もよく聞こえた。外の気配も二つの窓から十分に感じられた。

ここは路地裏だが、三〇メートルほど先の表通りには稲毛屋酒店があって、そこの夫婦の話し声まで聞こえてくる。そのうち猫が外から戻ってきて窓ガラスをガリガリやりだした。

こうして母の気持ちになり寝たままの生活を体験してみると、ベッドの周囲から外の世界の広がりまで感じられ、それぞれがバラバラに動き回っている。身体の外で起きていることを受信するだけでも忙しい。

「いつも同じ天井ばかりみている」などと言い表されるALSだけど、自宅に居られるということが、母や他の患者さんにとってはそれがどんなに慌ただしく、生き生きとした営みかがわかった。

「同じ天井ばかり見ていられて幸せだった」

そんな母の声が聞こえるような気がした。

母は六年以上もその瞼さえ自力で開けられないほどの状態だったが、住み慣れた家の自分の部屋で、毎日同じ人たちに囲まれて、同じ時間に同じケアを受けることができて、安心していたのだ。このような病人にとって、これがもっとも理想的な生活なのである。それが普通の人にはわからない。退屈で虚しいだろうと思われてしまう生活こそが、重症患者のささやかな幸せの一部だということが。

病人にしかわからない物事や価値があると、亡くなったばかりの母がベッドの上の私に、たしかに伝えてきた。

夕焼け雲の葬列

九月一一日の通夜と一二日の告別式には、懐かしい人たちの顔が見えた。母は呼吸器をつけてからは外出もほとんどしなかったけど、町の人々に忘れられてはいなかったのだ。

長く闘病していたわりには賑やかな葬式になり、総勢で一五〇名を超える人々が弔問に訪れた。発症以来、気の毒で会えなくなってしまったという人たちもいた。昔話があちこち語られていたが、生前の母とはいっても、それは発症前の元気だった母のことなのだ。

そこに来た人のほとんどは知らないだろうが、長い闘病の合間に母が蒔いた種は、やっと芽吹いたばかりである。長年すぐそばで母を見守ってきたヘルパーたちは、親戚縁者の弔問客を遠巻きにしていた。ＡＬＳのケアに熟知した彼女たちは、母が残してくれた大切な遺産だ。私はあの人たちの技能をこれからも大事に守って、広めていかなければならない。

堀ノ内斎場に設えた会場に、島田家の出身地である羽村の臨済宗建長寺派禅林寺から先代の後を継いだ若い方丈がやってきて、禅の教えを説いた。

「現世がすべてであり、あの世はない」という教えだった。

葬式の説法にあって母を弔っているのにもかかわらず、母の魂の行き先であるはずの天国がないのかと思えば切なくもあった。でも、ＡＬＳで無我の境地に至った母がここで無になると思えば、それはそれで清々しいとさえ思われた。

あの世の極楽を説くと、現世でつらい思いをしている人たちはあの世での安楽を求めて死にたくなってしまうと方丈は言う。しかし、母は死んで極楽浄土に行くことを願ったことは一度もなかったし、生きるためにこそ信仰が必要だと言っていた。結局は憧れていたキリスト教も長男の嫁の立場では信仰できず、ただただ進行する運動障害の体験から、いやおうなしに自らの身体と向き合い、宿命を悟っていったのだろう。母は最期まで死を遠ざけようとし、家族との離別のときを先へ先へと引き伸ばそうとしてくれた。

臨済宗の方丈が弟子に授ける公案は、合理的な理解を超えた話だという。理解するのではなく、感じて悟るというようなことなのだが、たとえば茶花も悟りの境地を表現できると考えると、ＡＬＳの療養も文字や言葉に頼らずに、感じて悟ること、以心伝心を介護者に求めるから「禅」なのだろう。方丈の話には、私たちの闘病の意味が集約されていたように感じられた。

葬式が終わりタクシーを待つあいだ、私に向かって方丈はこうおっしゃった。

「お母さんが取り結んでくれた縁を大事にしなさいね」

これだけ長く闘病していたにもかかわらず、大勢の人たちに忘れられない人はめずらしいのだということだった。

これよりほかに、葬儀の内容は葬儀屋の言うなりで右から左へで、もうあまり覚えていない。ただ棺に釘を打つときは気が狂いそうになり、しばらく待ってもらった。しかし火葬場でボイラーの両開きの扉が開けられ、そこに母を入れた棺が厳かに自動的に入っていくときは、もう私にも止めようがなかった。部屋や扉装飾はりっぱなのに釜の中は真っ暗で狭く飾りがなかった。重い扉が永遠に閉まったかと思うと、ボイラーにぼっと火が点灯する大きな音がして、母の身体はあっという間に燃えて灰と水蒸気になってしまった。

告別式の朝は大雨だったが、読経の最中にだんだん晴れて、外が明るくなるのがわかった。このようにして葬式も終わり家に戻ってくると、父は疲れたのかすぐに二階に行き、布団をかぶって寝てしまった。

私は仏壇の奥にしまってあった母の遺書のことを思い出し、それを持ってきて妹に見せたら、妹は一度読んで泣き出して、もっと早く読んでいたらよかったと言った。

「いっぱいお世話かけてごめんね　でもうれしかった　ありがとう」

この一文で救われた、と思ったのだろう。

「人生は楽しい事がいっぱいあるよ」

これは母の口癖でもあったから、妹にとっても懐かしかったに違いない。その麻痺した筆跡も、出版社の仕事を休んでは介護していたころの母そのもののような気がしたはずだ。

悲しみを抱えながらも、母は娘たちにすぐさま楽しく生きろといっている。残された人は燃え尽きてしまうわけにはいかない。これからは、自分の人生をそれぞれ生きていかなければならないのだ。

「自分の好きなことをしなさい」

これはALSの介護をしてきた家族にとってはたいへんに難しい。長いあいだ自分の自由など砂粒ほどもなかったから、葬儀の後は患者の顔色を見て暮らしてきた日々が奇妙に懐かしいばかりである。しかし、長年の介護の労苦を忘れて達成感に満たされることが正しい弔いというものなのだ。

その日の夕刻も、母を自宅から堀ノ内斎場に送り出した日と同じような空模様になった。

葬式の後片付けも終わったので、居間で書類の整理をしていたら、外がだんだん赤く染まっていくのがわかった。

この日の夕焼けは特別だった。母が溶け込んでいるはずの夕焼けが消えないうちに、大急ぎでサンダルをつっかけて庭から路地に出て、空を追いかけながらデジタルカメラでパシャパシャ写した。

それは見たこともないような全天の夕焼け。母の馴染みの鍋横商店街が端から端まで、鮮やかなアカネ雲に幻想的に彩られていた。

「電線で縄跳びができそうね！」

母の弾んだ声が蘇ってきた。

この界隈は狭い路地に電柱が林立している。電線が縦横無尽に交差している空を見た母がおどけてそう言っていたのを思い出す。その電線の下で母は私と妹を産み、父の兄弟を自立させ、姑を看取り、自分も病んで逝ったのだ。

こうして母の身体も霊魂も台風とともにどこかに行ってしまったが、長年の介護のお礼とこれからの私たちの人生の門出を祝うつもりで、あの鮮やかな夕焼け空を見せてくれたのかもしれない。

あとがき

母が逝ってしばらくは病室の後片付けができずにいましたが、意を決して介護用ベッドや車いす、壊れた意思伝達装置などを一つひとつ廃品回収に出すたびに、長患いの人の痕跡もこの部屋から一つひとつ消えていきました。

そうこうするうちに春になり庭木に梅や杏の花が咲きますと、父も覚悟を決めたのか、台所やトイレと一緒にこの部屋もリフォームすることに同意してくれました。千佳子は何事にも一歩を踏み出すことが苦手なので不服そうにしていましたが、私は近所の業者からカタログを取り寄せて図面も引いてもらいました。

改修工事は一週間ほどかかりました。部屋の四隅と天井を支えていた介護用リフトの鉄柱を撤去し、いくぶん広くなった部屋の壁紙を張り替えて、チョコレート色の棚机と仏壇置き場も作り付けると、狭いながらも介護派遣事業所、ケアサポートモモの事務所が完成しました。

やがて夏になり、私は実家の姓に戻りました。母を看取ったこの部屋で私は残りの人生の大半を仕事に費やしていくことになるのでしょう。千佳子と塩田さんに相談しながら、原宿のローラアシュレイでライラック柄の薄グリーンのカーテンをオーダーメイドし、白いソファーも運び入れました。こうして、今では母の位牌に見守られるようにして、母が縁をくれた人たちと忙しい日々を送っています。

母の介護をしていたころは深い孤独を感じたときもありましたが、そのまま漂っていたわけではなく、いつでも誰かの助けを求めました。そうして無言の母に導かれるようにして、たくさんの人との出会いに恵まれました。

何事もそうでしょうが、当事者は運命には逆らえません。ただ運命の好転を信じて助けを求めれば、前方に視界が開けていきました。具体的には、ケアサポートモモとNPO法人さくら会のこと、立命館大学大学院での研究や独居者支援のこと、厚労省や日本ALS協会、障害者運動の人たちとのエピソードなど、母と私の生存を遠巻きに支えてくださった人々や制度のことですが、それらについてはこの本にはほとんど描けず、個人的な死生観や体験談に終始してしまいました。ALSなど初めて知ったという方には、家族の悪戦苦闘を描いた物語として読んでいただければ幸いです。

＊

二〇〇五年四月に大手町で「尊厳死っ、てなに？」というイベントをさくら会が主催しましたが、そのときの資料集『生存の争い―1』（立岩真也編）に収録された私の拙い文章が医学書院の白石正明さんの目に留まったことから本執筆の企画は始まりました。しばらくして、「お母さんの命があるうちにぜひ本にしましょう」とお電話で提案してくださったのを覚えています。

その文章はもともと、大学院進学を考えていた二〇〇三年ごろに、『現代思想』に掲載された小泉義之先生の論文「受肉の善用のための知識――生命倫理批判序説」にあった「病人の闘病の経験、病人における病んだ肉体の経験、これを心理化することなく、的確に記述する理論と倫理を獲得する必要がある」という一文に触発されて、ALSの介護の実際を試しに描いてみたものでした。大学院進学後は小泉先生から直接、「医学用語ではない言葉で、思いきり書いてください」と激励していただき、博士予備論文としても執筆しなおしました。

そのころの母は意思疎通もできなくなってからすでに何年間も経っていましたが、私たちは温室で蘭の花を育てるように大切にしていました。この本には、そのような心理に至るまでの身内の体験を描きましたが、実は、けっこうたくさんいる同じような家族の心模様を私小説のように描きたかったのでした。

ところが、家の外では母と同じような人たちが、病院の医師や家族に呼吸器を外されて亡くなるという悲しい事件が多発していました。社会の支援の届かない、隔絶された家庭という空間での度重なる介護疲れの果ての殺人、尊厳死法制化の兆し、後期高齢者医療、「脳死」臓器移植法と、世の中は長患いの人の生を切り棄てる方向に猛スピードで走り出しているようで気が滅入り、私たちの体験は世間には理解されないのではないかとも思われて、そのたび筆が止まってしまいました。

でも幾度となく白石さんに励まされ、ときには医学書院の若手社員の皆さんの「コアリズム」（ダイエットのための体操）で元気づけられ、気がついたら書きはじめて四年の歳月が経っていました。そのあいだに母は待ちきれずに逝ってしまいましたが、私には考える時間が必要だったようです。

あらためて、出版の機会とたくさんの助言、なにより記憶を反芻する時間をくださった白石正明さんに、母の葬儀の日に撮影した夕焼け空を表紙の装丁に選んでくださったことも含めて、心から感謝したいと思います。

こうしているあいだにも、高校同期の花房周一郎が肺がんを患い、闘病二か月余で儚く旅立ってしまいました。なかなか逝かない身体もあれば、引き留める間もなく逝ってしまった身体もありますが、残された人は病んだ身体のぬくもりを、膿んだ傷を、汗ばんだ背中でさえも、ただ懐かしく思い出すばかりです。

辛い？　苦しい？　が繰り返されるなかでさまざまな工夫や智恵が生み出される末期の看病と、そこにたしかに存在する希望とを私は描いてみたかったのですが……。そう思うとなおさら、今の医療は希望と祈りの時間を手放して、法の力で彼らを死に廃棄しようとしているような気がしてなりません。

でも、声にならない病人の本音を、その身体から直に聞いてしまった人たちは、彼らの手足になり、できるだけのことをしていくでしょう。

二〇〇九年一〇月二七日

川口有美子

著者紹介

川口有美子（かわぐち・ゆみこ）
1962年12月8日寅年生まれ。1995年に母がALSに罹患。1996年から実家で在宅人工呼吸療法開始し、2003年に訪問介護事業所ケアサポートモモ、NPO法人ALS／MNDサポートセンターさくら会設立。2004年立命館大学大学院先端総合学術研究科に進む。2005年日本ALS協会理事就任。2009年ALS／MND国際同盟会議理事就任。現在は3匹の猫とテコンドーに夢中の息子が同居中ですが、将来はわかりません。
共編著書に『在宅人工呼吸器ポケットマニュアル』（医歯薬出版）。
目標……グルメと減量の両立。フラメンコとチェロのレッスンの再開。みんな仲良く楽しく長生き。

シリーズ
ケアをひらく

逝《い》かない身体《しんたい》——ALS《エイエルエス》的日常を生きる

発行————2009年12月15日　第1版第1刷©
2025年 3 月 1 日　第1版第9刷

著者————川口有美子

発行者———株式会社　医学書院
代表取締役　金原 俊
〒113-8719　東京都文京区本郷1-28-23
電話03-3817-5600（社内案内）

印刷・製本—アイワード

装幀————松田行正＋相馬敬徳

ISBN978-4-260-01003-0

テキストデータ引換券
逝かない身体

◉本書のテキストデータを提供します。

視覚障害、読字障害、上肢障害などの理由で本書をお読みになれない方には、電子データを提供いたします。
・200円切手
・返信用封筒（住所明記）
・左のテキストデータ引換券（コピー不可）を同封のうえ、
　下記までお申し込みください。
［宛先］
〒113-8719 東京都文京区本郷1-28-23
医学書院看護出版部 テキストデータ係

シリーズ ケアをひらく ❶

第73回
毎日出版文化賞受賞！
[企画部門]

ケア学：越境するケアへ●広井良典●2300円●ケアの多様性を一望する———どの学問分野の窓から見ても、〈ケア〉の姿はいつもそのフレームをはみ出している。医学・看護学・社会福祉学・哲学・宗教学・経済・制度等々のタテワリ性をとことん排して〝越境〟しよう。その跳躍力なしにケアの豊かさはとらえられない。刺激に満ちた論考は、時代を境界線引きからクロスオーバーへと導く。

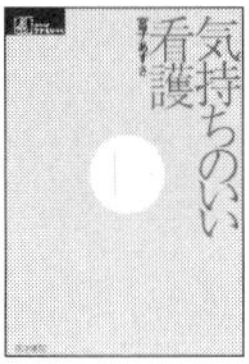

気持ちのいい看護●宮子あずさ●2100円●患者さんが気持ちいいと、看護師も気持ちいい、か？———「これまであえて避けてきた部分に踏み込んで、看護について言語化したい」という著者の意欲作。〈看護を語る〉ブームへの違和感を語り、看護師はなぜ尊大に見えるのかを考察し、専門性志向の底の浅さに思いをめぐらす。夜勤明けの頭で考えた「アケのケア論」！

感情と看護：人とのかかわりを職業とすることの意味●武井麻子●2400円●看護師はなぜ疲れるのか———「巻き込まれずに共感せよ」「怒ってはいけない！」「うんざりするな!!」。看護はなにより感情労働だ。どう感じるべきかが強制され、やがて自分の気持ちさえ見えなくなってくる。隠され、貶められ、ないものとされてきた〈感情〉をキーワードに、「看護とは何か」を縦横に論じた記念碑的論考。

あなたの知らない「家族」：遺された者の口からこぼれ落ちる13の物語●柳原清子●2000円●それはケアだろうか———幼子を亡くした親、夫を亡くした妻、母親を亡くした少女たちは、佇む看護師の前で、やがて「その人」のことを語りはじめる。ためらいがちな口と、傾けられた耳によって紡ぎだされた物語は、語る人を語り、聴く人を語り、誰も知らない家族を語る。

病んだ家族、散乱した室内：援助者にとっての不全感と困惑について●春日武彦●2200円●善意だけでは通用しない——— 一筋縄ではいかない家族の前で、われわれ援助者は何を頼りに仕事をすればいいのか。罪悪感や無力感にとらわれないためには、どんな「覚悟とテクニック」が必要なのか。空疎な建前論や偽善めいた原則論の一切を排し、「ああ、そうだったのか」と腑に落ちる発想に満ちた話題の書。

本シリーズでは、「科学性」「専門性」「主体性」といったことばだけでは語りきれない地点から《ケア》の世界を探ります。

べてるの家の「非」援助論：そのままでいいと思えるための25章●浦河べてるの家●2000円●それで順調！———「幻覚＆妄想大会」「偏見・差別歓迎集会」という珍妙なイベント。「諦めが肝心」「安心してサボれる会社づくり」という脱力系キャッチフレーズ群。それでいて年商1億円、年間見学者2000人。医療福祉領域を超えて圧倒的な注目を浴びる〈べてるの家〉の、右肩下がりの援助論！

物語としてのケア：ナラティヴ・アプローチの世界へ●野口裕二●2200円●「ナラティヴ」の時代へ———「語り」「物語」を意味するナラティヴ。人文科学領域で衝撃を与えつづけているこの言葉は、ついに臨床の風景さえ一変させた。「精神論 vs. 技術論」「主観主義 vs. 客観主義」「ケア vs. キュア」という二項対立の呪縛を超えて、臨床の物語論的転回はどこまで行くのか。

見えないものと見えるもの：社交とアシストの障害学●石川准●2000円●だから障害学はおもしろい———自由と配慮がなければ生きられない。社交とアシストがなければつながらない。社会学者にしてプログラマ、全知にして全盲、強気にして気弱、感情的な合理主義者……〝いつも二つある〟著者が冷静と情熱のあいだで書き下ろした、つながるための障害学。

死と身体：コミュニケーションの磁場●内田 樹●2000円●人間は、死んだ者とも語り合うことができる———〈ことば〉の通じない世界にある「死」と「身体」こそが、人をコミュニケーションへと駆り立てる。なんという腑に落ちる逆説！「誰もが感じていて、誰も言わなかったことを、誰にでもわかるように語る」著者の、教科書には絶対に出ていないコミュニケーション論。読んだ後、猫にもあいさつしたくなります。

ALS 不動の身体と息する機械●立岩真也●2800円●それでも生きたほうがよい、となぜ言えるのか———ALS当事者の語りを渉猟し、「生きろと言えない生命倫理」の浅薄さを徹底的に暴き出す。人工呼吸器と人がいれば生きることができると言う本。「質のわるい生」に代わるべきは「質のよい生」であって「美しい死」ではない、という当たり前のことに気づく本。

❸

べてるの家の「当事者研究」●浦河べてるの家●2000円●研究？ ワクワクするなあ———べてるの家で「研究」がはじまった。心の中を見つめたり、反省したり……なんてやつじゃない。どうにもならない自分を、他人事のように考えてみる。仲間と一緒に笑いながら眺めてみる。やればやるほど元気になってくる、不思議な研究。合い言葉は「自分自身で、共に」。そして「無反省でいこう！」

ケアってなんだろう●小澤勲編著●2000円●「技術としてのやさしさ」を探る七人との対話———「ケアの境界」にいる専門家、作家、若手研究者らが、精神科医・小澤勲氏に「ケアってなんだ？」と迫り聴く。「ほんのいっときでも憩える椅子を差し出す」のがケアだと言い切れる人の《強さとやさしさ》はどこから来るのか———。感情労働が知的労働に変換されるスリリングな一瞬！

こんなとき私はどうしてきたか●中井久夫●2000円●「希望を失わない」とはどういうことか———はじめて患者さんと出会ったとき、暴力をふるわれそうになったとき、退院が近づいてきたとき、私はどんな言葉をかけ、どう振る舞ってきたか。当代きっての臨床家であり達意の文章家として知られる著者渾身の一冊。ここまで具体的で美しいアドバイスが、かつてあっただろうか。

発達障害当事者研究：ゆっくりていねいにつながりたい●綾屋紗月＋熊谷晋一郎●2000円●あふれる刺激、ほどける私———なぜ空腹がわからないのか、なぜ看板が話しかけてくるのか。外部からは「感覚過敏」「こだわりが強い」としか見えない発達障害の世界を、アスペルガー症候群当事者が、脳性まひの共著者と探る。「過剰」の苦しみは身体に来ることを発見した画期的研究！

ニーズ中心の福祉社会へ：当事者主権の次世代福祉戦略●上野千鶴子＋中西正司編●2200円●社会改革のためのデザイン！ ビジョン!! アクション!!!———「こうあってほしい」という構想力をもったとき、人はニーズを知り、当事者になる。「当事者ニーズ」をキーワードに、研究者とアクティビストたちが「ニーズ中心の福祉社会」への具体的シナリオを提示する。

コーダの世界：手話の文化と声の文化●澁谷智子●2000円●生まれながらのバイリンガル?―――コーダとは聞こえない親をもつ聞こえる子どもたち。「ろう文化」と「聴文化」のハイブリッドである彼らの日常は驚きに満ちている。親が振り向いてから泣く赤ちゃん？ じっと見つめすぎて誤解される若い女性？ 手話が「言語」であり「文化」であると心から納得できる刮目のコミュニケーション論。

技法以前：べてるの家のつくりかた●向谷地生良●2000円●私は何をしてこなかったか―――「幻覚&妄想大会」をはじめとする掟破りのイベントはどんな思考回路から生まれたのか？ べてるの家のような〝場〟をつくるには、専門家はどう振る舞えばよいのか？「当事者の時代」に専門家にできることを明らかにした、かつてない実践的「非」援助論。べてるの家スタッフ用「虎の巻」、大公開！

逝かない身体：ALS的日常を生きる●川口有美子●2000円●即物的に、植物的に――言葉と動きを封じられたALS患者の意思は、身体から探るしかない。ロックトイン・シンドロームを経て亡くなった著者の母を支えたのは、「同情より人工呼吸器」「傾聴より身体の微調整」という究極の身体ケアだった。重力に抗して生き続けた母の「植物的な生」を身体ごと肯定した圧倒的記録。

第41回大宅壮一ノンフィクション賞受賞作

リハビリの夜●熊谷晋一郎●2000円●痛いのは困る――現役の小児科医にして脳性まひ当事者である著者は、《他者》や《モノ》との身体接触をたよりに、「官能的」にみずからの運動をつくりあげてきた。少年期のリハビリキャンプにおける過酷で耽美な体験、初めて電動車いすに乗ったときの時間と空間が立ち上がるめくるめく感覚などを、全身全霊で語り尽くした驚愕の書。

第9回新潮ドキュメント賞受賞作

その後の不自由●上岡陽江+大嶋栄子●2000円●〝ちょっと寂しい〟がちょうどいい――トラウマティックな事件があった後も、専門家がやって来て去っていった後も、当事者たちの生は続く。しかし彼らはなぜ「日常」そのものにつまずいてしまうのか。なぜ援助者を振り回してしまうのか。そんな「不思議な人たち」の生態を、薬物依存の当事者が身を削って書き記した当事者研究の最前線！

第 2 回日本医学ジャーナリスト協会賞受賞作

驚きの介護民俗学●六車由実●2000 円●語りの森へ——気鋭の民俗学者は、あるとき大学をやめ、老人ホームで働きはじめる。そこで流しのバイオリン弾き、蚕の鑑別嬢、郵便局の電話交換手ら、「忘れられた日本人」たちの語りに身を委ねていると、やがて新しい世界が開けてきた……。「事実を聞く」という行為がなぜ人を力づけるのか。聞き書きの圧倒的な可能性を活写し、高齢者ケアを革新する。

ソローニュの森●田村尚子●2600 円●ケアの感触、曖昧な日常——思想家ガタリが終生関わったことで知られるラ・ボルド精神病院。一人の日本人女性の震える眼が掬い取ったのは、「フランスのべてるの家」ともいうべき、患者とスタッフの間を流れる緩やかな時間だった。ルポやドキュメンタリーとは一線を画した、ページをめくるたびに深呼吸ができる写真とエッセイ。B5 変型版。

弱いロボット●岡田美智男●2000 円●とりあえずの一歩を支えるために——挨拶をしたり、おしゃべりをしたり、散歩をしたり。そんな「なにげない行為」ができるロボットは作れるか？　この難題に著者は、ちょっと無責任で他力本願なロボットを提案する。日常生活動作を規定している「賭けと受け」の関係を明るみに出し、ケアをすることの意味を深いところで肯定してくれる異色作！

当事者研究の研究●石原孝二編●2000 円●で、当事者研究って何だ?——専門職・研究者の間でも一般名称として使われるようになってきた当事者研究。それは、客観性を装った「科学研究」とも違うし、切々たる「自分語り」とも違うし、勇ましい「運動」とも違う。本書は哲学や教育学、あるいは科学論と交差させながら、“自分の問題を他人事のように扱う”当事者研究の圧倒的な感染力の秘密を探る。

摘便とお花見：看護の語りの現象学●村上靖彦●2000 円●とるにたらない日常を、看護師はなぜ目に焼き付けようとするのか——看護という「人間の可能性の限界」を拡張する営みに吸い寄せられた気鋭の現象学者は、共感あふれるインタビューと冷徹な分析によって、その不思議な時間構造をあぶり出した。巻末には圧倒的なインタビュー論を付す。看護行為の言語化に資する驚愕の一冊。

坂口恭平躁鬱日記●坂口恭平●1800円●僕は治ることを諦めて、「坂口恭平」を操縦することにした。家族とともに。——マスコミを席巻するきらびやかな才能の奔出は、「躁」のなせる業でもある。「鬱」期には強固な自殺願望に苛まれ外出もおぼつかない。この病に悩まされてきた著者は、あるとき「治療から操縦へ」という方針に転換した。その成果やいかに！　涙と笑いと感動の当事者研究。

カウンセラーは何を見ているか●信田さよ子●2000円●傾聴？ ふっ。——「聞く力」はもちろん大切。しかしプロなら、あたかも素人のように好奇心を全開にして、相手を見る。そうでなければ〈強制〉と〈自己選択〉を両立させることはできない。若き日の精神科病院体験を経て、開業カウンセラーの第一人者になった著者が、「見て、聞いて、引き受けて、踏み込む」ノウハウを一挙公開！

クレイジー・イン・ジャパン：べてるの家のエスノグラフィ●中村かれん●2200円●日本の端の、世界の真ん中。——インドネシアで生まれ、オーストラリアで育ち、イェール大学で教える医療人類学者が、べてるの家に辿り着いた。7か月以上にも及ぶ住み込み。10年近くにわたって断続的に行われたフィールドワーク。べてるの「感動」と「変貌」を、かつてない文脈で発見した傑作エスノグラフィ。付録DVD「Bethel」は必見の名作！

漢方水先案内：医学の東へ●津田篤太郎●2000円●漢方ならなんとかなるんじゃないか？—— 原因がはっきりせず成果もあがらない「ベタなぎ漂流」に追い込まれたらどうするか。病気に対抗する生体のパターンは決まっているならば、「生体をアシスト」という方法があるじゃないか！　万策尽きた最先端の臨床医がたどり着いたのは、キュアとケアの合流地点だった。それが漢方。

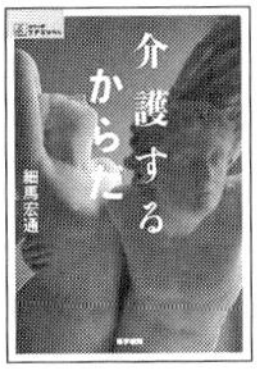

介護するからだ●細馬宏通●2000円●あの人はなぜ「できる」のか？—— 目利きで知られる人間行動学者が、ベテランワーカーの神対応をビデオで分析してみると……、そこには言語以前に〝かしこい身体〟があった！　ケアの現場が、ありえないほど複雑な相互作用の場であることが分かる「驚き」と「発見」の書。マニュアルがなぜ現場で役に立たないのか、そしてどうすればうまく行くのかがよーく分かります。

第 16 回小林秀雄賞
受賞作
紀伊國屋じんぶん大賞
2018 受賞作

中動態の世界：意志と責任の考古学●國分功一郎●2000 円●「する」と「される」の外側へ——強制はないが自発的でもなく、自発的ではないが同意している。こうした事態はなぜ言葉にしにくいのか？ なぜそれが「曖昧」にしか感じられないのか？ 語る言葉がないからか？ それ以前に、私たちの思考を条件付けている「文法」の問題なのか？ ケア論にかつてないパースペクティヴを切り開く画期的論考！

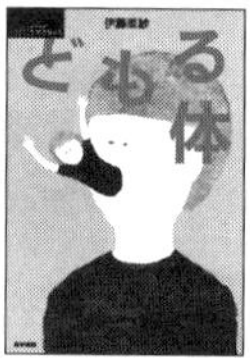

どもる体●伊藤亜紗●2000 円●しゃべれるほうが、変。——話そうとすると最初の言葉を繰り返してしまう（＝連発という名のバグ）。それを避けようとすると言葉自体が出なくなる（＝難発という名のフリーズ）。吃音とは、言葉が肉体に拒否されている状態だ。しかし、なぜ歌っているときにはどもらないのか？ 徹底した観察とインタビューで吃音という「謎」に迫った、誰も見たことのない身体論！

異なり記念日●齋藤陽道●2000 円●手と目で「看る」とはどういうことか——「聞こえる家族」に生まれたろう者の僕と、「ろう家族」に生まれたろう者の妻。ふたりの間に、聞こえる子どもがやってきた。身体と文化を異にする 3 人は、言葉の前にまなざしを交わし、慰めの前に手触りを送る。見る、聞く、話す、触れることの〈歓び〉とともに。ケアが発生する現場からの感動的な実況報告。

在宅無限大：訪問看護師がみた生と死●村上靖彦●2000 円●「普通に死ぬ」を再発明する——病院によって大きく変えられた「死」は、いま再びその姿を変えている。先端医療が組み込まれた「家」という未曾有の環境のなかで、訪問看護師たちが地道に「再発明」したものなのだ。著者は並外れた知的肺活量で、訪問看護師の語りを生け捕りにし、看護が本来持っているポテンシャルを言語化する。

第 19 回大佛次郎論壇賞
受賞作
紀伊國屋じんぶん大賞
2020 受賞作

居るのはつらいよ：ケアとセラピーについての覚書●東畑開人●2000 円●「ただ居るだけ」vs.「それでいいのか」——京大出の心理学ハカセは悪戦苦闘の職探しの末、沖縄の精神科デイケア施設に職を得た。しかし勇躍飛び込んだそこは、あらゆる価値が反転する「ふしぎの国」だった。ケアとセラピーの価値について究極まで考え抜かれた、涙あり笑いあり出血（！）ありの大感動スペクタル学術書！

誤作動する脳●樋口直美● 2000 円●「時間という一本のロープにたくさんの写真がぶら下がっている。それをたぐり寄せて思い出をつかもうとしても、私にはそのロープがない」――ケアの拠り所となるのは、体験した世界を正確に表現したこうした言葉ではないだろうか。「レビー小体型認知症」と診断された女性が、幻視、幻臭、幻聴など五感の変調を抱えながら達成した圧倒的な当事者研究！

「脳コワさん」支援ガイド●鈴木大介●2000 円●脳がコワれたら、「困りごと」はみな同じ。――会話がうまくできない、雑踏が歩けない、突然キレる、すぐに疲れる……。病名や受傷経緯は違っていても結局みんな「脳の情報処理」で苦しんでいる。だから脳を「楽」にすることが日常を取り戻す第一歩だ。疾患を超えた「困りごと」に着目する当事者学が花開く、読んで納得の超実践的ガイド！

第 9 回日本医学ジャーナリスト協会賞受賞作

食べることと出すこと●頭木弘樹● 2000 円●食べて出せれば OK だ！（けど、それが難しい……。）――潰瘍性大腸炎という難病に襲われた著者は、食事と排泄という「当たり前」が当たり前でなくなった。IVH でも癒やせない顎や舌の飢餓感とは？　便の海に茫然と立っているときに、看護師から雑巾を手渡されたときの気分は？　切実さの狭間に漂う不思議なユーモアが、何が「ケア」なのかを教えてくれる。

やってくる●郡司ペギオ幸夫● 2000 円●「日常」というアメイジング！――私たちの「現実」は、外部からやってくるものによってギリギリ実現されている。だから日々の生活は、何かを為すためのスタート地点ではない。それこそが奇跡的な達成であり、体を張って実現すべきものなんだ！　ケアという「小さき行為」の奥底に眠る過激な思想を、素手で取り出してみせる圧倒的な知性。

みんな水の中●横道 誠● 2000 円●脳の多様性とはこのことか!――ASD（自閉スペクトラム症）と ADHD（注意欠如・多動症）と診断された大学教員は、彼を取り囲む世界の不思議を語りはじめた。何もかもがゆらめき、ぼんやりとしか聞こえない水の中で、〈地獄行きのタイムマシン〉に乗せられる。そんな彼を救ってくれたのは文学と芸術、そして仲間だった。赤裸々、かつちょっと乗り切れないユーモアの日々。

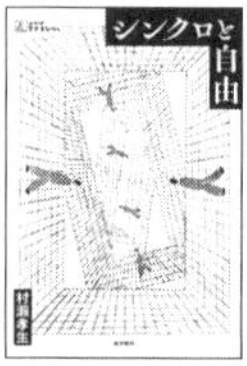

シンクロと自由●村瀬孝生●2000円●介護現場から「自由」を更新する――「こんな老人ホームなら入りたい！」と熱い反響を呼んだNHK番組「よりあいの森 老いに沿う」。その施設長が綴る、自由と不自由の織りなす不思議な物語。しなやかなエピソードに浸っているだけなのに、気づくと温かい涙が流れている。万策尽きて途方に暮れているのに、希望が勝手にやってくる。

わたしが誰かわからない：ヤングケアラーを探す旅●中村佑子●2000円●ケア的主体をめぐる冒険的セルフドキュメント！――ヤングケアラーとは、世界をどのように感受している人なのか。取材はいつの間にか、自らの記憶をたぐり寄せる旅に変わっていた。「あらかじめ固まることを禁じられ、自他の境界を横断してしまう人」として、著者はふたたび祈るように書きはじめた。

超人ナイチンゲール●栗原 康●2000円●誰も知らなかったナイチンゲールに、あなたは出会うだろう――鬼才文人アナキストが、かつてないナイチンゲール伝を語り出した。それは聖女でもなく合理主義者でもなく、「近代的個人」の設定をやすやすと超える人だった。「永遠の今」を生きる人だった。救うものが救われて、救われたものが救っていく。そう、看護は魂にふれる革命なのだ。

あらゆることは今起こる●柴崎友香●2000円●私の体の中には複数の時間が流れている――ADHDと診断された小説家は、薬を飲むと「36年ぶりに目が覚めた」。自分の内側でいったい何が起こっているのか。「ある場所の過去と今。誰かの記憶と経験。出来事をめぐる複数からの視点。それは私の小説そのもの」と語る著者の日常生活やいかに。SFじゃない並行世界報告！

安全に狂う方法●赤坂真理●2000円●「人を殺すか自殺するしかないと思った」――そんな私に、女性セラピストはこう言った。「あなたには、安全に狂う必要が、あります」。そう、自分を殺しそうになってまで救いたい自分がいたのだ！ そんな自分をレスキューする方法があったのだ、アディクションという《固着》から抜け出す方法が！ 愛と思考とアディクションをめぐる感動の旅路。

異界の歩き方●村澤和多里・村澤真保呂●2000円●行ってきます！ 良い旅を！――精神症状が人をおそうとき、世界は変貌する。異界への旅が始まるのだ。そのとき〈旅立ちを阻止する〉よりも、〈一緒に旅に出る〉ほうがずっと素敵だ。フェリックス・ガタリの哲学と、べてるの家の当事者研究に、中井久夫の生命論を重ね合わせると、新しいケアとエコロジーの地平がひらかれる！

イルカと否定神学●斎藤 環●2000円●言語×時間×身体で「対話」の謎をひらく――対話をめぐる著者の探求は、気づくとデビュー作以来の参照先に立ち返っていた。精神分析のラカンと、学習理論のベイトソンである。そこにバフチン（ポリフォニー論）とレイコフ（認知言語学）が参入し、すべてを包含する導きの糸は中井久夫だ。こうして対話という魔法はゆっくりとその全貌を現しはじめた。

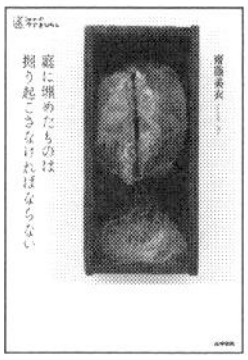

庭に埋めたものは掘り起こさなければならない●齋藤美衣●2000円●自閉スペクトラム症により幼少期から世界に馴染めない感覚をもつ著者。急性骨髄性白血病に罹患するも、病名が告知されなかったことで世界から締め出された感覚に。さらに白血病が寛解し、「生き残って」しまったなかで始まる摂食障害。繰り返し見る庭の夢。壮大な勇気をもって自分の「傷」を見ようとした人の探求の書。

傷の声：絡まった糸をほどこうとした人の物語●齋藤塔子●2000円●複雑性PTSDを生きた女性がその短き人生を綴った自叙伝。ストレートで東大、看護師、優しい人。けれども激しく自分を痛めつける。ほとんどの人が知らない、彼女がそれをする事情。私たちは目撃するだろう。「病者」という像を超えて、「物語をもつ1人の人間」が立ち上がるのを。

向谷地さん、幻覚妄想ってどうやって聞いたらいいんですか？●向谷地生良●2000円●「へぇー」がひらくアナザーワールド！――精神医療の常識を溶かし、対人支援の枠組みを更新しつづける「べてるの家」の向谷地生良氏。当事者がどんな話をしても彼は「へぇー」と興味津々だ。その「へぇー」こそがアナザーワールドの扉をひらく鍵だったのだ！ 大澤真幸氏の特別寄稿は必読。